COR

William

SATA

AÇÃ

Hotsters

NICO

the blood
veins, and
blood passes
the auricles
the ventri-
through the
s. The ven-
s in turn, by
raction of
muscular
force this
out of the
into arter-
nd thus over
body. It is
pumping ac-
of these ven-
s which con-

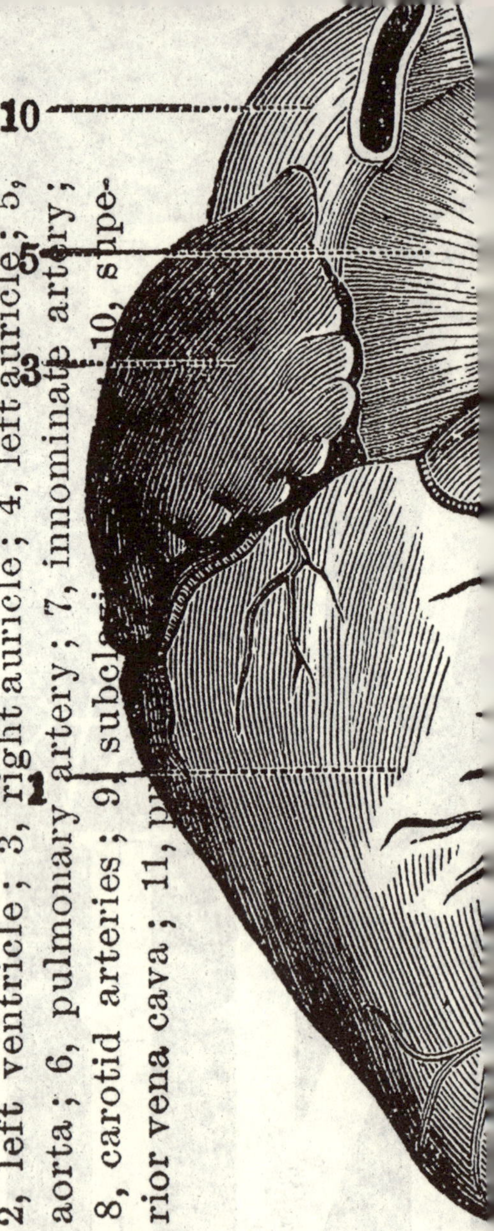

FIG. 66 — External view of the heart; 1, right ventricle; 2, left ventricle; 3, right auricle; 4, left auricle; 5, aorta; 6, pulmonary artery; 7, innominate artery; 8, carotid arteries; 9, subcla... 10, supe- rior vena cava; 11, p...

ORAÇÃO
ATÔMICO

...—External view
... ventricle; 3, ...
... 6, pulmonary
... carotid arteries; ...
rior vena cava; 11, pu...

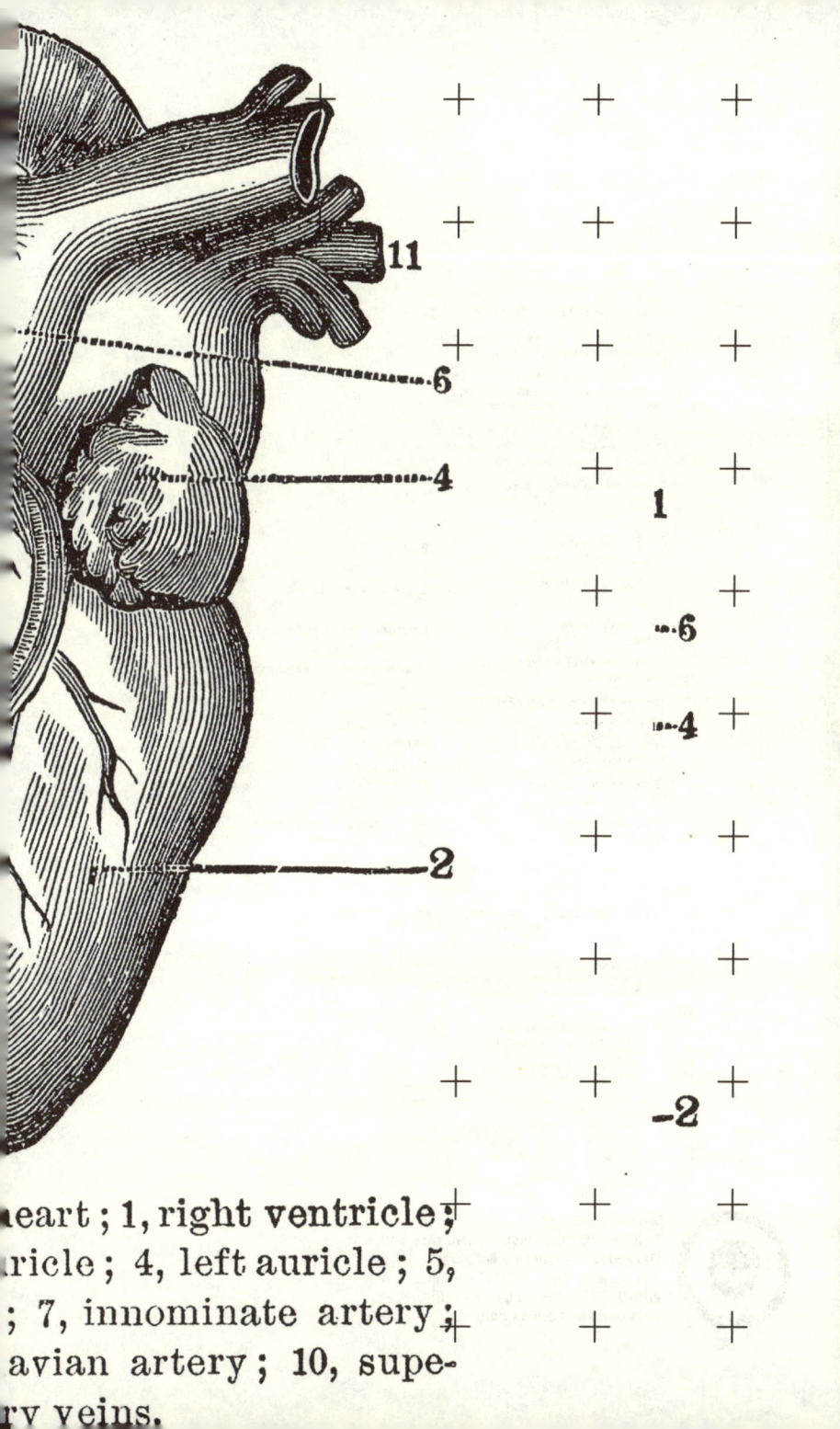

11

6

4

2

1

6

4

2

eart ; 1, right ventricle ;
ricle ; 4, left auricle ; 5,
; 7, innominate artery ;
avian artery ; 10, supe-
ry veins.

FALLING ANGEL
Copyright © 1978 by William Hjortsberg

Publicado originalmente em 1978
pela Harcourt Brace Jovanovich, Inc.

O autor agradece à National Endowment
for the Arts pela concessão da bolsa que
lhe possibilitou iniciar este romance.

Posfácio © 2006 by William Hjortsberg
Introdução © 2006 by James Crumley
Todos os direitos reservados.

Tradução para a língua portuguesa
© Carla Madeira, 2017

Diretor Editorial
Christiano Menezes

Diretor Comercial
Chico de Assis

Diretor de Novos Negócios
Marcel Souto Maior

Diretor de MKT e Operações
Mike Ribera

Diretora de Estratégia Editorial
Raquel Moritz

Gerente Comercial
Fernando Madeira

Gerente de Marca
Arthur Moraes

Gerente Editorial
Marcia Heloisa

Editor
Bruno Dorigatti

Capa e Projeto Gráfico
Retina 78

Coordenador de Arte
Eldon Oliveira

Coordenador de Diagramação
Sergio Chaves

Revisão
Ana Kronemberger
Retina Conteúdo

Finalização
Roberto Geronimo
Sandro Tagliamento

Impressão e Acabamento
Gráfica Santa Marta

DADOS INTERNACIONAIS DE CATALOGAÇÃO NA PUBLICAÇÃO (CIP)
Angélica Ilacqua CRB-8/7057

Hjortsberg, William
    Coração satânico / William Hjortsberg; tradução de Carla Madeira. —
Rio de Janeiro : DarkSide Books, 2017.
320 p.

    ISBN: 978-85-9454-007-2
    Título original: Falling angel

    1. Ficção norte-americana
    1. Título II. Madeira, Carla

16-0592   CDD 813

Índice para catálogo sistemático:
    1. Ficção norte-americana

CORAÇÃO SATÂNICO

William Hjortsberg

TRADUÇÃO
CARLA MADEIRA

DARKSIDE

Falling Angel
✛ SUMÁRIO ✛

FIG. 66 — External view of the heart; 1, right ventricle; 2, left ventricle; 3, right auricle; 4, left auricle; 5, aorta; 6, pulmonary artery; 7, innominate artery; 8, carotid arteries; 9, subclavian artery; 10, superior vena cava; 11, pulmonary veins.

DARKSIDE

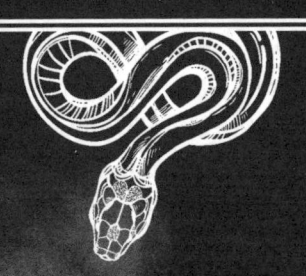

INTRODUÇÃO

Ele é bem-educado, um cavalheiro de uma classe raramente vista nestas partes do Grande Deserto Americano; não é um almofadinha, mas um homem refinado, amado, admirado, e todos confiam nele pelos vales, pelas montanhas e pelas planícies de Butte a Billings. Porém, ele tem seu jeito próprio de ver as coisas, pode ter certeza disso. É elegante à maneira de Fred Astaire quando ao apoiar-se numa lareira, tão admirável como um rapaz num terno branco de anarruga e chapéu de palhinha na cabeça. Contudo, não é nenhum janota, ele é de fino trato. Todos o chamam de "Gatz". Ninguém parece saber por quê.

Verdade seja dita, Gatz e eu vivemos no grande estado de Montana — um lugar onde homens são homens, mulheres são poucas e ovelhas são desgarradas, sua mais adorável qualidade — mas, levando-se em conta as grandes distâncias envolvidas, a primeira vez que o vi, ele tinha acabado de chegar a Montana e trabalhava como empacotador no mercado de John, o IGA, e morava num quarto humilde no hotel Murray. Mal sabíamos que nossas vidas logo iriam melhorar.

A próxima vez que nos encontramos foi em Los Angeles, por meio de velhos amigos, Russ Chatham e Jim Harrison. Eles suspeitaram que iríamos nos dar bem. Gatz havia desistido de empacotar mantimentos, e eu tinha parado de corrigir provas de alunos. Acho que ele estava escrevendo um filme estrelado por Tom Cruise e creio que eu tentava investigar a Guerra do Vietnã. Nós dois estávamos loucos para arrumar um jeito de viver em Montana para sempre.

Encontramo-nos num hotel na Sunset Boulevard, depois de eu conseguir subir a colina ao sair do meu casebre no Valley. Tomamos um drinque enquanto nos observávamos para tentar nos conhecer melhor, depois tomamos outro. Demos um tempo para recobrarmos nossa lucidez, passamos a falar do que estava acontecendo em Hollywood e, ao final, estávamos comparando fotos de nus e histórias escabrosas de nossas ex-esposas. Eu tinha a maior quantidade delas; ele, as melhores. Depois saímos e fomos comer comida italiana numa espelunca de mafiosos e nos tornamos amigos para o resto da vida.

Não somos caipiras doidões, nem dividimos barracas nos velhos campos de tosquia de ovelhas. Gatz ataca a truta ardilosa com vara de bambu e isca amarrada manualmente. (Se fosse do meu jeito, eu optaria por granadas.) Não atiramos em estranhos, pelo menos enquanto eles acenarem com propostas para filmes. A maior parte do tempo vivemos em paz, apreciando o vento que sopra pelo capim farto; a agitação constante do rio Yellowstone; a natureza da luz entrando pela porta da frente do boteco enfumaçado, fins de tarde dourados no bar entre velhos amigos. Quase todos à mesa têm sido amigos por cerca de 25 anos. É como escolher crescer numa família onde todos se admiram. Gente inteligente e boa. Não apenas os escritores, mas pessoas que se gostam mutuamente. Talvez o nome Paradise Valley não seja um contrassenso.

No entanto, verdade seja dita, aqui vai uma queixa. *Coração Satânico* foi lançado no mesmo mês que o meu romance *The Last Good Kiss*. Gatz conquistou todos os holofotes: seu livro foi dividido em duas partes e publicado na *Playboy*, ele o vendeu para que virasse filme, enfim, choveu na horta dele. Meu romance desapareceu silenciosamente privada abaixo.

Só que isso foi há muito tempo. Nós comemos, bebemos e conversamos sobre nosso ofício. E sobre amigos ausentes. Montana não é o tipo de lugar onde se permitem arroubos literários. Aqui abro um parêntese para uma vez ou outra em que Gatz exagera um pouco. Entretanto, tentamos não dar atenção a isso.

A primeira frase do romance é: "Era sexta-feira 13, e a tempestade de neve de ontem permanecia nas ruas como um resto de maldição". É provável que você suspeite de que há algo mais além do que está escrito ali. Durante a segunda leitura, descobri que, se lido com cuidado, esse é um romance onde não há surpresas. Tudo é meticulosamente estruturado. Mas não sem suspense, que paira como uma nuvem negra sobre cada movimento de Harry Angel ao longo da história.

Harry é um detetive particular, um homem meio como o personagem Continental Op, de Dashiell Hammett, gorducho mas profissional, e segue fazendo seu trabalho como um encanador ou um limpador de janelas de arranha-céus. Carrega suas ferramentas de trabalho escondidas no fundo falso de sua maleta. É apenas um detetive particular dedicado. Até que esquece as três regras básicas do negócio: todos os clientes mentem, receba o pagamento adiantado e nunca confie em alguém com um nome esquisito. O que deveria ser uma simples busca a uma pessoa desaparecida se transforma numa obsessão.

É o ano de 1959, e Harry leva o leitor num passeio pela cidade de Nova York, indo do restaurante Top of the Six até o submundo de Coney Island, da Times Square florescendo com as primeiras luzes de neon até os rituais de vodu nas regiões mais sombrias do Central Park. Gatz é um mestre. Ele recria a Nova York de 1959 com tal perfeição que poderíamos usar o romance como um guia de ruas — desde que você preste atenção. Apenas torça para que a pior coisa em que vá pisar seja cocô de cachorro.

Os problemas surgem como o fedor vindo de uma sepultura aberta. Em quase todo lugar que Harry vai, alguém morre horrivelmente. Pedaços de corpos tombam ao longo da história como num matadouro. Você fica preocupado quando Harry pede um sanduíche de filé. Pode vir o cavalo Sea Biscuit no pão de centeio. Um uísque irlandês pode ser sangue. O sacrifício de um bebê durante uma orgia numa estação de metrô abandonada pode ser real em vez de um pesadelo.

E os mortos mais recentes são, talvez, as pessoas mais interessantes. Um músico de jazz, uma mulher fingindo ser a irmã gêmea vidente e um médico viciado que pode ter dado um tiro no próprio olho com uma Webley calibre 44 num quarto trancado. Mortes violentas e horrorosas.

Exceto quando Harry se envolve com a adorável e sensual *mambo* — uma sacerdotisa vodu — Epiphany Proudfoot, uma das mais sinuosas *femmes fatales* já criadas.

Aí vem o sexo, uma cópula tão selvagem que pode ser o nascimento de um monstro, sangue e fluidos vitais lançados por todo o quarto como confete. Uma luta para a morte, não de amor.

Porém, Harry se engana. Como sempre. O romance termina como começa, um mistério perfeitamente elaborado e terrível. E também perfeitamente preciso. É uma beleza de livro.

— *James Crumley*

"Oh, quão terrível é a sabedoria
quando não traz proveito algum
ao sábio que a possui!"
— Sófocles, *Édipo Rei*.

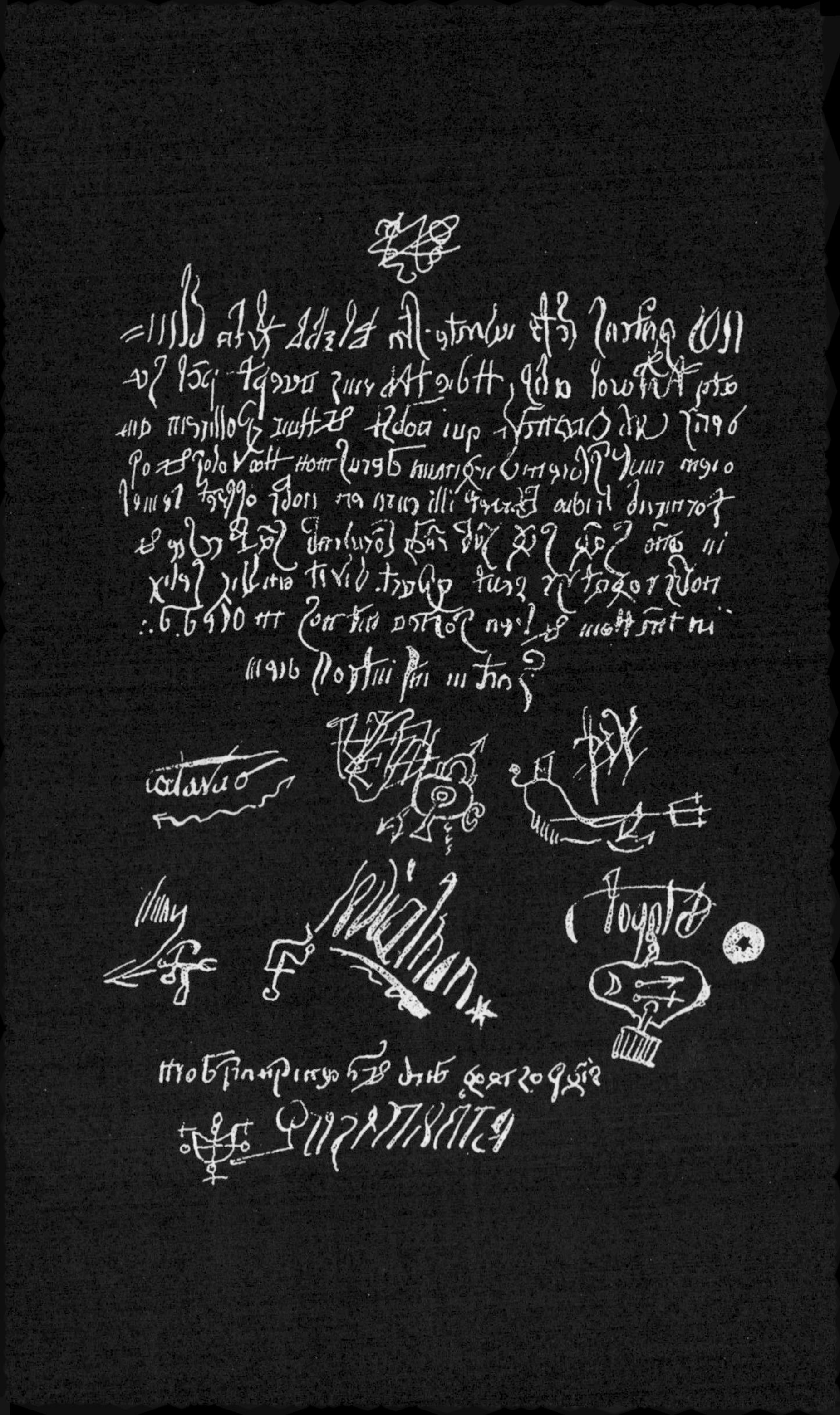

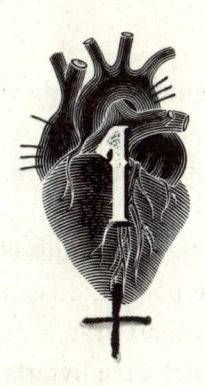

Era sexta-feira 13, e a tempestade de neve de ontem permanecia nas ruas como um resto de maldição. O lamaçal do lado de fora alcançava os tornozelos. Do outro lado da Sétima Avenida, um desfile sem fim de manchetes luminosas marchava em torno da fachada de terracota da Times Tower: ... HAVAÍ É ACEITO COMO 50º ESTADO DA UNIÃO: CONGRESSO APROVA POR 232 VOTOS CONTRA 89; ASSINATURA DA LEI POR EISENHOWER GARANTIDA... Havaí, doce terra de abacaxis e Haleloke, o som dos *ukuleles*, sol e surfe, saias de hula-hula balançando na brisa tropical.

Girei minha cadeira e fiquei observando a Times Square. O outdoor dos cigarros Camel no hotel Claridge soltava vigorosos anéis de fumaça sobre o trânsito confuso. O almofadinha do anúncio, com sua boca aberta numa surpresa perpétua envolta na névoa do cigarro, era o prenúncio da primavera na Broadway. No início da semana, equipes de pintores pendurados em andaimes trocaram os casacos pesados e soturnos de inverno deste fumante por trajes leves de anarruga e um chapéu-panamá; nada tão poético como as andorinhas de Capistrano, mas era o suficiente para dar o recado.

Na página ao lado, o pacto firmado em 1616 entre Lúcifer e Urbain Grandier, sacerdote da paróquia de St-Pierre-du-Marche, em Loudun, França, com as assinaturas de sete demônios. Da esquerda para direita: Lúcifer, Belzebu, Satã, Astaroth, Leviatã, Elimi e Baalberith.

Meu prédio fora erguido antes da virada do século; uma construção de quatro andares feita de tijolos grudados por uma mistura de fuligem e bosta de pombo. Uma profusão de outdoors brotava no telhado anunciando voos para Miami e várias marcas de cerveja. Havia uma charutaria na esquina, um salão para jogos de pôquer, duas barracas de cachorro--quente e, no meio do quarteirão, o teatro Rialto. A entrada ficava espremida entre uma livraria que vendia material pornográfico e uma loja de bugigangas, com suas vitrines atulhadas de almofadas que fazem barulho de peido quando se senta nelas e réplicas de cocôs de cachorro.

Meu escritório ficava dois andares acima, no mesmo corredor da Eletrólise Olga, da Importadora Teardrop e do Escritório de Contabilidade Ira Kipnis. As letras douradas de 25 centímetros faziam com que a minha sala se destacasse perante esses outros estabelecimentos: AGÊNCIA DE DETETIVES CROSSROADS. O nome veio junto com o negócio que comprei de Ernie Cavalero. Ele havia me dado um emprego como seu investigador lá atrás, assim que cheguei à cidade, ainda na época da guerra.

Estava saindo para tomar um café quando o telefone tocou. "Sr. Harry Angel?", perguntou uma voz fina e distante. "Ligação de Herman Winesap da McIntosh, Winesap e Spy."

Grunhi algo agradável e a telefonista me pôs na espera.

A voz de Herman Winesap era tão vaselinada quanto as pomadas pegajosas que as empresas gostam de anunciar para usar no cabelo das crianças. Ele se apresentou como um procurador. Isso significava que seus honorários eram altos. Um cara que se autointitula advogado sempre custa muito menos. Winesap soou tão agradável que eu o deixei falar a maior parte do tempo.

"O motivo de minha ligação, sr. Angel, é para saber se no momento o senhor está disponível para um trabalho."

"Seria para sua empresa?"

"Não. Estou falando em nome de um de nossos clientes. O senhor está disponível?"

"Depende do trabalho. Preciso de mais detalhes."

"Meu cliente prefere falar com o senhor pessoalmente. Ele sugeriu que fossem almoçar hoje. À uma da tarde em ponto no Top of the Six."

"Você pode me dizer o nome desse cliente ou vou ter de procurar por algum cara com um cravo vermelho?"

"Pode anotar? Vou soletrar para o senhor."

Escrevi o nome LOUIS CYPHRE no bloco de notas e perguntei como se pronunciava.

Herman Winesap se esmerou na pronúncia, destacando o "R" como um professor de idiomas do Berlitz. Perguntei se o cliente era estrangeiro.

"O sr. Cyphre usa um passaporte francês. Não sei ao certo a nacionalidade dele. Qualquer dúvida que o senhor tenha, ele vai esclarecer no almoço. Posso dizer ao sr. Cyphre para contar com o senhor?"

"Estarei lá à uma em ponto."

O procurador Herman Winesap fez mais algumas observações finais antes de calar a boca. Desliguei e acendi um dos meus charutos Montecristo que sobraram do Natal para comemorar.

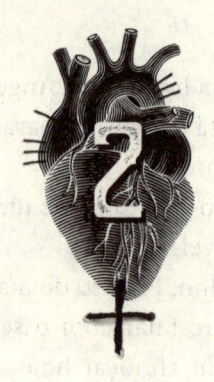

O número 666 da Quinta Avenida era um cruzamento mal-sucedido de arquitetura funcional com nossa estética nativa. Fora erguido havia dois anos entre as ruas 52 e 53: trezentos mil metros quadrados de escritórios envoltos em painéis de alumínio em alto-relevo. Parecia um ralador de queijo de quarenta andares. Havia uma cascata no saguão, mas isso não ajudava muito.

Peguei um elevador expresso até o último andar, recebi um número com a jovem da chapelaria e fiquei admirando a vista enquanto o maître me olhou sem muito interesse — como um fiscal da saúde pública inspecionando um pedaço de carne. O fato de ele encontrar o nome de Cyphre no livro de reservas não nos tornou exatamente íntimos. Segui-o, passando por um murmúrio educado de executivos, até uma pequena mesa à janela.

Um homem num terno azul com listras finas feito sob medida e um botão de rosa vermelho-sangue na lapela estava ali. Sua idade poderia ser qualquer coisa entre 45 e 60 anos. Tinha cabelos pretos fartos penteados para trás, mas seu bem aparado cavanhaque e o bigode pontudo eram brancos como arminho. Era bronzeado e elegante; os olhos de um azul distante, etéreo. Uma pequena estrela de ouro invertida brilhava sobre sua gravata de seda grená.

"Sou Harry Angel", falei, enquanto o maître puxava minha cadeira. "Um advogado chamado Winesap me disse que o senhor queria falar comigo."

"Gosto de gente pontual", ele respondeu. "Bebe alguma coisa?"

Pedi um *manhattan* duplo sem gelo; Cyphre bateu em seu copo com a ponta do dedo, a unha meticulosamente feita, e pediu mais um. Era fácil imaginar aquelas mãos bem cuidadas segurando um chicote. Nero deve ter tido aquele tipo de mãos. E Jack, o Estripador. Era a mão de imperadores e assassinos. Lânguidos, e mesmo assim letais, os dedos cruéis e esguios eram perfeitos instrumentos do mal.

Quando o garçom saiu, Cyphre inclinou-se para a frente e me olhou com um sorriso conspiratório.

"Odeio me ater a banalidades, mas gostaria de ver uma identificação antes de começarmos."

Puxei minha carteira e mostrei a ele a licença e o distintivo de detetive honorário.

"Aí tem também uma autorização para porte de arma e a carteira de motorista."

Ele passou os dedos pelas divisórias de celuloide que guardavam os documentos e, quando me devolveu a carteira seu sorriso era dez vezes mais branco.

"Eu prefiro a palavra de um homem, mas meus conselheiros legais insistiram nesse tipo de formalidade."

"Sempre é bom agir com cautela."

"Ora, sr. Angel, pensei que gostasse de correr riscos."

"Só quando é preciso." Fiquei ouvindo-o, tentando descobrir algum sotaque, mas a voz dele parecia de metal, suave e limpa, como se tivesse sido polida com dinheiro desde o dia de seu nascimento. "Acho bom irmos direto ao que interessa", falei. "Não sou bom com conversa fiada."

"Outro traço admirável." Cyphre retirou uma cigarreira de ouro e couro de dentro do bolso interno do paletó, abriu-a e escolheu uma cigarrilha fina e esverdeada.

"Fuma?"

Declinei da oferta e observei-o cortar a ponta de sua cigarrilha com um canivete de prata.

"O nome Johnny Favorite por acaso lhe traz alguma lembrança?", ele perguntou, passando a chama do isqueiro ao longo da cigarrilha.

Pensei a respeito.

"Não seria um cantor de uma banda de swing de antes da guerra?"

"Ele mesmo. Um estouro da noite para o dia, como gosta de dizer a imprensa. Cantava com a orquestra de Spider Simpson em 1940. Pessoalmente, eu detestava swing, e não consigo me recordar dos nomes dos sucessos dele; de qualquer forma, havia vários. Ele criou uma comoção enorme no teatro Paramount dois anos antes de se ouvir falar de Sinatra. Você deve se lembrar disso, o Paramount fica na sua vizinhança."

"Johnny Favorite é de antes de minha época. Em 1940, eu tinha acabado de sair do colégio, era um policial novato em Madison, Wisconsin."

"Você é do Meio-Oeste? Tinha certeza de que você era de Nova York."

"Nova-iorquinos nativos são uma espécie rara, pelo menos acima da rua Houston."

"É verdade." As feições de Cyphre ficavam envoltas em fumaça azul à medida que ele tragava sua cigarrilha. Tinha cheiro de tabaco de alta qualidade, e lamentei não ter aceitado uma quando o homem me ofereceu. "Essa é uma cidade de forasteiros", ele disse. "Eu sou um deles."

"De onde o senhor é?", perguntei.

"Digamos que sou um viajante." Cyphre desfez com a mão o manto de fumaça da cigarrilha fazendo brilhar uma esmeralda que o próprio papa teria beijado.

"Por mim, tudo bem. Por que o senhor me perguntou sobre Johnny Favorite?"

O garçom deixou nossos drinques na mesa, discreto como uma sombra.

"Até que ele tinha uma voz agradável." Cyphre levou seu copo até a altura dos olhos num brinde silencioso, ao estilo europeu. "Como falei, eu não tinha estômago para aquele ritmo musical, o swing; muito barulhento e frenético para o meu gosto. Johnny, no entanto, soava doce como um cantor de coral quando queria. Eu o pus sob minha proteção logo quando estava começando. Era um garoto destemido e franzino do Bronx. Órfão de pai e mãe. O nome dele não era Favorite, era Jonathan Liebling. Mudou por razões profissionais; Liebling não ia ficar nada bem nos letreiros. Sabe o que aconteceu com ele?"

Respondi que não fazia a menor ideia.

"Foi convocado em janeiro de 1943. Por conta de seus talentos profissionais, foi designado para a Divisão de Serviços de Entretenimentos Especiais e, em março, se juntou a um show da tropa na Tunísia. Não tenho certeza dos detalhes; houve um ataque aéreo à tarde durante uma apresentação. A Luftwaffe metralhou o palco onde estava a banda. A maioria dos homens morreu. Johnny, por um golpe de sorte, escapou com ferimentos no rosto e na cabeça. 'Escapou' não é a palavra certa. Ele nunca mais foi o mesmo. Não sou da área médica, portanto não posso falar com precisão sobre o estado dele. Algo como um trauma pós-guerra, acho."

Falei para ele que eu mesmo tinha conhecimento do que era trauma pós-guerra.

"É mesmo? O senhor esteve na guerra, sr. Angel?"

"Por uns meses, logo quando começou. Fui um dos que tiveram sorte."

"Bom, Johnny Favorite não teve sorte. Foi mandado para casa em estado vegetativo."

"Isso é horrível", disse, "mas onde é que eu me encaixo nisso tudo? O que exatamente o senhor quer que eu faça?"

Cyphre apagou sua cigarrilha no cinzeiro e ficou brincando com a velha e amarelada piteira de marfim presa a ela. Era esculpida no formato de uma serpente enroscada e sua cabeça era a de um galo cantando.

"Tenha paciência comigo, sr. Angel. Vou chegar lá, mesmo que indiretamente. Dei alguma ajuda a Johnny no início da carreira dele. Nunca fui seu empresário, mas pude usar minha influência a favor dele. Como reconhecimento a minha ajuda, que foi considerável, fizemos um contrato. Algumas garantias foram combinadas. Elas deveriam ser cumpridas no caso da morte dele. Desculpe se não posso ser mais explícito, mas os termos de nosso acordo especificavam que os detalhes permaneceriam confidenciais.

"De qualquer forma, não havia esperança para Johnny. Ele foi enviado a um hospital de veteranos de guerra em New Hampshire e tudo levava a crer que ia viver o resto de sua vida numa enfermaria, um daqueles desafortunados descartes da guerra. Porém, Johnny tinha amigos e dinheiro, muito dinheiro. Apesar de ser um gastador por natureza, seus ganhos durante os dois anos que antecederam seu alistamento foram consideráveis; maiores do que qualquer um pudesse dissipar. Parte do dinheiro dele estava investido, tendo seu empresário uma procuração para geri-lo."

"A trama vai ficando complicada", falei.

"Com certeza, sr. Angel." Cyphre bateu a piteira de marfim distraidamente na borda do copo vazio, fazendo o cristal repicar como sinos ao longe. "Os amigos de Johnny o transferiram para um hospital particular no norte do estado. Fizeram uma espécie de tratamento radical. Típica embromação psiquiátrica, suponho. O resultado final foi o mesmo: Johnny continuou um zumbi. Só que as despesas saíram dos bolsos dele e não do governo."

"O senhor sabe os nomes desses amigos?"

"Não. Espero que o senhor não me ache um completo mercenário quando afirmo que meu interesse em Jonathan Liebling diz respeito apenas ao nosso acordo contratual. Eu nunca mais vi o rapaz depois que ele partiu para a guerra. Só o que importava para mim era se ele estava vivo ou morto. Uma ou duas vezes por ano meus procuradores entram em contato com o hospital e recebem de lá uma declaração registrada em cartório dizendo que ele de fato ainda está entre os vivos. A situação permaneceu inalterada até semana passada."

"O que aconteceu então?"

"Algo muito estranho. O hospital de Johnny fica nos arredores de Poughkeepsie. Eu estava lá por perto a negócios e, num impulso, decidi fazer uma visita ao meu velho conhecido. Talvez eu quisesse ver o que dezesseis anos sobre uma cama fazem a um homem. No hospital me disseram que as visitas eram permitidas apenas nos dias úteis à tarde. Eu insisti, então o médico responsável veio. Informou-me que Johnny estava sendo submetido a uma terapia especial e não poderia ser incomodado até a segunda-feira seguinte."

"Parece que estavam tentando enrolar o senhor."

"Sim. Havia algo no jeito daquele homem que eu não estava gostando." Cyphre enfiou sua piteira no bolso do colete e cruzou as mãos à mesa. "Fiquei em Poughkeepsie até segunda-feira e voltei ao hospital, me certificando de chegar durante o horário de visitas. Não vi mais o médico, mas, quando dei o nome de Johnny a jovem no balcão da recepção, me perguntou se eu era parente dele. Naturalmente, disse que não. Ela me informou que apenas membros da família podiam visitar os pacientes."

"E isso não foi dito da outra vez?"

"Nem uma palavra. Fiquei muito indignado. Acabei fazendo um escarcéu. Foi um erro. A recepcionista ameaçou chamar a polícia se eu não fosse embora naquele instante."

"E o que o senhor fez?"

"Fui embora. Que mais poderia fazer? É um hospital particular. Eu não queria nenhum problema. Por isso estou contratando seus serviços."

"O senhor quer que eu vá lá e cheque para o senhor?"

"Exatamente." Cyphre fez um gesto amplo, virando as palmas das mãos para cima como alguém que não tem nada a esconder. "Primeiro, preciso saber se Johnny Favorite ainda está vivo. Isso é essencial. Se estiver, quero saber onde ele está."

Tateei no meu paletó e tirei de dentro um pequeno bloco de anotações com capa de couro e uma lapiseira.

"Parece bem simples. Qual é o nome e o endereço do hospital?"

"Clínica Emma Dodd Harvest Memorial; fica a leste da cidade, estrada Pleasant Valley."

Anotei aquilo tudo e perguntei pelo sobrenome do médico que tentou enrolar Cyphre.

"Fowler. Creio que o nome de batismo era Albert ou Alfred."

Anotei aquilo também.

"E Favorite está registrado com seu nome verdadeiro?"

"Sim. Jonathan Liebling."

"Acho que é o suficiente." Guardei o bloquinho e me levantei. "Como posso falar com o senhor?"

"Através de meu procurador seria o melhor." Cyphre alisou o bigode com a ponta do dedo indicador. "O senhor não está saindo, está? Pensei que íamos almoçar."

"Odeio perder um almoço grátis, mas se começar desde já, posso chegar em Poughkeepsie antes do fim do expediente."

"Hospitais não se regulam pelo horário comercial."

"Mas a administração deles sim. Qualquer estratagema que eu usar depende disso. Vai lhe custar mais caro se eu esperar até segunda-feira. Minha diária é cinquenta dólares, mais despesas."

"Parece-me razoável para um trabalho bem-feito."

"O trabalho vai ser finalizado. Satisfação garantida. Ligo para Winesap assim que souber de algo."

"Perfeito. Prazer em conhecê-lo, sr. Angel."

O maître ainda me olhava com desdém quando parei na saída para pegar meu sobretudo e a maleta.

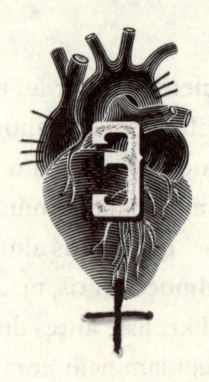

Meu Chevy 53 estava estacionado na garagem do Hippodrome na rua 44, perto da Sexta Avenida. Apenas o nome tinha permanecido para registrar o lugar do lendário teatro. Pavlova dançou lá. John Philip Sousa liderou a banda da casa. Agora o lugar fedia a escapamento de carro, e a única música vinha de um radinho portátil no escritório, entre intervenções do locutor porto-riquenho falando um espanhol acelerado como uma metralhadora.

Por volta de duas da tarde, eu dirigia para o norte pela rodovia West Side. O êxodo do fim de semana ainda não havia começado, e o trânsito estava fácil ao longo da estrada Saw Mill River. Parei em Yonkers e comprei uma garrafa de meio litro de bourbon para me fazer companhia. Quando passei por Peekskill já tinha bebido metade, então guardei a garrafa no porta-luvas para a viagem de volta.

Dirigi em silêncio pela paisagem nevada dos campos. Estava uma tarde agradável, agradável demais para ser estragada pela sofrível parada de sucessos do rádio do carro. Passado o lodo encardido da cidade, tudo parecia branco e limpo como uma paisagem de Grandma Moses.

Alcancei os arredores de Poughkeepsie um pouco depois das três da tarde e encontrei a estrada de Pleasant Valley sem ver uma única jovem de Vassar, a renomada faculdade destinada às moças de famílias abastadas da cidade. A oito quilômetros de Poughkeepsie cheguei a uma propriedade cercada por muros com um portão de ferro fundido em forma de arco e enormes letras em bronze pregadas meio tortas no muro de tijolos, onde se lia: CLÍNICA EMMA DODD HARVEST MEMORIAL. Segui por um caminho sinuoso de cascalho que se estendia por mais ou menos oitocentos metros através de espessas cercas de hera, desembocando em frente a um prédio de tijolos vermelhos de seis andares em estilo georgiano que mais parecia um dormitório universitário que um hospital.

Lá dentro, o espaço tinha total aparência hospitalar, as paredes pintadas de um verde-claro burocrático, e o chão de linóleo cinza tão limpo que daria para se fazer cirurgias nele. Um balcão de informações com divisória de vidro fora posicionado num recuo numa das paredes. Uma pintura a óleo, o retrato de uma matriarca com cara de poucos amigos, pendia bem em frente a ele. Adivinhei que se tratava de Emma Dodd Harvest mesmo sem ler a placa de identificação pregada à moldura. Mais adiante, pude ver um corredor claro onde um enfermeiro, empurrando uma cadeira de rodas vazia, virou a curva e sumiu de vista.

Detesto hospitais, já que tive de passar meses demais dentro deles me recuperando durante a guerra. Havia algo de deprimente na esterilidade eficiente daqueles lugares. O ruído cauteloso de solados de borracha ao longo dos corredores luminosos impregnados do cheiro de desinfetante. Funcionários impessoais e anônimos em seus uniformes brancos impecáveis. Uma rotina tão monótona que até a troca de um urinol assume uma importância ritualística. Memórias da enfermaria ressurgiram, trazendo um terror sufocante. Hospitais, como prisões, são todos iguais do lado de dentro.

A moça atrás do balcão era jovem e simplória. Estava de branco e tinha um pequeno crachá preto onde se lia

R. FLEECE. O recuo levava a um escritório cheio de arquivos e documentos.

"Posso ajudá-lo?" A srta. Fleece tinha a voz doce como o suspiro de um anjo. A luz fluorescente cintilou nas lentes grossas de seus óculos sem aros.

"Espero que sim", falei. "Eu me chamo Andrew Conroy e estou fazendo um trabalho de campo para o Instituto Nacional de Saúde." Pus minha maleta preta de couro de novilho sobre o balcão e mostrei a ela uma identidade falsa numa carteira extra que carrego como disfarce. Eu havia posto o documento em destaque no compartimento da frente enquanto descia no elevador do 666 da Quinta Avenida.

A srta. Fleece olhou desconfiada para mim, seus olhos minúsculos e lacrimosos movendo-se por trás das lentes grossas como peixes tropicais num aquário. Dava para perceber que ela não tinha gostado de meu terno amarrotado nem das manchas de sopa em minha gravata, mas minha maleta da Mark Cross salvou o dia.

"Tem alguém em particular que o senhor gostaria de ver, sr. Conroy?", ela perguntou, esboçando um quase sorriso.

"Talvez você possa me dizer." Enfiei minha carteira falsa dentro do bolso do paletó e me inclinei sobre o balcão. "O Instituto está desenvolvendo uma pesquisa sobre casos de traumas incuráveis. Meu trabalho é coletar informações a respeito de sobreviventes que estejam em hospitais particulares. Creio que vocês tenham um paciente aqui que se enquadra nessa descrição."

"Qual o nome dele, por favor?"

"Jonathan Liebling. Qualquer informação que possa fornecer será estritamente confidencial. Na verdade, nenhum nome vai ser usado no relatório oficial."

"Um instante, por favor." A recepcionista de voz celestial retirou-se para dentro do escritório e puxou uma gaveta na parte de baixo de um dos arquivos. Não demorou muito para ela encontrar o que estava procurando. Voltou trazendo uma pasta de papel pardo e deslizou-a para mim por baixo da separação de vidro. "Este paciente já ficou conosco, mas, como pode ver, Jonathan Liebling foi transferido para o hospital de veteranos de guerra em Albany há alguns anos. Aqui está seu histórico. O que tivermos sobre ele está aqui."

A transferência estava devidamente registrada na ficha, e ao lado dela, a data, 12/5/1945. Peguei meu bloco de anotações e comecei a rabiscar alguns dados.

"Você sabe quem era o médico responsável por este caso?"

Ela puxou a pasta para si e a virou para poder ler o documento.

"Era o dr. Fowler." Ela apontou o nome com o indicador.

"Ele ainda trabalha aqui?"

"Claro. Na verdade, está trabalhando agora. O senhor quer falar com ele?"

"Se não tiver problema."

Ela tentou um novo sorriso.

"Vou chamá-lo e ver se ele está livre." Ela caminhou até a mesa telefônica e falou baixinho num pequeno microfone. Sua voz amplificada ecoou por um corredor distante: "Dr. Fowler no balcão da recepção, por favor... Dr. Fowler no balcão da recepção."

"Você estava trabalhando no último fim de semana?", perguntei enquanto esperávamos.

"Não, estive fora por alguns dias. Minha irmã se casou."

"Pegou o buquê?"

"Não tive tanta sorte."

O dr. Fowler surgiu do nada, silencioso como um gato, em seus sapatos de sola de borracha. Era um homem alto, bem acima de um metro e oitenta, e caminhava tão encurvado que parecia levemente corcunda. Vestia um terno amarrotado marrom de lã espinha de peixe vários números acima de seu tamanho. Imaginei que tinha por volta dos setenta anos. O pouco de cabelo que lhe restava era cor de chumbo.

A jovem Fleece me apresentou como sr. Conroy, e repeti para ele a mesma história do Instituto Nacional de Saúde, acrescentando "se houver qualquer coisa que possa me dizer sobre Jonathan Liebling, ficaria imensamente grato".

O dr. Fowler pegou a pasta de papel pardo. Devia ser algo como paralisia o que fazia seus dedos tremerem, mas eu tinha minhas dúvidas.

"Faz tanto tempo", ele disse. "Ele era um artista antes da guerra. Um caso triste. Não havia nenhuma evidência física de dano neurológico, mas mesmo assim ele não respondeu ao tratamento. Não parecia fazer sentido mantê-lo aqui, então, considerando os custos e tudo mais, nós o transferimos para Albany. Era um veterano de guerra e tinha direito a um leito para o resto da vida."

"Então é lá que posso encontrá-lo, em Albany?"

"Imagino que sim. Se ainda estiver vivo."

"Bom, doutor, não vou tomar mais o seu tempo."

"Tudo bem. Sinto muito não ter podido ajudar."

"Que nada, o senhor foi de grande ajuda." E foi mesmo. Foi só olhar em seus olhos para saber toda a história.

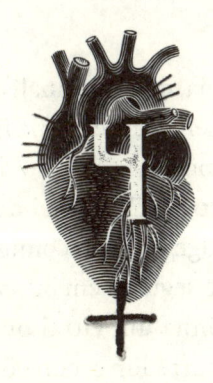

Dirigi de volta a Poughkeepsie, parando no primeiro bar que encontrei. Primeiro liguei para o hospital de veteranos em Albany. Demorou um pouco, mas eles confirmaram o que eu já sabia: nunca houve um paciente transferido chamado Jonathan Liebling. Nem em 1945, nem nunca. Agradeci e deixei o telefone fora do gancho enquanto procurava na lista pelo número do dr. Fowler. Anotei o endereço e o telefone no bloco e disquei o número do médico. Ninguém atendeu. Deixei tocar uma dúzia de vezes antes de desligar.

Tomei um drinque rápido e perguntei ao barman como chegar à rua South Kittridge, 419. Ele rabiscou uma espécie de mapa num guardanapo, destacando, com fingida indiferença, que era uma parte elegante da cidade. Quanto ao poder aquisitivo do local, o comentário do barman estava correto. Vi até algumas meninas da Vassar no pacote.

South Kittridge era uma rua agradável, arborizada, não muito distante do campus. A casa do médico era em estilo gótico vitoriano com uma torre circular num dos cantos e um grande número de delicados arabescos pendendo dos beirais como renda na gola de uma velha dama da sociedade. Uma varanda ampla com colunas dóricas cercava a construção, e altas cercas de lilases separavam o terreno das casas vizinhas em ambos os lados.

Passei de carro por ela, devagar, analisando tudo, e estacionei o Chevy na esquina em frente a uma igreja de pedra. O aviso do lado de fora anunciava o sermão de domingo: A SALVAÇÃO ESTÁ DENTRO DE VOCÊ. Caminhei de volta até o número 419 da rua South Kittridge levando comigo a maleta preta. Era apenas um vendedor de seguros em busca de uma comissão.

A porta da frente tinha um vitral oval bisotado que permitia vislumbrar um corredor escuro de lambris e uma escadaria acarpetada que levava ao segundo andar. Toquei a campainha duas vezes e esperei. Não veio ninguém. Toquei novamente e girei a maçaneta. Estava trancada. A fechadura devia ter pelo menos uns quarenta anos, e eu não tinha nada que se encaixasse ali.

Fui até a varanda lateral e forcei cada uma das janelas sem sucesso. Nos fundos, havia uma porta que levava ao porão. Estava fechada com cadeado, mas a madeira à qual ele se prendia estava amolecida e velha. Peguei um pé de cabra de dentro da maleta e arranquei o ferrolho.

Os degraus estavam escuros e adornados com teias de aranha. Minha caneta-lanterna evitou que eu quebrasse o pescoço. Uma fornalha a carvão se erguia do centro do cômodo como um ídolo pagão. Encontrei as escadas e comecei a subir.

A porta no alto estava destrancada, e dava para uma cozinha que deve ter sido um grito de modernidade durante a era do presidente Hoover. Havia um fogão a gás com pés altos e curvilíneos e uma geladeira cujo motor circular empoleirava-se no alto como uma caixa de chapéu. Se o médico morava sozinho, devia ser um homem organizado. A louça do café da manhã estava lavada e posta para secar no escorredor. O piso de linóleo estava encerado. Deixei minha maleta sobre o plástico que cobria a mesa da cozinha e fui checar o restante da casa.

As salas de jantar e de estar pareciam nunca terem sido usadas. A poeira cobria a mobília pesada e escura disposta com a precisão de uma loja de móveis. No andar de cima, havia três quartos. Os armários em dois deles estavam vazios. O menor dos três, com uma cama de ferro de solteiro e uma cômoda simples de carvalho, era onde o dr. Fowler vivia.

Vasculhei a cômoda, mas não encontrei nada além das camisas, dos lenços e das cuecas de algodão de sempre. No armário, vários ternos de lã fedendo a mofo estavam pendurados ao lado de uma sapateira. Dei uma busca nos bolsos meio ao acaso e não encontrei nada. Na mesinha de cabeceira, havia um revólver Webley Mark 5 calibre 455 ao lado de uma pequena Bíblia com capa de couro. O revólver era uma arma extra fornecida a oficiais britânicos na Primeira Guerra Mundial. Bíblias eram opcionais. Chequei o tambor, mas o Webley estava descarregado.

No banheiro tive mais sorte. Um esterilizador lançava vapor sobre a pia. Dentro dele, encontrei meia dúzia de agulhas e três seringas. No armário não havia nada além dos tradicionais vidros de aspirina e xaropes para tosse, tubos de creme dental e colírio. Examinei vários frascos contendo comprimidos, mas todos pareciam legais. Nada de narcóticos.

Eu sabia que deveriam estar em algum lugar, então voltei ao térreo e dei uma olhada na antiga geladeira. Estava na mesma prateleira do leite e dos ovos. Morfina: por alto, pelo menos uns vinte vidros de cinquenta mililitros. O suficiente para manter uma dúzia de viciados fora de combate por um mês.

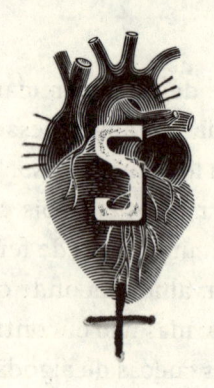

Pouco a pouco foi escurecendo lá fora. As árvores sem folhas do jardim à frente da casa viraram silhuetas por baixo de um céu azul-cobalto antes de se fundirem à escuridão. Eu fumava como uma chaminé, lotando de guimbas um cinzeiro antes imaculado. Faltando alguns minutos para as sete, os faróis de um carro apontaram na entrada da garagem e se apagaram. Atentei-me aos passos do médico na varanda, mas não ouvi mais nada até que sua chave abriu a fechadura.

Ele acendeu uma luminária alta e um retângulo de luz perfurou a escuridão da sala, iluminando minhas pernas esticadas, até a altura dos joelhos. Não emiti som algum além de minha respiração, mas esperava que ele fosse sentir o cheiro do cigarro. Estava errado. Ele pendurou o sobretudo no balaústre da escada e se arrastou em direção à cozinha. Quando acendeu as luzes, fui atrás dele pela sala de jantar.

O dr. Fowler pareceu não notar minha maleta sobre a mesa. Tinha aberto a porta da geladeira e procurava algo dentro dela. Encostei no arco de entrada da sala de jantar e fiquei observando-o.

"Está na hora de sua dose noturna?", perguntei.

Ele se virou, agarrando uma garrafa de leite contra o peito com as duas mãos.

"Como entrou aqui?"

"Pelo buraco da fechadura. Por que o senhor não se senta e bebe seu leite enquanto a gente tem uma conversa longa e agradável?"

"Você não trabalha no Instituto Nacional de Saúde. Quem é você?"

"Meu nome é Angel. Sou um detetive particular de Nova York." Puxei uma das cadeiras da cozinha, e ele se sentou, abatido, segurando a garrafa de leite como se fosse a última coisa que tivesse no mundo.

"Invasão de domicílio é um crime sério", falou ele. "Suponho que o senhor saiba que perderia sua licença se eu chamasse a polícia."

Puxei outra cadeira do lado oposto da mesa, virei-a e sentei-me ao contrário, dobrando os braços sobre o encosto.

"Nós dois sabemos que o senhor não vai fazer isso. Seria muito constrangedor se eles encontrassem essa quantidade de drogas na geladeira."

"Sou um profissional da saúde. Está completamente dentro de meus direitos guardar medicamentos em casa."

"Pare com isso, doutor, eu vi seus apetrechos fervendo no banheiro. Há quanto tempo é dependente?"

"Eu não sou... um viciado! Não vou tolerar tal acusação. Sofro de artrite reumatoide grave. Às vezes, quando a dor é insuportável, faço uso de um leve analgésico opiáceo. Agora, sugiro que o senhor saia daqui ou vou mesmo chamar a polícia."

"Vá em frente", disse. "Eu até faço a ligação para o senhor. Eles vão adorar ver o resultado de seu teste de drogas."

O dr. Fowler curvou-se dentro das dobras de seu terno largo. Parecia encolher na minha frente.

"O que quer de mim?" Ele afastou a garrafa de leite para o lado e segurou a cabeça entre as mãos.

"O mesmo que eu queria lá no hospital", respondi. "Informações sobre Jonathan Liebling."

"Já lhe disse tudo que sei."

"Doutor, vamos parar de brincadeira. Liebling nunca foi transferido para nenhum hospital de veteranos do Exército. Sei disso porque eu mesmo liguei para Albany e chequei. Não é muito inteligente inventar uma história tão mixuruca assim." Tirei um cigarro do maço e coloquei na boca sem acender. "Seu segundo erro foi usar uma caneta esferográfica para registrar a falsa transferência na ficha dele. Esferográficas não eram tão comuns em 1945."

O dr. Fowler gemeu e aninhou a cabeça entre os braços cruzados sobre a mesa.

"Eu sabia que estava tudo acabado quando ele finalmente recebeu uma visita. Por quase quinze anos nunca houve visitas, nem uma sequer."

"Sujeito popular", disse eu, acendendo meu Zippo e inclinando o cigarro até a chama. "Onde ele está agora?"

"Não sei." O médico se endireitou. Parecia que havia juntado todas as forças que lhe restavam para conseguir fazer aquilo. "Nunca mais o vi desde que foi meu paciente durante a guerra."

"Ele tem de ter ido para algum lugar, doutor."

"Não faço a menor ideia para onde ele foi. Certa noite, há muito tempo, vieram umas pessoas. Ele entrou com elas num carro e foi embora. Nunca mais o vi."

"Entrou num carro? Pelo que me disseram, supus que ele fosse um vegetal."

O dr. Fowler esfregou os olhos e piscou.

"Ele chegou aqui em coma. Mas reagiu bem ao tratamento e, em um mês, estava de pé e disposto. Costumávamos jogar pingue-pongue de tarde."

"Então ele estava normal quando foi embora?"

"Normal? Palavra abominável, normal. Não tem o menor significado." Os dedos nervosos e trêmulos do dr. Fowler fecharam-se em punhos sobre o plástico desbotado que cobria a mesa. Na mão esquerda, ele usava um anel de sinete de ouro com uma estrela de cinco pontas entalhada. "Respondendo à sua pergunta, Liebling não era como você ou eu. Depois que recobrou os sentidos, a voz, a visão, o movimento dos membros e o resto, ele continuou a sofrer de amnésia aguda."

"O senhor quer dizer que ele não tinha memória?"

"Nenhuma. Não fazia a menor ideia de quem era ou de onde vinha. Nem o próprio nome significava algo para ele. Liebling insistia que era outra pessoa e que um dia se lembraria. Eu disse que ele foi embora com amigos; tenho só a palavra deles sobre isso. Jonathan não os reconheceu. Para ele, aquelas pessoas eram estranhas."

"Me fale mais sobre esses amigos. Quem eram eles? Como se chamavam?"

O médico fechou os olhos e apertou as têmporas com os dedos vacilantes.

"Faz muito tempo. Anos e anos. A melhor coisa que fiz foi esquecer."

"Nada de bancar o esquecido agora, doutor."

"Havia dois deles", começou o médico, falando bem devagar, as palavras alongadas e filtradas por camadas de pesar. "Um homem e uma mulher. Não posso lhe dizer nada sobre a mulher; estava escuro e ela ficou no carro. Em todo caso, eu nunca a tinha visto antes. O homem era familiar. Já o tinha visto várias vezes. Foi ele quem acertou tudo."

"Qual é o nome dele?"

"Ele falou que se chamava Edward Kelley. Não tinha como eu saber se era verdade ou não."

Anotei o nome no meu caderninho preto. "E com relação aos acertos que o senhor mencionou; eram sobre o quê?"

"Dinheiro." O médico cuspiu a palavra como se fosse um pedaço de carne podre. "Não se espera que cada homem tenha seu preço? Bom, com certeza eu tinha o meu. Esse camarada, Kelley, me procurou um dia e me ofereceu dinheiro..."

"Quanto?"

"Vinte e cinco mil dólares. Hoje, não parece muita coisa, mas, na época da guerra, era mais do que eu poderia sonhar."

"Até hoje provoca bons sonhos", respondi. "O que Kelley queria em troca?"

"O que você já deve suspeitar: que eu desse alta a Jonathan Liebling sem fazer o registro. Destruir qualquer evidência de sua recuperação. E o mais importante: eu deveria fingir que ele ainda era um paciente do Emma Harvest."

"E foi o que o senhor fez."

"Não foi muito difícil. Afora Kelley e o agente, ou empresário, de Liebling, não lembro qual o termo, ele nunca recebeu visitas."

"Qual o nome do agente?"

"Acho que o sobrenome era Wagner, não consigo me lembrar do primeiro nome."

"Ele fazia parte do acerto com Kelley?"

"Não que eu soubesse. Nunca vi os dois juntos, e ele não parecia saber que Liebling tinha ido embora. Durante mais ou menos um ano, ele ligava mês sim, mês não para perguntar se houvera alguma melhora, mas nunca veio visitar. Depois de algum tempo, parou de ligar."

"E quanto ao hospital? A administração não suspeitou que faltava um paciente?"

"Por que deveriam? Eu mantinha as fichas dele atualizadas semanalmente, e todo mês vinha um cheque do fundo de investimentos de Liebling para cobrir suas despesas. Uma vez que as contas sejam pagas, ninguém vai fazer muitas perguntas. Inventei uma história para satisfazer as enfermeiras, mas elas tinham outros pacientes com que se preocupar, então, na verdade foi fácil. Como falei, nunca houve visitas. Depois de algum tempo, tudo que eu tinha que fazer era preencher uma declaração formal enviada pontualmente a cada seis meses de um escritório de advocacia de Nova York."

"McIntosh, Winesap e Spy?"

"Esse mesmo." O dr. Fowler ergueu da mesa seus olhos assustados e cruzamos os olhares. "O dinheiro não era para mim, quero que saiba disso. Minha mulher, Alice, estava viva naquela época. Ela tinha um carcinoma e precisava fazer uma operação que nós não podíamos bancar. O dinheiro pagou a operação e uma viagem às Bahamas, mas mesmo assim ela morreu. Não demorou um ano. Você não pode pagar para acabar com a dor. Nem com todo o dinheiro do mundo."

"Me fale sobre Jonathan Liebling."

"O que quer saber?"

"Tudo: pequenas coisas, hábitos, hobbies, o que comia no café da manhã. Qual a cor dos olhos dele?"

"Não consigo lembrar."

"Me fale de tudo que se lembra. Comece com uma descrição física do sujeito."

"Impossível. Não faço a menor ideia de como ele era."

"Pare de me enrolar, doutor." Avancei para a frente e dei uma baforada em seus olhos úmidos.

"Estou falando a verdade", disse o médico, tossindo. "O jovem Liebling chegou até nós depois de ter sido submetido a uma restauração facial radical."

"Cirurgia plástica?"

"Sim. A cabeça dele ficou enfaixada durante toda a sua estada. Não era eu quem trocava os curativos, então nunca tive a chance de ver o rosto dele."

"Eu sei por que chamam de cirurgia 'plástica'", falei, tocando meu nariz batatudo com a ponta do dedo.

O médico estudou meus traços profissionalmente.

"Cera?"

"Uma lembrança da guerra. Parecia bem por alguns anos. O cara para quem eu trabalhava tinha uma casa de praia em Barnegat, na costa de New Jersey. Caí no sono na areia da praia num dia de agosto e, quando acordei, tinha derretido tudo por dentro."

"Cera não é mais usada para esse procedimento."

"Foi o que me disseram." Levantei e apoiei-me sobre a mesa. "Me fale o que puder sobre Edward Kelley."

"Já faz muito tempo", disse o médico, "e as pessoas mudam."

"Quanto tempo, doutor? Qual foi a data da saída de Liebling da clínica?"

"Foi em 1943 ou 1944. Durante a guerra. Não consigo lembrar com precisão."

"Está tendo outro ataque de amnésia?"

"Já faz mais de quinze anos. O que você esperava?"

"A verdade, doutor." Eu estava começando a ficar impaciente com o velho.

"Estou falando a verdade até onde lembro."

"Como era esse Edward Kelley?", rosnei.

"Na época era jovem, imagino que tinha uns trinta e poucos anos. De qualquer forma, deve estar na casa dos cinquenta agora."

"Doutor, o senhor está me embromando."

"Só me encontrei com o homem três vezes."

"Doutor..." Agarrei-o pelo nó da gravata, prendendo-a com o indicador e o polegar. Não apertei muito, mas quando o levantei, ele veio até mim com tanta facilidade que parecia uma casca vazia. "Poupe a si mesmo de mais problemas. Não me obrigue a arrancar a verdade do senhor."

"Já lhe falei tudo que posso."

"Por que está protegendo Kelley?"

"Não estou. Eu mal o conheci. Eu..."

"Se você não fosse um velho babão, eu o transformaria em pó." Quando ele tentou se desvencilhar de mim, apertei ainda mais o nó de sua gravata. "Por que eu me desgastaria à toa quando tem um jeito mais fácil de resolver as coisas?" Os olhos vidrados do médico entregaram seu terror. "Está suando frio, não está, doutor? Mal pode esperar para se livrar de mim e poder injetar aquele lixo guardado na geladeira, não é?"

"Todo mundo precisa de alguma coisa que o ajude a esquecer", ele sussurrou.

"Eu não quero que o senhor esqueça. Eu quero que lembre, doutor." Peguei-o pelo braço e o levei para fora da cozinha. "Por isso, nós vamos subir para seu quarto, onde o senhor pode se deitar e pensar enquanto eu dou uma saída e como alguma coisa."

"O que você quer saber? Kelley tinha cabelos escuros e um bigode fino estilo Clark Gable."

"Não é o suficiente." Levei-o escada acima aos trancos, agarrando-o pela gola do paletó de tweed. "Umas horinhas de secura devem refrescar sua memória."

"Sempre com roupas caras", apelou ele. "Ternos clássicos; nada muito chamativo."

Empurrei-o pela porta estreita do quarto espartano, e o homem caiu de cara na cama.

"Pense a respeito, doutor."

"Tinha dentes perfeitos. Um sorriso cativante. Por favor, não vá embora."

Fechei a porta atrás de mim e a tranquei à chave. Era o tipo de chave que minha vó usava para guardar seus segredos. Enfiei-a no bolso e desci as escadas acarpetadas assobiando.

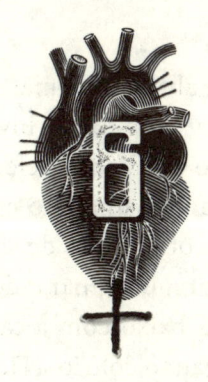

Já passava de meia-noite quando voltei à casa do dr. Fowler. Apenas uma luz estava acesa no quarto lá de cima. O médico não iria ter uma boa noite de sono hoje. Não fiquei com nenhum peso na consciência. Tinha devorado um magnífico churrasco misto e assistido a uma sessão de cinema sem um pingo de remorso. É uma profissão impiedosa.

Abri a porta da frente e caminhei pelo corredor escuro até a cozinha. A geladeira ronronava nas sombras. Peguei um vidro de morfina da prateleira de cima para fazer as pazes com o homem e comecei a subir, iluminando o caminho com minha caneta-lanterna. A porta do quarto estava bem trancada.

"Já estou chegando, doutor", gritei, tateando os bolsos à procura da chave. "Trouxe uma provinha para o senhor."

Virei a chave e abri a porta. O dr. Albert Fowler não disse uma palavra. Estava apoiado nos travesseiros, deitado na cama, ainda vestido com seu terno marrom espinha de peixe. A mão esquerda repousava sobre o peito, segurando a foto emoldurada de uma mulher. Na mão direita estava o Webley Mark 5. Um tiro atravessara seu olho direito. O sangue coagulado estava empoçado no ferimento como lágrimas de rubis. A concussão empurrara o outro olho para fora da órbita, dando a ele o olhar esbugalhado de um peixe tropical.

Toquei as costas de sua mão. Estavam frias como uma peça de carne pendurada na vitrine de um açougue. Antes de tocar em algo mais, abri minha maleta no chão e tirei do compartimento da frente um par de luvas cirúrgicas.

Havia algo de errado em todo aquele cenário. Dar um tiro no próprio olho me parecia um jeito estranho de se matar, mas suponho que os profissionais de saúde sabem mais sobre esses assuntos. Tentei imaginar o doutor segurando seu Webley de cabeça para baixo com a cabeça virada pra trás como se estivesse pingando colírio. Não fazia sentido.

A porta estava trancada, e a chave, no meu bolso. Suicídio era a única explicação lógica.

"Se teu olho te ofende", murmurei, tentando me pôr a par do que estivesse fora de lugar. O quarto parecia estar exatamente do mesmo jeito, escova de cabelo e espelho ordenados sobre o móvel, uma variedade de meias e cuecas intocadas dentro das gavetas.

Peguei a Bíblia com capa de couro da mesinha de cabeceira e uma caixa aberta de cartuchos caiu sobre o tapete. O livro era oco por dentro, um disfarce. Fui um idiota por não ter encontrado as balas antes. Peguei-as do chão, tateando debaixo da cama à procura de outras, e coloquei todas novamente dentro da Bíblia oca.

Repassei meu percurso pelo quarto com um lenço, limpando tudo em que havia tocado durante minha busca inicial. A polícia de Poughkeepsie não se encantaria pela ideia de um detetive particular forasteiro perturbando um de seus proeminentes cidadãos até o suicídio. Tentei convencer a mim mesmo de que, se fosse suicídio, eles não iriam procurar por impressões digitais, e continuei a limpeza.

Limpei a maçaneta e a chave e fechei a porta, deixando-a destrancada. No térreo, esvaziei o cinzeiro dentro de meu bolso, levei-o até a cozinha e o lavei, empilhando-o junto à louça no escorredor. Pus a morfina e a garrafa do leite de volta na geladeira e dei uma passada geral na cozinha com o lenço. De volta ao porão, limpei os corrimões e as maçanetas. Não havia nada que eu pudesse fazer quanto ao ferrolho da porta no alpendre. Coloquei-o no lugar e ajustei os parafusos de volta na madeira esponjosa. Qualquer um que estivesse atento perceberia aquilo na hora.

O retorno para a cidade me garantiu bastante tempo para pensar. Eu não gostava da ideia de que havia acuado um velho até a morte. Sentimentos vagos de tristeza e aflição me perturbaram. Foi um péssimo erro tê-lo trancado no quarto com uma arma daquelas. Péssimo para mim, porque o doutor ainda tinha muito a contar.

Tentei guardar o registro da cena na minha cabeça como uma foto. O dr. Fowler esticado na cama com um buraco no olho e os miolos espalhados pelas cobertas. Havia um abajur aceso na mesinha de cabeceira ao lado da Bíblia. Dentro da Bíblia havia balas de revólver. A foto no porta-retratos, antes na cômoda, agora presa à mão fria do médico. Seu dedo apoiado no gatilho do revólver.

Não importava quantas vezes eu revivesse aquela cena, faltava algo, faltava uma peça naquele quebra-cabeça. Mas qual peça? E onde ela se encaixava? Eu não tinha o que me levasse adiante a não ser meu instinto. Um palpite incômodo não me deixava em paz. Talvez eu simplesmente não quisesse encarar minha própria culpa, mas tinha certeza de que a morte do dr. Albert Fowler não fora um suicídio. Fora um assassinato.

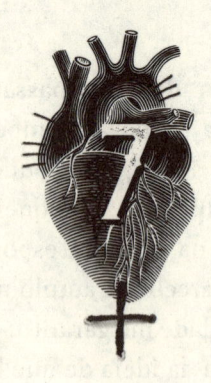

A manhã de segunda-feira estava límpida e fria. O que sobrou da tempestade de neve fora removido e jogado no porto. Após nadar na ACM do outro lado da rua do hotel Chelsea, onde eu morava, fui de carro até o norte da cidade, estacionei o Chevy na garagem do Hippodrome e caminhei até o meu escritório, parando para comprar um exemplar do *Poughkeepsie New Yorker* da véspera na banca que vendia jornais de outras cidades, na esquina norte da Times Tower. Não havia nada sobre o dr. Albert Fowler.

Era pouco mais de dez horas quando abri a porta interna do escritório. Do outro lado da rua, as costumeiras más notícias: ... SÍRIA DENUNCIA NOVO ATAQUE DO IRAQUE... SENTINELA FERIDO EM INVASÃO DA FRONTEIRA POR UM GRUPO DE TRINTA... Liguei para o escritório de advocacia de Herman Winesap em Wall Street e o serviço de recados me transferiu sem demora.

"E o que posso fazer pelo senhor hoje, sr. Angel?", o procurador perguntou, sua voz suave como uma dobradiça bem lubrificada.

"Tentei falar com o senhor no fim de semana, mas a empregada me disse que o senhor estava em Sag Harbor."

"Eu tenho uma casa lá para relaxar. Sem telefone. Surgiu algo importante?"

"Essa informação seria para o sr. Cyphre. Também não consegui encontrá-lo na lista telefônica."

"Perfeita sincronicidade a sua. O sr. Cyphre está sentado em frente a mim neste instante. Vou passar o telefone."

Percebi o som abafado de alguém falando com a mão sobre o bocal e então ouvi o sotaque educado de Cyphre ronronando do outro lado.

"Que bom que ligou, senhor", ele falou. "Estou louco para saber o que descobriu."

Contei para ele a maior parte do que houve em Poughkeepsie, deixando de fora a morte do dr. Fowler. Quando terminei, só ouvi uma respiração pesada do outro lado da linha. Esperei. Cyphre murmurou "Inacreditável!" por entre os dentes.

"Existem três possibilidades: Kelley e a garota queriam que Favorite saísse do caminho e o levaram para passear; neste caso, ele partiu há muito tempo. Pode ser ainda que estivessem trabalhando para alguém com o mesmo propósito. Ou então Favorite fingia estar com amnésia e ele próprio armou a encenação. Em qualquer uma das hipóteses, tudo leva a uma perfeita simulação de desaparecimento", respondi.

"Quero que o senhor o encontre", disse Cyphre. "Não me importa o tempo que for ou quanto vai custar, quero encontrar esse homem."

"É uma missão bem complicada, sr. Cyphre. Quinze anos é muito tempo. Dê uma vantagem dessas a alguém, e a pista fica fria como gelo. Sua melhor chance seria com o Setor de Pessoas Desaparecidas."

"A polícia não pode ser envolvida. Esse é um assunto particular. Não o quero exposto por uma porção de funcionários públicos bisbilhoteiros." O escárnio na voz de Cyphre tornava ácido seu tom aristocrático.

"Fiz essa sugestão porque eles têm os meios para esse tipo de trabalho", falei. "Favorite pode estar em qualquer canto do país ou no exterior. Sou só um cara. Não dá para esperar de mim os mesmos resultados de uma organização com uma rede de informações internacionais."

A acidez na voz de Cyphre foi ficando mais corrosiva.

"Resumindo, sr. Angel, é apenas isso: o senhor quer o trabalho ou não? Se não estiver interessado, posso procurar outra pessoa."

"Ah, claro que estou interessado, sr. Cyphre, mas não seria justo com o senhor, como meu cliente, que eu subestimasse a dificuldade do projeto." Por que Cyphre fazia eu me sentir como uma criança?

"Claro. Admiro sua honestidade nesse sentido, assim como concordo com a enormidade do empreendimento." Ele fez uma pausa, e pude ouvir o estalo de um isqueiro e sua inspiração enquanto acendia uma de suas caras cigarrilhas. Retomou a conversa, parecendo um tanto mais dócil por conta do excelente tabaco. "O que quero que faça é que comece imediatamente. Deixarei por sua conta o método de trabalho. Faça o que achar melhor. No entanto, a chave de toda operação tem de ser sempre a discrição."

"Eu posso ser tão discreto quanto um padre no confessionário quando quero."

"Estou certo de que sim, sr. Angel. Estou autorizando meu procurador a lhe fazer um cheque de quinhentos dólares como adiantamento. Seguirá hoje pelo correio. Se precisar de algo mais para despesas, por favor, entre em contato com o sr. Winesap."

Respondi que quinhentos dólares com certeza seriam suficientes, e desligamos. A vontade de abrir a garrafa do escritório para um brinde de autofelicitações nunca foi tão forte, mas resisti e, em vez disso, acendi um charuto. Beber antes do almoço era má sorte.

Comecei ligando para Walt Rigler, um repórter que eu conhecia do *New York Times*.

"O que você sabe sobre Johnny Favorite?" perguntei, depois das amenidades protocolares.

"Johnny Favorite? Você deve estar brincando. Por que não me pergunta os nomes dos outros caras que cantavam com Bing Crosby na A&P Gypsies?"

"Falando sério, você pode descobrir algo sobre ele?"

"Acho que no acervo tem uma ficha. Me dá cinco ou dez minutos que eu consigo para você."

"Obrigado, parceiro. Sabia que podia contar com você."

Ele balbuciou uma despedida e desligamos. Terminei meu charuto enquanto verificava a correspondência da manhã, em sua maioria contas e circulares, e fechei o escritório. Ir pela escada de incêndio era sempre mais rápido do que tomar o elevador automático, do tamanho de um caixão, mas eu não estava com pressa, então apertei o botão e esperei, ouvindo Ira Kipnis, o contador, teclar os números em sua máquina de somar na sala ao lado.

O prédio do *Times*, na rua 43, ficava logo na esquina. Fui até lá cheio de otimismo e peguei o elevador para a redação no terceiro andar, após trocar olhares enfezados com a estátua de Adolph Ochs no saguão. Dei o nome de Walt ao senhor no balcão da recepção e esperei por cerca de um minuto até que ele apareceu vindo de trás, em mangas de camisa e com a gravata frouxa como os repórteres nos filmes.

Cumprimentamo-nos com um aperto de mãos, e ele me levou até a redação. Lá, umas cem máquinas de escrever casavam suas batidas frenéticas com a neblina da fumaça dos cigarros.

"Esse lugar tem sido uma tristeza", Walt falou, "desde que Mike Berger morreu no mês passado." Ele apontou para uma escrivaninha vazia na primeira fileira onde uma rosa vermelha murcha pendia num copo d'água ao lado da máquina de escrever coberta com uma capa de plástico.

Segui-o por entre o barulho dos teclados até sua mesa no meio da sala. Uma pasta de papel pardo recheada de documentos repousava na prateleira de cima da bandeja aramada. Peguei-a e dei uma olhada nos recortes amarelados em seu interior.

"Algum problema se eu pegar alguma coisa desse material?", perguntei.

"As regras da casa não permitem." Walt puxou do encosto da cadeira giratória seu paletó de lã. "Vou sair para almoçar. Tem uns envelopes na gaveta de baixo. Tente não perder nada, e minha consciência fica limpa."

"Obrigado, Walt. Se eu puder fazer qualquer favor..."

"É, é, é. Para alguém que lê esses tabloides como o *Journal-American* você veio ao lugar certo para sua pesquisa."

Eu o vi sair, meio desleixado, por entre as fileiras de mesas, trocando piadinhas com os outros repórteres e acenando a um dos editores nas baias. Sentado à sua mesa, dei uma olhada na pasta de Johnny Favorite.

A maioria dos recortes antigos não era do *Times*, mas de outros jornais de Nova York e de uma variedade de revistas de circulação nacional. A maior parte era sobre Favorite com a banda de Spider Simpson. Outros eram reportagens, e eu li esses com atenção.

Ele fora uma criança abandonada. Um policial o encontrou numa caixa de papelão onde havia apenas o nome de Favorite e "2 de junho de 1920", a data de seu nascimento, presa num pedaço de papel pregado à manta de recém-nascido. Passou seus primeiros meses de vida no velho Hospital Foundling na parte leste da rua 68. Foi criado num orfanato no Bronx e já aos dezesseis anos vivia só, trabalhando como auxiliar de garçom em sucessivos restaurantes. Em um ano estava tocando piano e cantando em bares de beira de estrada no norte do estado.

Foi "descoberto" por Spider Simpson em 1938 e logo virou atração principal de uma orquestra de quinze músicos. Conquistou recorde de público por uma semana tocando no teatro Paramount em 1940, uma marca que foi superada apenas com o surgimento bombástico de Sinatra em 1944. Em 1941, seus discos venderam mais de 5 milhões de cópias, e dizia-se que seus rendimentos estavam acima dos 750 mil dólares. Havia várias matérias sobre seu ferimento na Tunísia — uma delas dizia que "estaria provavelmente morto", e isso era tudo. Não havia nada sobre sua hospitalização ou retorno aos Estados Unidos.

Vasculhei o restante do material fazendo uma pequena pilha do que eu queria guardar. Duas fotos, uma tirada em estúdio fotográfico, de Favorite usando um smoking, seu cabelo gomalinado formando um topete negro. O nome e o endereço do agente estavam carimbados na parte de trás: WARREN WAGNER, AGENTE TEATRAL, BROADWAY, 1619 (EDIFÍCIO BRILL). WYNDHAM 9-3500.

A outra foto era da orquestra de Spider Simpson em 1940. Johnny estava num canto com as mãos postas como um coroinha. Os nomes de todos os membros estavam escritos ao lado de cada um na foto.

Peguei três outros recortes que chamaram minha atenção porque não pareciam fazer parte do pacote. O primeiro era uma foto da revista *Life*. Foi tirada no bar de Dickie Wells, no Harlem, e mostrava Johnny debruçado sobre um pequeno piano de cauda, segurando um drinque numa das mãos e cantando com um pianista negro chamado Edison "Toots" Sweet. Havia uma matéria na *Downbeat* abordando as superstições do cantor. A história dizia que ele ia a Coney Island uma vez por semana toda vez que estava na cidade e lá uma cigana chamada Madame Zora lia sua mão.

A última matéria era uma bomba na coluna de Walter Winchell datada de 20 de novembro de 1942 anunciando que Johnny Favorite estava desmanchando seu noivado de dois anos com Margaret Krusemark, a filha de Ethan Krusemark, o milionário construtor de navios.

Juntei todo esse material, peguei um envelope pardo da gaveta de baixo e enfiei tudo nele. Depois, intuitivamente, peguei lá de dentro a foto de Favorite e liguei para o número do edifício Brill carimbado no verso.

"Warren Wagner Associados", atendeu uma serelepe voz feminina do outro lado da linha.

Dei meu nome e marquei um encontro para falar com o sr. Wagner ao meio-dia.

"Ele tem um almoço de negócios meio-dia e meia e só poderá lhe atender por alguns minutos."

"Para mim, está ótimo", falei.

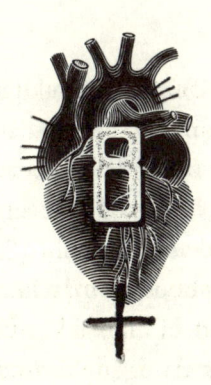

"Quando você não está na Broadway, tudo é Bridgeport." Essa provocação de alto nível foi feita a George M. Cohan, o pai dos musicais da Broadway, em 1915 por Arthur "Bugs" Baer, cuja coluna no *Journal-American* eu li diariamente durante anos. Pode ter sido verdade em 1915. Não posso afirmar, já que não estava lá. Foi a era do Rector's, do Shanley's e do New York Roof. A Broadway que eu conhecia era Bridgeport: uma feira ao ar livre cheia de barracas de tiro ao alvo e Howard Johnson's, salões de jogatina e carrocinhas de cachorro-quente. Duas velhas matriarcas, a Times Tower e o hotel Astor, foram tudo o que restou da época de ouro de que "Bugs" Baer se lembrava.

O edifício Brill ficava na esquina da rua 49 com Broadway. Vindo da rua 43, tentei me lembrar de como era a Times Square na noite em que a vi pela primeira vez. Muita coisa tinha mudado. Era a noite de Ano-Novo de 1943. Um ano inteiro da minha vida fora apagado. Tinha acabado de sair de um hospital do Exército de cara nova e nada mais que alguns trocados no bolso. Alguém batera minha carteira um pouco antes e levara tudo o que eu tinha: carteira de motorista, documentos de minha dispensa, placas de identificação do Exército e tudo o mais. Preso em meio à multidão e cercado pela luz efusiva dos letreiros, senti meu passado se desprender de mim como uma cobra se livra da antiga pele. Não tinha carteira de identidade, dinheiro, um lugar para morar, e sabia apenas que estava indo para o centro da cidade.

Demorei uma hora para me deslocar da frente do teatro Palace até o centro da Times Square, entre o Astor e a Bond Clothes, lar do "terno de duas calças". Estava lá à meia-noite e vi a bola dourada descer do alto da Times Tower, um ponto de referência que demorei mais de uma hora para alcançar. Foi quando vi as luzes da agência de detetives Crossroads e segui, instintivamente, até Ernie Cavalero e a um emprego do qual nunca mais saí.

Naquela época, um par de enormes estátuas nuas, um homem e uma mulher, ladeavam a queda d'água do tamanho de um quarteirão no telhado da Bond Clothes. Hoje duas garrafas gigantes de Pepsi ocupam seu lugar. Fiquei imaginando se as estátuas de gesso ainda estariam lá, aprisionadas dentro das garrafas de metal como lagartas adormecidas em seus casulos.

Do lado de fora do edifício Brill, um mendigo vestindo um casaco esmolambado do Exército caminhava de um lado a outro resmungando "gentinha, gentinha" a todos os que entravam. Verifiquei o quadro com a lista de nomes dos escritórios no fim do estreito saguão em forma de T e localizei a Warren Wagner Associados, que era cercada por dezenas de músicos baratos, empresários de lutas de boxe e produtores musicais de reputação duvidosa. O elevador barulhento me levou ao oitavo andar, e perambulei por um corredor mal iluminado até encontrar o escritório. Ficava num canto do prédio. As salas eram vários cubículos minúsculos com portas intercomunicantes.

A recepcionista fazia tricô quando eu abri a porta.

"Sr. Angel?", ela perguntou, falando enquanto mastigava um chiclete.

Respondi que sim e retirei um cartão de dentro de minha carteira falsa. Tinha meu nome, mas informava que eu era um representante da Cia. Ocidental de Seguros de Vida e Acidentes. Um amigo dono de uma gráfica no Village havia feito vários para mim com uma dúzia de profissões. De advogado de porta de cadeia a zoólogo.

A recepcionista pinçou o cartão entre suas unhas pintadas de verde-brilhante como asa de besouro. Tinha seios fartos e quadris estreitos e realçava tudo com um suéter de angorá rosa e uma saia preta justa. Seus cabelos eram loiros, de um platinado gritante.

"Espere aqui um instante, por favor", ela disse, sorrindo e mastigando ao mesmo tempo. "Fique à vontade."

Passou por mim meio de lado, bateu uma vez com o nó de um dos dedos na porta onde estava escrito PRIVADO, e entrou. Do outro lado, havia outra porta idêntica, também privada. Entre elas, penduradas nas paredes, centenas de fotos emolduradas, os sorrisos apagados preservados como borboletas presas no vidro. Olhei em torno e encontrei a mesma foto de Johnny Favorite que carregava no envelope pardo debaixo do braço. Estava no alto da parede do lado esquerdo, entre o retrato de uma ventríloqua e o de um homem gordo tocando clarinete.

A porta atrás de mim se abriu e a recepcionista disse: "O sr. Wagner vai vê-lo agora".

Agradeci e entrei. O escritório de dentro tinha metade do tamanho do cubículo de fora. Os retratos nas paredes pareciam mais novos, mas os sorrisos apagados eram os mesmos. Uma mesa de madeira cheia de marcas de cigarros ocupava a maior parte do espaço. Atrás dela, um jovem em mangas de camisa barbeava-se com um barbeador elétrico.

"Cinco minutos", ele falou, levantando a mão espalmada para que eu pudesse contar seus dedos.

Pus minha maleta sobre o tapete verde surrado e fiquei olhando para o rapaz enquanto ele terminava de se barbear. Tinha os cabelos ruivos e encaracolados e era sardento. Sob seus óculos de tartaruga, ele não devia ter mais que 24, 25 anos.

"Sr. Wagner?", perguntei, quando ele desligou o barbeador.

"Sim?"

"Sr. Warren Wagner?"

"Isso."

"Com certeza o senhor não é o mesmo homem que agenciava Johnny Favorite?"

"O senhor deve estar se referindo ao meu pai. Sou Warren Júnior."

"Então é com seu pai que eu gostaria de falar."

"Está sem sorte. Ele morreu faz quatro anos."

"Entendo."

"Do que se trata?" Warren Jr. inclinou-se no encosto de sua cadeira de napa e cruzou as mãos atrás da cabeça.

"Jonathan Liebling é o beneficiário de uma apólice que pertence a um de nossos clientes. Este escritório foi dado como o endereço."

Warren Wagner Jr. começou a rir.

"Não há muito dinheiro envolvido", falei. "Talvez o gesto de um antigo fã, imagino. Pode me dizer onde posso encontrar o sr. Favorite?"

O garoto agora ria como um louco.

"Isso é incrível", desdenhou. "Realmente incrível. Johnny Favorite, o herdeiro desaparecido."

"Francamente, não estou conseguindo ver a graça nisso tudo."

"É mesmo? Bom, deixe-me explicar. Johnny Favorite está preso a uma cama de hospital no norte do estado. Tem sido um zero à esquerda por quase vinte anos."

"Bom, é uma ótima piada. Conhece outras tão boas?"

"O senhor não entendeu", ele respondeu, tirando os óculos e esfregando os olhos. "Johnny Favorite era a maior aposta de meu pai. Ele enterrou cada centavo que tinha na compra do contrato dele com Spider Simpson. Então, quando estava em franca ascensão, Favorite foi convocado. Tinha contratos para filmes e tudo mais. O Exército envia um bem de um milhão de dólares para o norte da África e, três meses depois, devolve um saco de batatas."

"Isso é terrível."

"Com certeza. Terrível para meu pai. Ele nunca conseguiu superar. Durante anos, achou que Favorite poderia melhorar um dia, fazer um retorno triunfal e deixá-lo finalmente com a vida mansa. Pobre coitado."

Levantei-me.

"Pode me dar o nome e o endereço do hospital onde Favorite está internado?"

"Peça a minha secretária. Ela deve ter guardado isso em algum lugar."

Agradeci a ele pela disponibilidade e saí. Na antessala, esperei até a recepcionista localizar e anotar o endereço da clínica Emma Dodd Harvest Memorial.

"Já foi alguma vez a Poughkeepsie?" perguntei, enfiando o papel dobrado no bolso da camisa. "É uma cidade agradável."

"Está brincando? Nunca fui nem ao Bronx."

"Nem ao zoológico?"

"O zoológico? Por que eu iria num zoológico?"

"Não sei", respondi. "Experimente ir um dia. Talvez haja um lugar para você lá."

Minha última imagem dela quando saí pela porta foi a de uma boca vermelha redonda como um bambolê emoldurando uma maçaroca de chiclete sobre a língua cor-de-rosa.

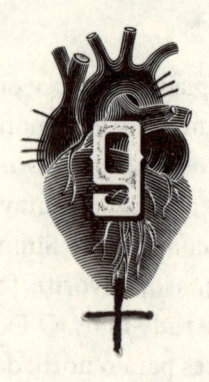

Havia dois bares no térreo do edifício Brill, os dois dando para a Broadway. Um deles era o Jack Dempsey's, o preferido do povo do boxe. O outro, o Turf, na esquina da rua 49, era um ponto de encontro de músicos e compositores. Sua fachada de espelhos azuis fazia com que parecesse fresco e atraente como uma gruta em Capri.

No interior era apenas mais um pé-sujo. Percorri o bar e encontrei o homem que procurava, Kenny Pomeroy, um músico e arranjador das antigas.

"E aí, Kenny?", cochichei, enquanto me sentava no banco ao lado.

"Ora, ora, Harry Angel, o famoso bisbilhoteiro de carteirinha. Há quanto tempo, meu camarada."

"Bastante. Seu copo parece vazio, Kenny. Fica quietinho que eu encho ele." Chamei o garçom e pedi um *manhattan* para mim e mais uma dose para Kenny.

"Saúde, garoto", ele falou, erguendo o copo quando os drinques chegaram ao balcão. Kenny Pomeroy era um careca gordo com um nariz vermelho e queixos duplos que se sobrepunham como peças de reposição. Seu vestuário ia de paletós em estampa carijó a anéis de safira no dedo mindinho. O único lugar em que eu o via que não fosse o salão de ensaios era no bar Turf.

Tagarelamos um pouco sobre os velhos tempos antes de Kenny perguntar:

"Então... o que traz você a esse lado da rua? A caça a malfeitores?"

"Não exatamente", respondi. "Estou trabalhando num negócio e talvez você possa me ajudar."

"Quando quiser, onde quiser."

"O que sabe sobre Johnny Favorite?"

"Johnny Favorite? Bem-vindo à sessão nostalgia."

"Você o conhecia?"

"Não. Vi um ou outro show dele antes da guerra. A última vez foi no Starlight Lounge, em Trenton, se não me falha a memória."

"Não o viu em lugar nenhum, digamos, nos últimos quinze anos?"

"Tá brincando? Ele está morto, não?"

"Não exatamente. Está num hospital no norte do estado."

"Bom, se está num hospital, como é que eu poderia vê-lo por aí?"

"Ele saiu de lá", falei. "Olha, dá uma olhada nisso." Tirei de dentro do envelope pardo a foto da orquestra de Spider Simpson e entreguei a ele. "Qual desses caras é Simpson? Na foto não está escrito."

"É o baterista."

"O que ele faz agora? Ainda é líder de banda?"

"Que nada. Bateristas nunca dão bons líderes." Kenny deu um gole em seu drinque e pareceu pensativo, formando uma extensa ruga na testa. "Da última vez que eu soube dele, estava trabalhando num estúdio na costa Oeste. Você deveria tentar falar com Nathan Fishbine na Capitol."

Anotei o nome e perguntei a Kenny se ele conhecia algum dos outros membros da banda.

"Trabalhei com o trombonista em Atlantic City certa vez uns anos atrás." Kenny apontou a foto com seu dedo gorducho. "Esse cara, Red Diffendorf. Ele agora toca com Lawrence Welk."

"E os outros? Sabe onde posso encontrá-los?"

"Bom, eu reconheço muitos desses nomes. Ainda estão no ramo, mas não sei dizer quem toca com quem. Você vai ter que sair perguntando ou ligar para o sindicato."

"E quanto a um pianista negro chamado Edison Sweet?"

"Toots? É o melhor. A mão esquerda é como a de Art Tatum. Tremendo bom gosto. Não vai ter que procurar muito. Nos últimos cinco anos, ele tem tocado no Red Rooster, na rua 138."

"Kenny, você é um poço de informações. Vamos almoçar?"

"Nem pensar. Mas não recusaria outro drinque."

Pedi outra rodada para nós e um cheeseburguer com fritas para mim. Enquanto esperava, encontrei um telefone público e liguei para a Federação Americana de Músicos. Disse que era um repórter independente fazendo uma matéria para a revista *Look* e queria entrevistar os membros ainda vivos da orquestra de Spider Simpson.

Eles me transferiram para uma garota do departamento de registro de associados. Engambelei-a, prometendo mencionar o sindicato na matéria e dei a ela os nomes dos componentes da banda que estavam na foto, junto aos instrumentos que eles tocavam.

Fiquei na linha por uns dez minutos enquanto ela pesquisava. Dos quinze músicos originais, quatro já tinham morrido e seis estavam desligados do sindicato. Ela me deu os endereços e telefones dos demais. Diffendorf, o trombonista de Lawrence Welk, vivia em Hollywood. Spider Simpson também tinha uma casa na região de Los Angeles, no San Fernando Valley, distrito de Studio City. Os outros estavam aqui na cidade.

Havia um saxofonista chamado Vernon Hyde que tocava na banda do *Tonight Show*, com endereço para correspondência direcionado aos estúdios da NBC; e dois homens dos metais: o trompetista Ben Hogarth, com endereço na avenida Lexington, e no trombonista Carl Walinski, que morava no Brooklyn.

Anotei tudo no caderno, agradeci à garota penhoradamente, e liguei para os números da cidade, mas sem sucesso. Os caras dos metais não estavam em casa, e o melhor que consegui no serviço de recados da NBC foi deixar meu telefone do escritório.

Estava começando a me sentir como um trouxa procurando agulha no palheiro, aquele sujeito que fica de tocaia na floresta a noite inteira em vão. Havia menos de uma chance em um milhão que qualquer um dos antigos colegas de banda de Johnny Favorite tivesse encontrado com ele desde que ele partiu para a guerra. Essas eram as minhas únicas pistas, e eu estava limitado a elas.

De volta ao bar, comi meu sanduíche e belisquei umas batatas fritas murchas.

"É uma vida maravilhosa, não é, Harry?", Kenny Pomeroy disse, sacudindo o gelo em seu copo vazio.

"A melhor e a única."

"Tem uns infelizes que têm de trabalhar para viver."

Catei meu troco no balcão.

"Não me expulse do clube se eu tiver que começar a batalhar pela minha."

"Já vai?"

"Tenho de ir, amigão, por mais que eu queira ficar e estragar meu fígado a seu lado."

"Se continuar assim, logo vai estar batendo cartão de ponto. Sabe onde me encontrar se precisar de mais informações."

"Obrigado, Kenny." Vesti o sobretudo. "O nome Edward Kelley diz algo a você?"

Kenny franziu de novo a testa larga, concentrado.

"Tinha um Horace Kelly em Kansas City", ele respondeu. "Na época em que Pretty Boy Floyd matou aqueles federais na Union Station. Horace tocava piano no clube Reno que ficava na rua 2 com a Cherry. Escreveu um livro sobre isso. Teria alguma relação?"

"Espero que não", falei. "A gente se vê por aí."

"Promessa é dívida."

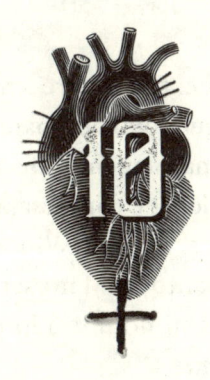

Para economizar sola de sapato, peguei o metrô na Sétima Avenida até a próxima estação, em Times Square, e cheguei ao escritório quando tocava o telefone. Era Vernon Hyde, o saxofonista de Spider Simpson.

"Que bom que ligou", falei, contando a história da matéria da *Look*. Ele caiu, e sugeri de nos encontrarmos para um drinque quando ele estivesse disponível.

"Estou no estúdio agora", disse Hyde. "Começamos a ensaiar em vinte minutos. Não vou me liberar até quatro e meia."

"Por mim, tudo bem. Se você puder dispor de meia hora, podemos nos encontrar? Em que rua fica seu estúdio?"

"Na rua 45. Teatro Hudson."

"Ok. A Hickory House fica a apenas alguns quarteirões adiante. Que tal me encontrar lá às quinze para as cinco?"

"Ok. Vou levar meu machado para você não ter problema em me reconhecer."

"Um homem com um machado sempre se destaca na multidão", respondi.

"Não, cara, você não entendeu. Um machado é tipo, um instrumento, sacou?"

Eu tinha sacado e falei que sim, e desligamos. Depois de tirar meu sobretudo com dificuldade, me sentei atrás da escrivaninha e dei uma olhada nas fotos e nos recortes que estavam comigo. Espalhei tudo sobre a mesa como numa exposição de museu e fiquei olhando para o sorriso bajulador de Johnny Favorite até não aguentar mais. Onde você procura um cara que, para início de conversa, nunca esteve lá?

O papel da coluna escrita por Winchell estava tão quebradiço pelo tempo quanto os Manuscritos do Mar Morto. Reli a notícia sobre o fim do noivado de Favorite e liguei para Walt Rigler no *Times*.

"Ei, Walt, sou eu de novo. Preciso saber umas coisas sobre Ethan Krusemark."

"O armador milionário?"

"O próprio. Preciso de tudo o que você tenha a respeito dele, inclusive o endereço. Estou especialmente interessado no fim do noivado da filha dele com Johnny Favorite lá no início dos anos 1940."

"Johnny Favorite de novo. Só dá ele."

"É a estrela do show. Pode me ajudar?"

"Vou checar com o Departamento Feminino", ele respondeu. "Lá, cobrem a sociedade e seus podres. Ligo de volta em alguns minutos."

"Deus te abençoe." Pus o fone no gancho. Eram dez para as duas da tarde. Peguei meu bloquinho e fiz alguns interurbanos para Los Angeles. Não houve resposta do número de Diffendorf em Hollywood, mas quando tentei Spider Simpson, a empregada atendeu. Era mexicana, e, apesar de meu espanhol não ser melhor que o inglês dela, consegui deixar meu nome e telefone do escritório, bem como a impressão de que era um assunto importante.

Mal coloquei o fone no gancho e o telefone tocou. Era Walt Rigler.

"Lá vai", ele disse. "Krusemark está com tudo: bailes de caridade, colunas sociais, esse tipo de coisa. Ele tem um escritório no edifício Chrysler. Mora no número 2 da Sutton Place, o telefone está na lista. Pegou tudo?" Respondi que estava tudo anotado, e ele continuou. "Ok. Nem sempre Krusemark esteve por cima. Trabalhou na marinha mercante no início dos anos 1920, e especula-se que ganhou uma boa grana fazendo contrabando de bebida. Nunca foi condenado, então a ficha dele está limpa, mesmo que as mãos não estejam. Começou a formar a própria frota durante a Grande Depressão, todos com bandeira panamenha para pagar menos impostos, claro.

"Fez fortuna construindo navios durante a guerra. Houve denúncias de que a empresa dele usava material de baixa qualidade, e muitos dos Liberty Ships dele se desfizeram com as tormentas, mas ele foi inocentado por uma investigação do Congresso e o assunto morreu."

"E a filha dele?", perguntei.

"Margaret Krusemark. Nasceu em 1922. Pai e mãe divorciaram-se em 1926. A mãe se suicidou depois nesse mesmo ano. Ela conheceu Favorite num baile de formatura da faculdade. Ele cantava com a banda. O noivado deles foi o escândalo da sociedade em 1941. Parece que foi Johnny quem terminou, mas ninguém sabe o motivo. Como a garota era meio maluquinha, talvez essa tenha sido a razão."

"Maluquinha como?"

"Do tipo que tinha visões. Costumava adivinhar o futuro das pessoas nas festas. Ia a todo lugar com um baralho de tarô na bolsa. Por um tempo todo mundo achou graça naquilo, mas foi ficando demais quando ela começou a rogar pragas em público."

"Faz parte dos registros?"

"Com certeza. Era conhecida como a 'Bruxa de Wellesley'. Era a piada corrente entre os riquinhos da Ivy League."

"Onde ela está agora?"

"Ninguém com quem falei soube dizer. O editor de sociedade diz que ela não mora com o pai, e não é o tipo que é convidada para o Peacock Ball, o famoso baile de gala no hotel Waldorf Astoria, então a gente não tem nada a respeito dela por aqui. A última menção a ela no *Times* foi na ocasião de sua partida para a Europa há dez anos. Ainda deve estar lá."

"Walt, você foi uma tremenda ajuda. Eu passaria a ler o *Times* se ele publicasse tiras em quadrinhos."

"O que se passa com Johnny Favorite? Tem algo para mim?"

"Não posso falar nada ainda, parceiro, mas quando chegar a hora, você vai ser o primeiro a saber."

"A casa agradece."

"Eu também. A gente se vê por aí, Walt."

Peguei a lista telefônica da escrivaninha e passei o dedo na página ao longo da letra ᴋ. Havia um Krusemark, Ethan e um Krusemark, Estaleiros, bem como um Krusemark, M., Consultas Astrológicas. Esse me pareceu valer a pena. O endereço era na Sétima Avenida, 881. Disquei o número e deixei tocar. Uma mulher atendeu.

"Consegui seu nome através de um amigo", falei. "Pessoalmente, eu não ponho muita fé nas estrelas, mas minha noiva acredita. Pensei em fazer uma surpresa a ela e encomendar nossos mapas astrais."

"Eu cobro quinze dólares por mapa", respondeu a mulher.

"Por mim, está ótimo."

"E não faço consultas por telefone. O senhor tem que marcar um horário."

Disse que também estava bom e perguntei se ela tinha um horário livre.

"Minha agenda está completamente livre para a tarde", ela me informou, "então venha quando for conveniente para o senhor."

"Que tal agora? Digamos, em meia hora?"

"Seria maravilhoso."

Dei a ela meu nome. Ela o achou maravilhoso também, e me disse que seu apartamento ficava no Carnegie Hall. Falei que sabia onde encontrá-la e desliguei.

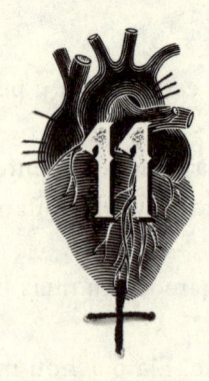

Peguei o metrô para o norte da cidade até a rua 57 e subi as escadas que davam na esquina na altura do Nedick's, no Carnegie Hall. Um mendigo se aproximou, trôpego, e me pediu um trocado quando eu me dirigia para a entrada dos estúdios. Do outro lado da Sétima Avenida, um quarteirão adiante, uma manifestação se formava em frente ao hotel Park Sheraton.

O saguão dos estúdios do Carnegie Hall era pequeno e sem qualquer ornamento. Do lado direito, duas portas de elevador vizinhas a uma caixa de correio protegida por uma tampa de vidro. Havia um corredor que dava para os fundos da Carnegie Tavern, na rua 56, e um quadro com a lista de nomes na parede. Procurei por Krusemark, M., Consultas Astrológicas, e a localizei no décimo primeiro andar.

A seta de bronze acima do elevador da esquerda descrevia um arco de descida em meia-lua, mostrando os números dos andares como um relógio andando de trás para a frente. A seta parou no 7 e de novo no 3 antes de ficar na posição horizontal. O primeiro a sair foi um gigantesco dogue alemão puxando uma mulher gorda vestida num casaco de peles. Depois, saiu um homem de barba com um estojo de violoncelo. Entrei e informei o andar a um ascensorista idoso que, em seu uniforme mal-ajambrado, lembrava um pensionista do Exército dos Balcãs. Ele deu uma olhada em meus sapatos e não disse nada. Um instante depois, fechou a porta pantográfica e começamos a subir.

Fomos direto até eu descer no décimo primeiro andar. O corredor era longo, largo e tão sem graça quanto o saguão do térreo. Penduradas nas paredes, enroladas em intervalos regulares, estavam mangueiras de incêndio. O som de vários pianos dissonantes ecoava por detrás das portas fechadas. Ao longe, ouvi uma soprano aquecendo a voz em trinados ao longo da escala musical.

Encontrei o apartamento de M. Krusemark. Seu nome estava pintado na porta em letras douradas, e abaixo dele um símbolo estranho que parecia a letra "м" com uma seta virada para cima, como uma cauda. Toquei a campainha e esperei. Um barulho de passos em saltos altos soou do lado de dentro, a fechadura foi destrancada e a porta se abriu no limite da corrente de segurança.

Um olho me observou das sombras. A voz que o acompanhou perguntou: "Sim?".

"Meu nome é Harry Angel", falei. "Liguei mais cedo sobre uma consulta."

"Ah, claro. Só um instante, por favor." A porta fechou, e ouvi a corrente deslizar. Quando a porta voltou a abrir, era um par de olhos verdes, da cor de olhos de gato, num rosto pálido e angular. Brilhavam dentro das cavidades desbotadas abaixo de sobrancelhas escuras e grossas. "Entre, por favor", ela disse, ficando de lado para me dar passagem.

Estava toda de preto, como uma representante da boemia de fim de semana num café do Village: saia preta de lã, meias de seda pretas, e até seu cabelo preto e espesso estava preso num coque com algo que parecia um par de *hashis*, só que feitos de ébano. Walt Rigler dissera que ela tinha entre 36 e 37 anos, mas sem nenhuma maquiagem parecia bem mais velha. Era muito magra, quase lúgubre, mal era possível perceber seus seios murchos por debaixo das pesadas dobras de seu suéter. O único ornamento era um medalhão de ouro pendurado ao redor do pescoço numa corrente simples. Era uma estrela de cinco pontas de cabeça para baixo.

Nenhum de nós falou nada, e me vi olhando fixamente para o medalhão pendurado. "Vá e pegue uma estrela cadente..." O verso de abertura do poema de Donne ecoou por minha mente, seguido de uma imagem das mãos do dr. Albert Fowler. Por um instante, vi o anel de ouro em seus dedos trêmulos. Uma estrela de cinco pontas estava gravada no anel que, por sua vez, não constava na mão do dr. Albert Fowler quando encontrei seu corpo trancado no quarto do segundo andar. Aqui estava a peça que faltava no quebra-cabeças.

A revelação me atingiu como um enema de água gelada. Um arrepio percorreu minha espinha e arrepiou a penugem ao longo de minha nuca. O que acontecera com o anel do médico? Devia estar no bolso dele; não vasculhei suas roupas; mas por que ele o tiraria antes de estourar os miolos? E se não foi ele quem tirou, quem foi?

Senti os olhos de raposa da mulher fixos em mim.

"Você deve ser a srta. Krusemark", falei, quebrando o silêncio.

"Sou eu", ela respondeu, sem abrir um sorriso.

"Vi o nome na porta, mas não reconheci o símbolo."

"É o meu signo", disse, fechando e retrancando a porta. "Sou de Escorpião." Ela ficou olhando para mim por um longo tempo, como se meus olhos fossem um olho mágico revelando alguma cena íntima. "E você?"

"Eu?"

"Qual é seu signo?"

"Na verdade, eu não sei", respondi. "Astrologia não é bem meu forte."

"Quando você nasceu?"

"Em 2 de junho de 1920." Dei a ela a data de nascimento de Johnny Favorite para testá-la, e, por uma fração de segundo, creio que captei um tremor distante em seu olhar firme e desprovido de emoção.

"Geminiano", ela falou. "Os gêmeos. Curioso, conheci um rapaz que nasceu exatamente nesse dia."

"É mesmo? Quem?"

"Não importa", disse a mulher. "Foi há muito, muito tempo. Mas que indelicadeza a minha deixá-lo de pé aqui no vestíbulo. Entre, por favor, e sente-se."

Fui atrás dela saindo do cômodo sombrio até uma sala de estar espaçosa, com pé-direito alto. A mobília era uma mistura inclassificável do que podia ser dos primórdios do Exército da Salvação, realçada por mantas de caxemira com estampas berrantes, e muitas almofadas bordadas. A geometria ousada de vários tapetes persas compensava a falta de requinte na decoração. Havia samambaias de todo tipo e palmeiras que chegavam até o teto. A folhagem pendia de vasos pendurados. Florestas tropicais em miniatura vicejavam dentro de terrários de vidro.

"Linda sala", falei, enquanto ela pegava meu sobretudo e o dobrava sobre o encosto de um sofá.

"Sim, é uma maravilha, não? Tenho sido muito feliz aqui." Um apito agudo ao longe a interrompeu. "Aceita um chá?", perguntou. "Tinha acabado de pôr uma chaleira no fogo quando você chegou."

"Só se não for lhe dar trabalho."

"Trabalho nenhum. A água já está fervendo. Qual você prefere: darjeeling, jasmim ou oolong?"

"O que você escolher. Não entendo muito de chás."

Ela deu um vago sorriso e saiu apressada para dar um fim ao apito insistente. Olhei mais detalhadamente ao redor.

Bugigangas exóticas entulhavam cada superfície disponível. Objetos como flautas sagradas e rodas de orações budistas, estatuetas mágicas dos Hopi e imagens de Vishnu em papel machê saindo da boca de peixes e tartarugas. Um punhal asteca feito de obsidiana e esculpido na forma de um pássaro brilhava sobre a prateleira de uma estante de livros. Dei uma olhada nos livros ao acaso e visualizei o *I Ching*, um exemplar de *Oaspe*, e vários das séries tibetanas de Evan-Wentz.

Quando M. Krusemark voltou trazendo uma bandeja de prata e um jogo de chá, eu estava de pé em frente a uma janela pensando no anel desaparecido do dr. Fowler. Ela colocou a bandeja sobre uma mesinha perto do sofá e juntou-se a mim. Do outro lado da Sétima Avenida, na esquina ao norte da rua 57, uma mansão em estilo clássico com colunas dóricas brancas coroava de maneira improvável o telhado dos Apartamentos Osborn como um tesouro escondido.

"Alguém comprou a residência do presidente Jefferson e trouxe para cá?", brinquei.

"Pertence a Earl Blackwell. Ele dá festas maravilhosas. Pelo menos divertidas de se ver."

Segui-a até o sofá.

"Aquele me parece um rosto conhecido." Apontei para um retrato a óleo de um pirata idoso vestindo um smoking.

"É meu pai, Ethan Krusemark." O chá escorreu para dentro das xícaras de porcelana translúcida.

Havia a sugestão de um sorriso malandro naqueles lábios determinados, uma faísca de crueldade e esperteza nos olhos tão verdes quanto os da filha.

"É o construtor de navios, não é? Vi a foto dele na *Forbes*."

"Ele odiou esse quadro. Disse que era como um espelho congelado. Leite ou limão?"

"Prefiro puro, obrigado."

Ela me passou a xícara.

"Foi feito no ano passado. Acho que tem uma semelhança incrível."

"É um homem bem-apessoado."

Ela fez que sim com a cabeça.

"Acredita que ele tem mais de sessenta anos? Sempre aparentou dez anos menos que a verdadeira idade. O sol dele está em conjunção com Júpiter, um aspecto bastante favorável."

Não teci nenhum comentário sobre suas bobagens místicas e disse que ele parecia um capitão nos filmes de pirata que eu via quando criança.

"É verdade. Na época em que eu estava na faculdade, todas as meninas de minha república pensavam que ele era Clark Gable."

Dei um gole no chá. Tinha gosto de pêssego fermentado.

"Meu irmão conheceu uma garota chamada Krusemark quando estava em Princeton", falei. "Ela entrou para Wellesley e leu a mão dele num baile de formatura."

"Deve ter sido minha irmã, Margaret", respondeu. "Eu sou Millicent. Somos irmãs gêmeas. Ela é a bruxa má da família; eu sou a bruxa boa."

Senti como se estivesse acordando de um sonho de riquezas, meu tesouro dourado se esvaindo como névoa entre os dedos.

"Sua irmã mora aqui em Nova York?", perguntei, sustentando a brincadeira. Eu já sabia a resposta.

"Deus do céu, não. Maggie se mudou para Paris há mais de dez anos. Há muito tempo que não a vejo. Qual o nome de seu irmão?"

A brincadeira foi perdendo a graça e o que restou dela despencou sobre mim como um balão murcho.

"Jack", respondi.

"Não me lembro de Maggie falando sobre nenhum Jack. Mas, claro, havia tantos rapazes na vida dela naquela época. Preciso que você responda a algumas perguntas." Ela pegou um bloco com capa de couro e uma lapiseira na mesa. "Para eu fazer seu mapa."

"Vá em frente." Puxei um cigarro do maço e pus na boca.

Millicent Krusemark sacudiu a mão na frente do rosto como se secasse as unhas.

"Por favor, não. Sou alérgica a fumaça."

"Claro." Enfiei o cigarro atrás da orelha.

"Você nasceu no dia 2 de junho de 1920", ela disse. "Já tem coisas que sei sobre você só por conta disso."

"Me diga tudo sobre mim."

Millicent Krusemark olhou para mim com um olhar felino.

"Sei que é um ator por natureza", falou ela. "Não tem dificuldade em fingir ser outra pessoa. Troca de identidade com facilidade, como um camaleão troca de cor. Apesar de se preocupar profundamente em descobrir a verdade, mentiras fluem de seus lábios sem hesitação."

"Excelente. Prossiga."

"Sua habilidade de ator tem um lado sombrio e causa problemas quando você confronta a natureza dúbia de sua personalidade. Eu diria que você é frequentemente vítima da dúvida. 'Como pude fazer uma coisa dessas?' é sua preocupação constante. A maldade aflora facilmente em você, embora ache inconcebível ser capaz de machucar os outros. Por um lado, você é metódico e persistente; por outro, confia bastante na intuição." Ela sorriu. "Em relação às mulheres, prefere as jovens e de cor escura."

"Nota dez", falei. "Acertou na mosca." E tinha acertado mesmo. Uma analista que desvendasse tais segredos merecia os 25 paus a hora. Só havia um problema: aquele não era o dia de meu aniversário; ela estava falando de mim baseada nos dados de Johnny Favorite. "Sabe onde posso encontrar algumas mulheres jovens e morenas?"

"Posso falar muito mais, desde que eu tenha o que preciso." A bruxa boa rabiscou no bloco. "Não posso garantir a garota de seus sonhos, mas posso ser mais específica. Veja aqui, estou tomando nota das posições dos astros para o mês, de forma que eu possa ver como eles vão afetar seu mapa. Não o seu, na verdade, mas o do rapaz que mencionei. Seu horóscopo e o dele são sem dúvida parecidos."

"Sou todo ouvidos."

Millicent Krusemark franziu a testa, estudando as anotações.

"É um período de grande perigo. Você esteve envolvido numa morte há bem pouco tempo, no máximo uma semana. O morto não era alguém que você conhecesse bem; entretanto, está profundamente perturbado com a morte dele. A profissão médica está envolvida. Talvez você mesmo esteja em breve num hospital; os aspectos desfavoráveis são muito fortes. Cuidado com estranhos."

Encarei aquela mulher de preto esquisita e senti invisíveis tentáculos de medo cercarem meu coração. Como ela podia saber tanto? Minha boca estava seca, meus lábios grudados enquanto eu falava: "O que é esse pingente em seu pescoço?".

"Isso?" A mão da mulher pousou sobre o pescoço como um pássaro planando num voo. "É só um pentagrama. Traz boa sorte."

O pentagrama do dr. Fowler não trouxe boa sorte, mas o médico estava sem ele quando morreu. Ou alguém pegou o anel depois de matar o velho?

"Preciso de mais informações", falou Millicent Krusemark, sua lapiseira de ouro filigranado a postos como um dardo. "Quando e onde sua noiva nasceu. Preciso da hora e do local exato para poder determinar longitude e latitude. Você também não me disse onde nasceu."

Improvisei algumas datas e lugares falsos e fiz o gesto padrão de olhar para o relógio de pulso antes de pôr a xícara na mesa. Nós nos levantamos juntos, como se estivéssemos num elevador.

"Obrigado pelo chá."

Ela me levou até a porta e disse que os mapas estariam prontos na semana seguinte. Eu disse que ligaria para ela e apertamos as mãos com a formalidade mecânica de soldadinhos de corda.

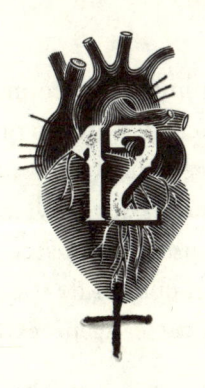

Encontrei o cigarro atrás da orelha quando descia de elevador e o acendi assim que cheguei à rua. O vento de março parecia purificador. Ainda faltava quase uma hora para o encontro com Vernon Hyde, e eu caminhava devagar pela Sétima, tentando entender a razão do medo inominável que me perseguiu na volta do apartamento arborizado da astróloga. Eu sabia que era enganação, uma conversa fiada como a de um vendedor de enciclopédia. Cuidado com estranhos. Era o tipo de lorota que a gente conta em troca de alguns trocados, junto com a adivinhação de seu peso. Ela havia me enganado com sua voz de oráculo e seus olhos hipnóticos.

A rua 52 tinha uma aparência decadente. Dois quarteirões a leste, o "21" ainda preservava boas lembranças de seu tempo de bar clandestino, mas uma sucessão de espeluncas de striptease havia substituído a maioria dos clubes de jazz. Com o fechamento do Onyx Club, só o Birdland mantinha as chamas do templo do bebop acesas na Broadway. O Famous Door tinha fechado as portas para sempre. Jimmy Ryan e a Hickory House eram os únicos sobreviventes numa rua cujas construções de tijolos marrons abrigaram mais de cinquenta bares clandestinos durante a Lei Seca.

Caminhei para o leste, passei por restaurantes chineses e prostitutas petulantes carregando chapeleiras de napa fechadas com zíper. O trio de Don Shirley apresentava-se na

Hickory House, mas a música só começaria horas mais tarde, e o bar estava silencioso e escuro quando entrei.

Pedi um *whisky sour* e fiquei numa mesa de onde podia observar a porta. Dois drinques depois, vi um cara carregando um estojo de saxofone. Ele usava um casaco esportivo de camurça marrom por cima de um pulôver de tricô creme com gola alta. Seu cabelo era grisalho e curto. Acenei e o homem se aproximou.

"Vernon Hyde?"

"Sou eu", falou ele, com um sorriso de canto de boca.

"Acomode seu machado e tome um drinque."

"Ótimo." Ele pôs o estojo do saxofone com cuidado sobre a mesa e puxou uma cadeira. "Então você é um escritor. Sobre o que escreve?"

"Matérias para revistas, na maioria" eu disse. "Perfis, reportagens sobre personalidades."

A garçonete chegou e Hyde pediu uma garrafa de Heineken. Falamos sobre banalidades até ela trazer a cerveja e servi-la num copo alto. Hyde deu um gole grande e foi logo ao assunto.

"Então você quer escrever sobre a banda de Spider Simpson. Bom, veio à rua certa. Se concreto pudesse falar, aquela calçada poderia lhe contar toda a história de minha vida."

"Veja. Eu não quero enganar você. A história vai mencionar a banda, mas estou interessado em Johnny Favorite", respondi.

O sorriso de Vernon Hyde se transformou a tal ponto que virou uma carranca.

"Nele? Por que você quer escrever sobre aquele babaca?"

"Suponho que ele não era um bom companheiro, então?"

"Além disso, quem ainda se lembra de Johnny Favorite?"

"Um editor da *Look* se lembra o suficiente para sugerir a história. E suas próprias memórias parecem fortes o bastante. Como ele era?"

"Um escroto. O que ele fez a Spider foi mais baixo que a virada de casaca de Benedict Arnold."[1]

"O que foi que ele fez?"

"Você tem de entender que Spider descobriu o cara, o tirou de uma birosca num cafundó qualquer."

"Disso eu sei."

"Favorite devia muito a Spider. Ele também ganhava um percentual da bilheteria, não apenas um salário como o resto da banda, então não tinha do que reclamar. Ainda faltavam quatro anos para o contrato dele com Spider terminar quando eles se separaram. Tivemos grandes apresentações canceladas por causa daquele paspalho."

Peguei meu bloco e minha lapiseira e fingi fazer anotações.

"Ele entrou em contato alguma vez com algum dos antigos músicos da banda?"

"Os fantasmas podem andar?"

"Como?"

"O cara subiu no telhado, meu amigo. Tomou um estouro na guerra."

"Será mesmo?", perguntei. "Ouvi dizer que ele estava num hospital no norte do estado."

"Pode até ser, mas ouvi dizer que ele tinha morrido."

"Me disseram que ele era supersticioso. Você se lembra de algo a esse respeito?"

Vernon Hyde abriu um sorriso torto novamente.

"Pois é, ele estava sempre procurando por sessões espíritas e bolas de cristal. Uma vez, na estrada, acho que em Cincinnatti, contratamos a prostituta do hotel para fingir que era uma cartomante. Ela disse para Johnny que ele ia pegar

---

[1] General norte-americano que se voltou para o lado dos britânicos durante a Guerra de Independência.

gonorreia, e ele não olhou mais para nenhuma garota até o fim da turnê."

"Favorite namorou uma garota da alta sociedade que era cartomante, não?"

"É, algo assim. Nunca a encontrei. Johnny e eu, a gente estava em sintonias diferentes naquela época."

"A orquestra de Spider Simpson sofria preconceito racial quando Favorite cantou com vocês, certo?"

"É, éramos todos de cor. Acho que um ano teve um cubano tocando vibrafone." Vernon Hyde terminou sua cerveja. "Duke Ellington também não conseguiu romper a barreira da cor na época, você sabe."

"É verdade." Fiz uns rabiscos no bloco. "Mas quando vocês se reuniam depois dos shows, devia ser outra história."

O sorriso de Hyde ficou bem menos torto quando ele se lembrou daqueles recintos esfumaçados.

"Quando a banda de Basie estava na cidade, uma turma nossa se juntava e tocava a noite inteira."

"E Favorite participava dessas sessões?"

"Que nada. Johnny não ligava para os negros. Depois de um trabalho, os únicos pretos que ele queria ver eram as empregadas domésticas nas coberturas da avenida Park."

"Curioso. Achei que Favorite fosse amigo de Toots Sweet."

"Ele pode alguma vez ter pedido a Toots pra engraxar seus sapatos. Estou dizendo, Johnny Favorite não gostava de preto. Me lembro dele falando que Georgie Auld era um saxofonista melhor que Lester Young. Imagina!"

Falei que aquilo estava acima de minha compreensão.

"Ele achava que eles traziam má sorte."

"Os saxofonistas?"

"Os negros, cara. Para Johnny, eles eram como gatos pretos, sem trocadilho."

Perguntei se Johnny Favorite tinha ficado íntimo de alguém na banda.

"Não acredito que ele tivesse um único amigo no mundo", disse Vernon Hyde. "E pode escrever que fui eu quem disse, se quiser. Era um solitário. Na dele durante a maior parte do tempo. Ah, ele até podia brincar com você, e sempre tinha um sorrisão no rosto, mas isso não queria dizer nada. Johnny era bom para seduzir. Usava isso como um escudo para manter você à distância."

"O que pode me dizer da vida pessoal dele?"

"Nunca o vi, a não ser no palco ou andando de ônibus pela noite em algum lugar. Spider que o conhecia. Ele é o cara com quem você devia conversar."

"Eu tenho o telefone dele na costa Oeste", respondi. "Mas ainda não nos falamos. Quer outra cerveja?"

"Por que não?", falou Hyde. Pedimos outra rodada. Passamos a hora seguinte contando lorotas sobre a rua 52 dos velhos tempos, e o nome de Johnny Favorite não foi mais mencionado.

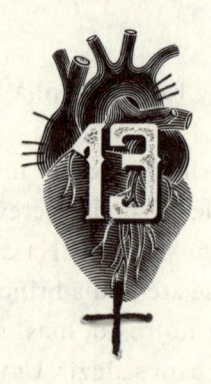

Vernon Hyde foi embora pouco antes das sete, seguindo um destino ignorado, e eu caminhei por dois quarteirões para oeste até o Gallagher's e o melhor filé da cidade. Terminei meu charuto e a segunda xícara de café por volta das nove, paguei a conta e peguei um táxi na Broadway para percorrer oito quarteirões até a garagem do meu carro.

Dirigi em sentido norte da cidade pela Sexta Avenida, seguindo o tráfego pelo Central Park, depois do reservatório e do Harlem Meer. Saí do parque pela Warrior's Gate na altura da rua 110 com a Sétima Avenida e entrei num mundo de moradias populares e ruas laterais escuras. Não pisava no Harlem desde antes de eles derrubarem o Savoy Ballroom ano passado, mas nada parecia ter mudado. A avenida Park estava debaixo dos trilhos da New York Central nesta ponta da cidade, então a Sétima, com seus canteiros de concreto dividindo o trânsito nos dois sentidos, tinha virado a rua para ver e ser visto.

Ao passar pela rua 125, tudo era tão iluminado quanto a Broadway. Mais adiante, o Small's Paradise e a casa noturna de Count Basie pareciam animados e cheios de gente. Encontrei uma vaga em frente ao Red Rooster do outro lado da avenida e esperei o sinal abrir. Um jovem com pele da cor de café com uma pena de faisão no chapéu emergiu de um grupo que vadiava na esquina e me perguntou se eu queria comprar um relógio. Levantou ambas as mangas de seu elegante casacão e me mostrou meia dúzia de relógios em cada braço.

"Posso fazer um preço bom, meu irmão. Muito bom."

Disse a ele que já tinha um relógio e avancei quando o sinal mudou para o verde.

O Red Rooster era luxuoso e escuro. As mesas em torno do palco estavam lotadas de celebridades, gastadores com suas mulheres em seus vestidos cheios de brilhos.

Consegui uma banqueta no bar e pedi uma taça de Remy Martin. O trio de Edison Sweet estava no palco, mas de onde eu estava, só pude ver as costas do pianista quando ele se debruçava sobre o teclado. Um baixo e uma guitarra eram os outros instrumentos.

A banda tocava blues, e a guitarra se destacava, entrando e saindo da melodia como um beija-flor. O piano pulsava e trovejava. A mão esquerda de Toots Sweet era mesmo tão boa quanto Kenny Pomeroy tinha afirmado. O grupo não precisava de um baterista. Por cima do ritmo mutante e melancólico do baixo, Toots costurava um lamento elaborado, e, quando cantava, sua voz, doída, saía agridoce:

> *Eu tenho o blues vodu,*
> *O blues maldito e nefasto.*
> *Petro Loa não me deixa em paz,*
> *Toda noite escuto o zumbi chorar.*
> *Deus, eu tenho o velho blues vodu.*

> *Zu-Zu era uma mambo, um hungan ela amava;*
> *Se meter com Erzuli não era o que ela planejava.*
> *A maldição dos tom-tons fez dela uma escrava.*
> *E agora o Barão Samedi dança em sua tumba.*

Sim, ela tem o blues vodu'
O blues maldito e nefasto...

Quando a sessão terminou, os músicos riram e conversaram entre eles, e limparam seus rostos suados com grandes lenços brancos. Um tempo depois, foram todos em direção ao bar. Eu disse ao garçom que queria pagar umas bebidas ao grupo. Ele anotou seus pedidos e assentiu na minha direção.

Os dois músicos pegaram seus drinques, me olharam de relance e se misturaram à multidão. Toots Sweet se sentou num banco na ponta do balcão e se inclinou para trás, para poder observar a casa, a cabeça grande e grisalha apoiada na parede. Peguei meu copo e me dirigi até ele.

"Só queria agradecer", falei, sentando-me no banco ao lado. "O senhor é um artista, sr. Sweet."

"Pode me chamar de Toots, filho. Eu não mordo."

"Então é Toots."

Toots Sweet tinha um rosto tão largo, escuro e amarrotado quanto uma folha de tabaco curtido. Seu cabelo grosso era da cor de cinza de charuto. Vestia um terno de sarja azul brilhante muito apertado, apesar de seus pés, pequenos e delicados como os de uma mulher, estarem bem alojados em polainas bicolores.

"Gostei do blues que você tocou no final."

"Escrevi no verso de um guardanapo num dia em que estive em Houston anos atrás." Ele deu uma gargalhada. A brancura repentina de seu sorriso dividiu o rosto escuro como o fim de um eclipse lunar. Um de seus dentes da frente tinha uma coroa de ouro. O esmalte branco por baixo dela brilhava através de uma estrela invertida de cinco pontas recortada na coroa. Era algo que dava para se notar logo de cara.

"Sua cidade natal?"

"Houston? Meu Deus, não, estava só visitando."

"De onde você é?"

"Eu? Bom, sou um garoto de New Orleans, nascido e criado lá. Você está olhando para alguém que faria a alegria de um antropólogo. Toquei nos mafuás de Storyville antes dos catorze. Conhecia a gangue toda: Bunk, e Jelly, e Satchelmouth. Subi o grande rio Mississippi até Chicago. Rá, rá, rá." Toots rugia e estapeava seus joelhos enormes. Os anéis em seus dedos atarracados brilhavam na luz difusa.

"Você está me tapeando", falei.

"Talvez só um pouquinho, filho. Talvez só um pouquinho."

Sorri com o canto dos lábios e dei um gole no meu drinque.

"Deve ser legal ter tantas memórias."

"Está escrevendo um livro, filho? Posso farejar um escritor tão rápido quanto uma raposa reconhece uma galinha."

"Chegou perto, sua raposa velha. Estou trabalhando numa matéria para a revista *Look*."

"Uma história de Toots Sweet na *Look*? Junto de Doris Day! Uau!"

"Bom, não vou enganar você, Toots. A história vai ser sobre Johnny Favorite."

"Quem?"

"Um cantor. Costumava cantar com a banda de swing de Spider Simpson lá pelos anos 1940."

"Sei. Eu me lembro de Spider. Ele tocava bateria que nem duas britadeiras trepando."

"E o que se lembra de Johnny Favorite?", perguntei.

O rosto escuro de Edison Sweet adquiriu a inocência de um aluno de álgebra que não sabe a resposta. "Não lembro de nada dele; a não ser talvez que ele trocou de nome e virou Frank Sinatra. Vic Damone nos fins de semana."

"Talvez eu tenha a informação errada", disse eu. "Achei que vocês eram bem chegados."

"Filho, ele gravou uma de minhas canções lá atrás e eu agradeço a *ele* por todos os cheques dos direitos autorais, que eu até já gastei, mas isso não quer dizer que a gente fosse chegado."

"Vi uma foto de vocês dois cantando juntos. Na *Life*."

"Isso mesmo. Me lembro dessa noite. Foi no bar de Dickie Wells. Vi Favorite por lá uma ou duas vezes, mas com certeza ele não vinha até aqui para me ver."

"Quem ele vinha ver quando vinha aqui?"

Toots Sweet baixou os olhos, fingindo timidez.

"Você está me fazendo abrir o bico do que não é de minha conta, filho."

"O que importa, depois desses anos todos?", perguntei. "Imagino que ele estava com alguma mulher."

"E que mulher, para falar a verdade."

"Qual era o nome dela?"

"Não era nenhum segredo. Qualquer um que estava aqui na área antes da guerra sabia que Evangeline Proudfoot tinha um caso com Johnny Favorite."

"Parece que nenhum jornalista da cidade sabia."

"Filho, se naquele tempo você estivesse pulando a cerca, não ia querer sair falando por aí."

"Quem era Evangeline Proudfoot?"

Toots sorriu.

"Uma beldade caribenha", ele disse. "Era mais velha que Johnny uns dez, quinze anos, mas era tão esperta que ele é que parecia um bobão."

"Sabe como eu posso encontrar ela?"

"Não vejo Evangeline tem anos. Ficou doente. A loja ainda está la, então talvez ela também."

"Que tipo de loja era?" Tentei ao máximo não deixar minhas perguntas parecerem um interrogatório.

"Evangeline tinha uma loja que vendia ervas na Lenox. Ficava aberta todos os dias até meia-noite, menos nos domingos." Toots piscou para mim. "Hora de tocar mais um pouquinho. Vai ficar para mais uma sessão, filho?"

"Eu volto", respondi.

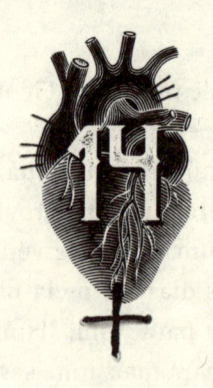

A Farmacêuticos Proudfoot ficava na esquina noroeste da avenida Lenox com a rua 123. O nome estava pendurado na vitrine com letras em neon azul de quinze centímetros. Estacionei a meio quarteirão dali e dei uma checada no lugar. A vitrine continha um mostruário empoeirado banhado numa etérea luz azul. Caixas desbotadas de remédios homeopáticos repousavam em pequenas prateleiras redondas de papelão distribuídas em ambos os lados. Pregado à parede do fundo estava um multicolorido diagrama anatômico do corpo humano, carne e músculos expostos revelando um emaranhado de vísceras. Cada uma das prateleiras de papelão era ligada ao correspondente órgão interno por uma fita de cetim. O produto ligado ao coração chamava-se "Extrato Salutar de Beladona Proudfoot".

Acima da parede de trás do mostruário, pude entrever um pedaço da loja. Luzes fluorescentes pendiam do forro de metal prensado e prateleiras antiquadas de madeira e vidro eram presas ao longo da parede ao fundo. O vaivém do pêndulo de um relógio parecia ser a única atividade na loja.

Entrei. Um cheiro de incenso queimando ardia no ar. Sinos bimbalharam sobre minha cabeça quando fechei a porta. Dei uma rápida olhada ao redor. Num suporte de metal giratório perto da entrada, uma coleção de "livros de sonho" e panfletos falando sobre os vários problemas do amor competiam pela atenção do cliente com suas apresentações de gosto duvidoso. Tubos compridos de papelão contendo "pós da sorte" eram acomodados formando uma pirâmide. "Espalhe um pouco deste pó em seu terno de manhã, e o número que você escolher de seu livro de sonhos com certeza será sorteado."

Estava dando uma olhada nas velas coloridas e perfumadas que garantiam trazer prosperidade com seu uso contínuo quando uma linda jovem com pele da cor de café com leite entrou, vinda do cômodo dos fundos, e ficou em pé atrás do balcão. Usava um guarda-pó branco por cima do vestido e parecia ter entre dezenove e vinte anos. Seus cabelos ondulados na altura dos ombros eram da cor do mogno. Algumas pulseiras de prata tilintavam em seu pulso fino.

"Posso ajudá-lo?", ela perguntou. Por trás de sua dicção cuidadosamente modulada, arrastava-se o ritmo melódico do Caribe.

Respondi meio que de improviso: "Você tem alguma raiz de John, o Conquistador?".

"Em pó ou inteira?"

"Inteira. Não é o formato que faz o feitiço funcionar?"

"Não vendemos feitiços, senhor. Aqui funciona uma farmácia de ervas."

"Como você chama as coisas lá da frente?", perguntei. "Remédios?"

"Vendemos algumas novidades. A Rexall's vende cartões de felicitações."

"Estava brincando. Não quis ofendê-la."

"Não me ofendi. Diga-me a quantidade que deseja de John, o Conquistador, e eu peso para o senhor."

"A srta. Proudfoot está?"

"Eu sou a srta. Proudfoot", disse ela.

"Srta. Evangeline Proudfoot?"

"Sou Epiphany. Evangeline era minha mãe."

"Você disse 'era'?"

"Ela morreu no ano passado."

"Sinto muito."

"Ela esteve doente por muito tempo, ficou de cama durante anos. Foi melhor assim."

"Ela deu um lindo nome a você, Epiphany", falei. "Combina com você."

Por baixo de sua pele café com leite, ela ficou levemente enrubescida.

"Ela me deu muito mais que isso. Essa loja tem dado lucro há quarenta anos. O senhor fez algum negócio com mamãe?"

"Não, nunca nos encontramos. Tinha esperança de que ela poderia me responder algumas perguntas."

Os olhos cor de topázio de Epiphany escureceram.

"O senhor é algum tipo de tira?"

Sorri, já com o álibi da *Look* na ponta da língua, mas imaginei que ela fosse muito esperta para engolir, então falei: "Detetive particular. Posso lhe mostrar minha licença."

"Não perca seu tempo em me mostrar uma licença fajuta. Por que queria falar com mamãe?"

"Procuro um homem chamado Johnny Favorite."

Ela enrijeceu a postura. Foi como se alguém tivesse tocado seu pescoço por trás com um cubo de gelo.

"Ele está morto", ela falou.

"Não, não está, embora a maioria das pessoas ache que sim."

"Até onde sei, ele está morto."

"Você o conhecia?"

"Jamais nos encontramos."

"Edison Sweet disse que ele era amigo de sua mãe."

"Foi antes de eu nascer", ela respondeu.

"Sua mãe falou com você sobre ele alguma vez?"

"Com certeza, senhor... seja lá quem for, você não acha que eu vou trair as confidências de minha mãe. Dá para ver que não é um cavalheiro."

Fiz que não ouvi.

"Talvez possa me dizer se você ou sua mãe viram Johnny Favorite ao menos uma vez nos últimos quinze anos."

"Eu já lhe disse que nós não nos encontramos, e eu sempre fui apresentada a *todos* os amigos de mamãe."

Tirei minha carteira, a que eu guardo dinheiro, e dei a ela meu cartão da Crossroads.

"Ok", falei, "era querer muito mesmo. O telefone de meu escritório fica aqui embaixo. Gostaria que você ligasse para mim caso se lembre de algo ou saiba de alguém que tenha visto Johnny Favorite."

Ela deu um sorriso mecânico.

"Por que está atrás dele?"

"Não estou 'atrás' dele; só quero saber onde ele está." Ela prendeu o cartão no vidro da caixa registradora.

"E se ele estiver morto?"

"Vão me pagar do mesmo jeito."

Dessa vez ela quase sorriu de verdade.

"Espero que o senhor o encontre a sete palmos", ela falou.

"Por mim, tanto faz. Por favor, guarde meu cartão. Nunca se sabe o que pode acontecer."

"É verdade."

"Obrigado pela atenção."

"Não vai embora sem levar seu John, o Conquistador, vai?"

Endireitei a postura.

"Você acha que preciso?"

"Sr. Crossroads", ela disse, rindo, e seu riso era rico e pleno, "parece que o senhor precisa de toda ajuda possível."

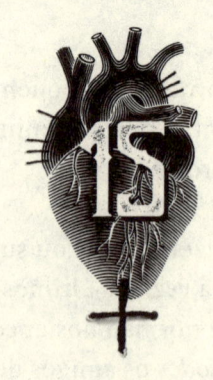

Quando voltei ao Red Rooster tinha perdido uma sessão inteira, e Toots estava sentado no mesmo banco do bar. Uma taça de champanhe borbulhava perto de seu cotovelo. Acendi um cigarro enquanto me desvencilhava do povo.

"Encontrou o que procurava?", perguntou ele sem interesse.

"Evangeline Proudfoot está morta."

"Morta? Isso com certeza é uma pena. Grande mulher."

"Conversei com a filha dela. Não ajudou muito."

"Talvez seja melhor escolher outra pessoa sobre quem escrever, filho."

"Não acho. Agora estou ficando interessado." As cinzas de meu cigarro caíram em cima de minha gravata e deixaram uma nódoa ao lado da preexistente mancha de sopa quando eu as esfreguei. "Você parece ter conhecido Evangeline Proudfoot muito bem. O que mais pode me contar sobre o caso dela com Johnny Favorite?"

Toots Sweet ergueu-se. "Não posso contar nada, filho. Sou grande demais para ficar me escondendo debaixo da cama. E quer saber? Está na hora de voltar ao trabalho."

Ele abriu seu sorriso estrelado e saiu para o palco. Fui atrás dele como um ávido caçador de notícias.

"Você não se lembra de outros amigos deles? Pessoas que conheciam os dois quando eles estavam juntos."

Toots acomodou-se no banco do piano e passou os olhos no salão à caça de seus músicos retardatários. Falava comigo enquanto seu olhar buscava mesa por mesa. "Pode ser que eu consiga acalmar a minha mente com um pouco de música. Talvez me lembre de algo."

"Não estou com pressa. Posso ouvir você tocar a noite toda."

"Então, cai fora do palco, filho." Toots levantou a tampa abaulada do piano de cauda. Um pé de galinha repousava sobre o teclado. Ele fechou a tampa com violência. "Sai de cima de mim!", ele rosnou. "Agora eu preciso tocar."

"O que era aquilo?"

"Aquilo não era nada. Não é de sua conta."

Aquilo era qualquer coisa, menos nada. Era o pé de uma galinha em cima de uma oitava, uma garra bem amarela parecendo uma pata de lagarto, cortada um pouco antes da junta, e ainda sangrando. Debaixo de um tufo de penas brancas, havia um laço de fita preta amarrada. Com certeza aquilo era bem mais do que nada.

"O que está havendo, Toots?", perguntei.

O guitarrista tomou seu lugar e ligou o amplificador. Olhou de relance para Toots e ficou mexendo no volume. Estava tendo problemas de retorno.

Toots assobiou.

"Não está acontecendo nada que seja de sua conta. Agora eu não falo mais contigo. Nem depois da sessão, nem nunca mais!"

"Quem está atrás de você, Toots?"

"Cai fora daqui."

"O que Johnny Favorite tem a ver com isso?"

Toots falou bem devagar, ignorando o baixista que surgiu em seu ombro.

"Se você não der o fora daqui, e eu digo para sempre, vai se arrepender do dia em que pôs essa bunda branca no mundo."

Dei de cara com o baixista olhando para mim, implacável, e olhei ao redor. A casa estava cheia. Imaginei como o general Custer se sentiu no alto da colina em Little Big Horn.[1]

"Tudo que eu preciso fazer", disse Toots, "é abrir a boca."

"Não precisa falar mais nada." Segui em direção à pista de dança e fui embora.

Meu carro estava parado na mesma vaga do outro lado da Sétima Avenida, e fui até ele quando o sinal abriu. Os vagabundos da esquina tinham ido embora, e, no lugar deles, tinha uma negra magra usando um casaco de raposa enlameado. Ela cambaleava para a frente e para trás sobre os saltos finos, respirando rápido pelas narinas como se tivesse cheirado por três dias seguidos.

"Quer se divertir, moço?", perguntou quando eu passei. "Se divertir?"

"Hoje não", falei.

Entrei no carro e acendi outro cigarro. A magrela ficou me observando por um tempo antes de sumir pela avenida. Ainda não eram onze horas.

Por volta da meia-noite, meus cigarros tinham acabado. Imaginei que Toots não sairia até o fim do trabalho. Eu tinha todo o tempo do mundo. Andei por um quarteirão e meio ao longo da Sétima até uma loja de bebidas aberta 24 horas e comprei dois maços de Luckies e uma garrafa de Early Times. Na volta, atravessei a avenida e parei um pouco na entrada do

---

1   Na Batalha de Little Big Horn, a cavalaria americana liderada pelo general Custer foi encurralada e derrotada pela coalizão das tribos dos índios Cheyennes e Sioux.

Red Rooster. A mistura de ritmos dançantes com Beethoven feita por Toots continuava a toda lá dentro.

A noite estava fria, e, de vez em quando, eu ligava o motor para diminuir um pouco a friagem. Não queria que o carro ficasse quente. Cairia no sono fácil. Quando a última sessão terminou às quinze para as quatro, o cinzeiro do painel estava cheio e a garrafa de Early Times vazia. Eu me sentia bem.

Toots saiu da boate cerca de cinco minutos antes da hora de fechar. Abotoou o sobretudo grosso e brincou com o guitarrista. Um táxi que passava estancou ao som de seu chamado, um assobio de dois dedos. Liguei o motor e dei a partida no Chevy.

Havia pouco trânsito, e eu queria dar a eles uma distância de alguns quarteirões, então mantive os faróis desligados e vi pelo retrovisor quando o táxi deu meia-volta na rua 138 e voltou para a Sétima, vindo na minha direção. Deixei eles irem até a altura da loja de bebidas antes de ligar os faróis e sair da vaga.

Segui o táxi até a rua 152, quando ele virou à esquerda. Parou no meio do quarteirão em frente a um dos conjuntos habitacionais Harlem River Houses. Segui adiante até Macomb's Place, fiz o retorno em direção ao norte da cidade e voltei para a Sétima na parte de cima do conjunto habitacional. Perto da esquina, vi o táxi esperando com a porta aberta e a luz do teto desligada. Não havia ninguém no banco de trás. Toots estava subindo correndo as escadas apenas para se livrar do pé de galinha. Desliguei os faróis e estacionei em fila dupla, de onde pude observar o táxi. Toots desceu em dez minutos. Trazia uma bolsa de boliche de lona de xadrez vermelho.

O táxi virou à esquerda na Macomb's Place e seguiu para o centro na Oitava Avenida. Mantive a distância de três quarteirões sem perdê-lo de vista até o Frederick Douglass Circle, onde o carro virou a leste na rua 110 e seguiu a parede norte do Central Park até onde começavam as avenidas St. Nicholas e Lenox. Quando passei por eles, vi Toots segurando a carteira e esperando pelo troco.

Fiz uma curva fechada à esquerda e estacionei na esquina da St. Nicholas, acelerando novamente até à rua 110 a tempo de ver o táxi indo embora e a silhueta de Toots Sweet diminuir e virar um vulto entrando no mundo de sombras do parque escuro e silencioso.

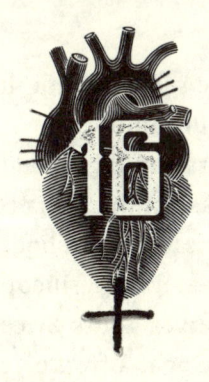

16

Ele seguiu pelo caminho que margeava a borda oeste do Harlem Meer, atravessando uma fileira de postes de luz. Me mantive escondido sob as sombras, mas Toots não olhou para trás nenhuma vez. Ele seguiu apressado pela beira do lago e por baixo do arco da Huddlestone Bridge. Um ou outro táxi passava zunindo acima de nossas cabeças na East Drive em direção ao norte da cidade.

Depois da Drive ficava o Loch, a parte mais remota do Central Park. O caminho desembocava numa ravina profunda cheia de árvores e arbustos e completamente separada da cidade. Estava escuro e muito calmo. Por um instante, pensei ter perdido Toots. Então, ouvi os tambores.

Luzes piscavam como vaga-lumes sob a vegetação rasteira. Avancei por entre as árvores até alcançar o alto de uma pedra enorme. Quatro velas brancas bruxuleavam em pires sobre a terra. Contei quinze pessoas de pé sob a luz difusa. Havia três percussionistas, cada um tocando um instrumento de tamanho diferente. O maior parecia uma conga. Um homem magro e grisalho batia nela usando uma das mãos livres e uma pequena baqueta de madeira na outra.

Uma jovem de vestido branco e turbante desenhava espirais no chão entre as velas. Enchia as mãos de farinha como um índio Hopi fazendo pinturas na areia, fazendo desenhos circulares em torno de um buraco redondo escavado na terra. Ela se virou e seu rosto foi iluminado pela chama da vela. Era Epiphany Proudfoot.

Os espectadores giravam de um lado para o outro, cantando e batendo palmas em sincronia com a batida dos tambores. Vários homens sacudiam chocalhos, e uma mulher produzia um ritmo frenético e sincopado com um par de pratos de metal. Observei Toots Sweet empunhando suas maracas como Xavier Cugat à frente de uma banda de rumba. A bolsa vazia, murcha, repousava a seus pés.

Epiphany estava descalça apesar do frio e dançava ao ritmo pulsante, espalhando punhados de farinha de trigo sobre o chão. Quando o desenho foi finalizado, ela deu um pulo para trás, elevando suas mãos brancas fantasmagóricas como uma líder de torcida da perdição. Sua vibração espasmódica logo levou a multidão a dançar.

Sombras se deslocavam de forma grotesca sob a luz incerta das velas. A batida demoníaca dos tambores dominou os dançarinos com seu feitiço vibrante. Seus olhos rolaram para dentro das pálpebras; suas bocas espumavam enquanto eles cantavam. Homens e mulheres se esfregavam uns nos outros e gemiam, as pélvis se contorcendo num êxtase sexual. Os brancos dos olhos brilhavam como opalas em seus rostos suados.

Cheguei mais perto por entre as árvores para ver melhor. Alguém tocava uma flauta. Notas agudas e estridentes cortavam a noite sobre o estrépito dissonante dos pratos de metal. Os tambores rugiam e rufavam, o ritmo insistente como uma febre, delirante, extasiante. Uma mulher caiu no chão e se contorceu feito uma cobra, sua língua serpenteando para dentro e para fora com a rapidez de um réptil.

O vestido branco de Epiphany estava colado em seu corpo jovem e molhado. Ela se aproximou de uma cesta de palha, puxando de dentro um galo pelo pé. O bicho elevou a cabeça com orgulho, a crista vermelho-sangue fulgurante sob a luz da vela. A moça esfregava a plumagem branca contra seus seios enquanto dançava. Indo ao encontro das pessoas, ela as acariciava sucessivamente. Um cacarejo agudo calou os tambores.

Deslizando com graça, Epiphany curvou-se no buraco redondo e cortou a jugular da ave com o golpe certeiro de uma lâmina. O sangue espirrou dentro da cavidade escura. O cacarejo desafiador do galo transformou-se num grito gutural. Suas asas batiam selvagemente enquanto o animal morria. Os dançarinos gemiam.

Epiphany colocou a ave exaurida ao lado do buraco, onde ele se sacudiu e tremeu, as pernas dobradas contraindo-se ao mesmo tempo, até que suas asas estremeceram, esticando-se uma última vez, e dobraram-se lentamente. Um a um, os dançarinos avançaram para a frente e jogaram oferendas no buraco. Eram moedas, punhados de milho seco, biscoitos variados, doces e frutas. Uma mulher despejou uma garrafa de Coca-Cola sobre o galo morto.

Em seguida, Epiphany pegou a ave morta e a pendurou de cabeça para baixo num galho de uma árvore próxima. O ritual começou a se desfazer neste momento. Vários membros da congregação ficaram de pé, sussurrando coisas para o animal pendurado, cabeças baixas e mãos postas. Outros guardaram seus instrumentos e todos foram desaparecendo na escuridão depois de se darem as mãos, primeiro a direita e depois a esquerda, ombro a ombro ao redor do círculo. Toots, Epiphany e mais dois ou três voltaram pelo caminho em direção ao Harlem Meer. Ninguém falou nada.

Fui atrás deles encoberto pelas sombras, margeando a trilha e me mantendo escondido por trás das árvores. Na altura do Meer, o caminho se dividiu. Toots virou à esquerda.

Epiphany e os outros pegaram o caminho da direita. Peguei uma moeda, fiz "cara ou coroa", e deu Toots. Ele foi em direção à saída pela Sétima Avenida. Se ele estivesse indo direto para casa havia uma grande possibilidade de chegar logo. Meu plano era chegar antes.

Agachando-me em meio aos arbustos, escalei o muro áspero de pedra e atravessei correndo a rua 110. Quando cheguei à esquina de St. Nicholas, olhei para trás e vi Epiphany com seu vestido branco na entrada do parque. Estava sozinha.

Reprimi o desejo de mudança de planos e corri até o Chevy. As ruas estavam quase vazias, e percorri em alta velocidade a St. Nicholas no sentido norte, cruzando a Sétima e a Oitava sem encontrar um único sinal vermelho. Após virar para a Edgecomb segui pela Broadhurst beirando o Colonial Park até a rua 151.

Estacionei perto da esquina de Macomb's Place e fui a pé por dentro dos conjuntos habitacionais. Eram prédios simpáticos de quatro andares dispostos em torno de quadras de esportes e alamedas. Uma construção da época da Grande Depressão, era uma proposta muito mais civilizada de habitação popular do que os monolitos desumanos preferidos atualmente pela prefeitura. Achei a entrada para o prédio de Toots na rua 152 e procurei pelo número de seu apartamento na fileira de caixas de correio de bronze embutidas na parede de tijolos.

A porta da frente não foi problema. Consegui abri-la com a lâmina de meu canivete em menos de um minuto. Toots morava no terceiro andar. Subi as escadas e experimentei a fechadura. Não havia nada que eu pudesse fazer sem a minha maleta, então sentei nas escadas e esperei.

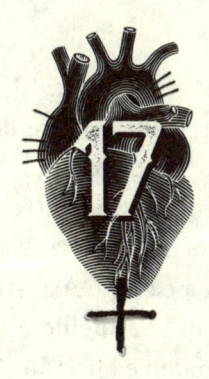

17

Não tive de esperar muito. Ouvi-o subindo as escadas, ofegante, e me escondi de cócoras. Ele não me viu e pôs sua bolsa de boliche no chão enquanto vasculhava os bolsos à procura das chaves. Quando abriu a porta, fiz meu movimento.

O homem pegava a bolsa quadriculada quando o segurei por trás, agarrando-o pela gola do casaco com uma das mãos e jogando-o para dentro do apartamento com a outra. Ele caiu de joelhos, a bolsa sendo arremessada na escuridão, chacoalhando como um saco cheio de cobras. Acendi a luz do teto e fechei a porta atrás de mim.

Toots se ergueu, arfando como um animal. Enfiou a mão direita no bolso do casaco e tirou de dentro uma navalha. Fiquei em estado de alerta.

"Não quero machucar você, velho."

Ele resmungou algo que não entendi e avançou na minha direção brandindo a lâmina. Segurei seu braço com a mão esquerda e me aproximei, golpeando-o com força com meu joelho bem no meio das pernas e causando o efeito esperado. Toots se curvou e sentou-se, gemendo. Dei uma leve torcida em seu pulso e ele deixou cair a navalha no tapete. Chutei-a para a parede.

"Que burrice, Toots." Peguei a navalha, dobrei-a e a coloquei em meu bolso.

O homem permaneceu sentado, as duas mãos segurando a barriga como se algo fosse se desprender se ele as afrouxasse.

"O que quer de mim?" ele gemeu. "Você não é escritor."

"Está ficando esperto. Então, pare de enrolar e me diga o que sabe sobre Johnny Favorite."

"Estou machucado, me sentindo arrebentado por dentro."

"Vai se recuperar. Quer algo para se sentar?"

Ele fez que sim com a cabeça. Arrastei para trás dele um pufe marroquino de couro vermelho e preto e o ajudei a se levantar do chão. Ele gemeu e apertou a virilha.

"Escuta, Toots", falei. "Eu vi sua festinha no parque. O número de Epiphany Proudfoot com o galo. O que era aquilo?"

"*Obeah*", ele rosnou. "Vodu. Nem todo negro é evangélico."

"E a jovem Proudfoot? Onde ela se encaixa?"

"Ela é uma *mambo*, como a mãe dela. Espíritos poderosos falam através daquela criança. Ela tem ido às reuniões desde que tinha dez anos. Virou sacerdotisa aos treze."

"Foi quando Evangeline Proudfoot adoeceu?"

"Isso. Mais ou menos por aí."

Ofereci um cigarro a Toots, mas ele fez que não. Acendi um para mim e perguntei: "Johnny Favorite estava envolvido com vodu?"

"Ele estava de caso com a *mambo*, não estava?"

"Ele ia aos encontros?"

"Claro que sim. Muitos. Ele era um *hunsi-bosal*."

"Um o quê?"

"Tinha sido iniciado, mas não era batizado."

"Do que eles chamam você quando é batizado?"

"*Hunsi-kanzo*."

"É isso o que você é, um *hunsi-kanzo*?"

Toots fez que sim.

"Fui batizado faz um bom tempo."

"Quando foi a última vez que viu Johnny Favorite num desses seus assassinatos de galinha?"

"Já falei que não vi ele desde antes da guerra."

"E o pé de galinha? Aquele que estava no piano com uma gravata-borboleta?"

"Significa que eu falo demais."

"Sobre Johnny Favorite?"

"Sobre um monte de coisas."

"Ainda não é o bastante, Toots." Soprei um pouco de fumaça no rosto dele. "Já tentou tocar piano com a mão engessada?"

Ele começou a se levantar, mas acabou despencando de novo sobre o pufe, fazendo uma careta.

"Você não faria isso, faria?"

"Eu faço o que tiver de fazer, Toots. Posso quebrar um dedo com a mesma facilidade que parto um pedaço de pão."

Havia um terror considerável nos olhos do velho pianista. Para ser mais enfático, estalei os dedos da mão direita.

"Pode me perguntar o que quiser", ele disse. "Eu falei toda a verdade."

"Você não viu Johnny Favorite nos últimos quinze anos?"

"Não."

"E Evangeline Proudfoot? Ela mencionou alguma vez ter visto ele?"

"Não que eu tivesse ouvido. A última vez que ela falou dele foi há uns oito, dez anos atrás. Foi quando um professor de faculdade chegou querendo escrever alguma coisa num livro sobre *Obeah*. Evangeline disse para ele que não eram permitidos brancos no *humfo*. Eu acrescentei: 'A não ser que eles saibam cantar', sabe, só para provocar ela."

"E o que ela respondeu?"

"Eu chego lá. Ela não riu, mas não ficou braba. Falou: 'Toots, se Johnny estivesse vivo, ele seria um *hungan* cheio de poder, mas isso não significa que eu tenha de abrir a porta para qualquer escritor burocrata que aparecer'. Tá vendo, para ela, Johnny Favorite estava morto e enterrado."

"Toots, vou me arriscar e acreditar em você. Por que tem uma estrela no dente como essa?"

Ele fez uma careta. A estrela encrustada brilhava sob a luz que vinha do teto.

"É para o povo ter certeza de que sou crioulo. Não quero que eles tenham dúvida."

"Por que ela está de cabeça para baixo?"

"É mais bonito assim."

Pus um de meus cartões da Crossroads sobre a tv.

"Estou deixando um cartão com meu número de telefone. Se souber de algo, ligue para mim."

"Claro, eu já não tenho problema nenhum, vou ficar ligando agora para você."

"Nunca se sabe. Você pode precisar de ajuda na próxima vez que receber uma entrega especial de pé de galinha."

Lá fora, a aurora pintava o céu da madrugada como rouge nas bochechas de uma cantora de cabaré. Voltando para o carro, joguei a navalha de Toots com seu cabo de madrepérola numa lata de lixo.

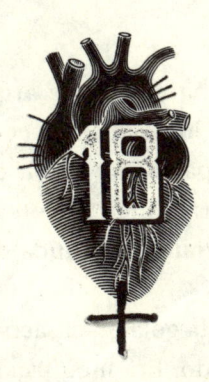

O sol brilhava quando finalmente fui para a cama. Consegui dormir até quase meio-dia, apesar dos sonhos ruins. Fui assombrado por pesadelos mais reais que qualquer filme de terror que passasse na TV. Tambores de vodu rufavam enquanto Epiphany Proudfoot cortava a garganta do galo. Os dançarinos se requebravam e gemiam, só que, dessa vez, o sangue não estancava. Uma fonte escarlate jorrava do animal abatido, inundando tudo como uma chuva tropical, os dançarinos se afogando num lago de sangue. Vi Epiphany afundar e corri de meu esconderijo, o sangue coagulado espirrando em meus calcanhares.

Cego de pânico, avancei pelas ruas desertas da noite. Latas de lixo empilhadas como pirâmides; ratos do tamanho de buldogues vendo tudo de dentro dos bueiros. O ar fétido da podridão. Continuei correndo, de alguma forma me transformando no perseguidor em vez do perseguido, indo atrás de um vulto distante pelas infindáveis avenidas desconhecidas.

Não importava o quão rápido eu fosse, não conseguia alcançá-lo. Ele me enganava. Quando o calçamento acabava, a perseguição continuava por uma praia cheia de detritos. Peixes mortos sujavam a areia. Uma concha enorme, do tamanho de um arranha-céu, agigantou-se à frente. O homem correu para dentro dela. Fui atrás dele.

O interior da concha era alto e arqueado, parecia uma catedral opalescente. Nossos passos ecoavam dentro do labirinto em espiral. A passagem ficou estreita. Cheguei na última curva e encontrei meu adversário bloqueado pela parede gigantesca, trêmula e carnuda do próprio molusco. Não havia saída.

Agarrei o homem pela gola do casaco e o virei, empurrando-o de volta para o lodo. Era meu irmão gêmeo. Era como se eu estivesse encarando um espelho. Ele me agarrou num abraço fraterno e beijou minha bochecha. Lábios, olhos, queixo, todas as feições eram intercambiáveis com as minhas. Relaxei, envolto por uma onda de afeto. Então, senti seus dentes. Seu beijo fraternal foi ficando selvagem; suas mãos foram parar na minha garganta. Ele tentava me estrangular.

Lutei e caímos juntos no chão, meus dedos buscando seus olhos. Nós nos atracamos sobre o piso duro e nacarado. Sua mão foi afrouxando à medida que eu enfiava os polegares em seus olhos. Ele não emitiu um único som durante a luta. Minhas mãos afundaram na carne dele, traços familiares se desfazendo entre meus dedos como massa úmida. Seu rosto era uma pasta disforme sem osso ou cartilagem, e quando me afastei, minhas mãos ficaram atoladas lá, como um cozinheiro preso num pudim de sebo. Acordei gritando.

Uma chuveirada quente acalmou meus nervos. Em vinte minutos estava barbeado, vestido e dirigindo para o norte da cidade. Deixei o Chevy na garagem e fui a pé até a banca que vendia jornais de fora, ao lado da Times Tower. A foto do dr. Albert Fowler estava na primeira página do *Poughkeepsie New Yorker* de segunda-feira. MÉDICO DE RENOME É ENCONTRADO MORTO, dizia a manchete. Li tudo a respeito durante o café da manhã na Whelan's na esquina do edifício Paramount.

A causa da morte foi descrita como suicídio, apesar de nenhum bilhete ter sido encontrado. O corpo foi descoberto na manhã de segunda-feira por dois colegas do dr. Fowler que ficaram preocupados quando ele não apareceu para trabalhar ou atendeu ao telefone. O jornal estava certo na maioria dos detalhes. A mulher na foto do porta-retratos grudado ao peito do morto era sua esposa. Não foi feita menção à morfina ou ao anel desaparecido. Não foi revelado o conteúdo dos bolsos do falecido, então não tive como saber se ele mesmo tirou o anel ou não.

Tomei uma segunda xícara de café e segui até o escritório para checar a correspondência. Havia as costumeiras malas diretas e uma carta de um homem da Pensilvânia oferecendo um curso por correspondência sobre análise de cinzas de cigarro. Joguei tudo na lixeira e considerei minhas alternativas. Tinha planejado ir de carro até Coney Island para tentar localizar Madame Zora, a cigana que lia o futuro de Johnny Favorite, mas decidi apostar e voltar ao Harlem primeiro. Havia muita coisa que Epiphany Proudfoot não me contara ontem à noite.

Retirei minha maleta do cofre do escritório e estava abotoando meu sobretudo quando o telefone tocou. Era um interurbano, ligação a cobrar de Cornelius Simpson. Disse à telefonista que aceitava a chamada.

Uma voz de homem falou: "A empregada me deu seu recado. Ela achou que era algum tipo de emergência."

"O senhor é Spider Simpson?"

"Da última vez que chequei, eu era."

"Queria lhe fazer umas perguntas sobre Johnny Favorite."

"Que tipo de perguntas?"

"Para começar, o senhor o viu alguma vez nos últimos quinze anos?"

Simpson riu.

"A última vez que vi Johnny foi logo no dia seguinte a Pearl Harbor."

"E por que é tão engraçado?"

"Não é engraçado. Nada a respeito de Johnny nunca foi muito engraçado."

"Então, por que o riso?"

"Eu sempre rio quando penso na quantidade de dinheiro que perdi quando ele veio até mim", Simpson respondeu. "É muito menos doloroso que chorar. Mas, afinal, do que se trata?"

"Estou escrevendo uma matéria para a *Look* sobre vocalistas esquecidos dos anos 1940. Johnny Favorite está no topo da lista."

"Não da minha, meu irmão."

"Tudo bem", falei. "Se eu ouvisse apenas o lado dos fãs, não teria uma história muito interessante."

"Os únicos fãs que Johnny teve eram excêntricos."

"O que o senhor pode me contar sobre o caso dele com uma caribenha chamada Evangeline Proudfoot?"

"Nada. É a primeira vez que ouço sobre isso."

"O senhor sabia que ele estava envolvido com vodu?"

"Aquela coisa de espetar alfinetes em bonecas de pano? Bom, faz sentido; Johnny era um sujeito estranho. Estava sempre metido em esquisitices."

"Tipo?"

"Bom, deixe ver; certa vez, eu o vi pegando pombos no telhado de nosso hotel. Estávamos na estrada em algum lugar, não lembro onde, e ele estava lá em cima com uma rede enorme, que nem um funcionário da carrocinha num desenho animado. Pensei que talvez ele não estivesse gostando da comida do lugar, mas mais tarde, depois do show, passei no quarto dele e lá estava Johnny com o maldito pombo aberto ao meio em cima da mesa, cutucando as entranhas do bicho com um lápis."

"O que ele estava fazendo?"

"Foi o que eu perguntei. 'O que você vai fazer?', falei. Ele disse uma palavra estranha que não consigo lembrar. Quando pedi para ele traduzir, ele respondeu que estava prevendo o futuro. Disse que era o que os sacerdotes da Roma Antiga costumavam fazer."

"Parece que ele foi enfeitiçado por magia negra."

Spider Simpson riu.

"É isso aí, irmão. Se não fosse entranha de pombo, era outra porcaria: folhas de chá, leitura de mão, ioga. Ele usava um anel de ouro pesado cheio de inscrições em hebraico. Até onde eu sei, não era judeu."

"Ele era o quê?"

"Não faço ideia. Rosa-cruz ou algo que o valha. Ele levava uma caveira na mala."

"Uma caveira humana?"

"Sim, no passado tinha sido. Ele falou que a caveira veio da sepultura de um homem que havia assassinado dez pessoas. Dizia que dava poder a ele."

"Parece que ele estava brincando com você."

"Pode ser. Ele costumava se sentar e ficar olhando para ela durante horas antes de uma apresentação. Se era encenação, era das boas."

"Você conheceu Margaret Krusemark?", perguntei.

"Margaret quem?"

"A noiva de Johnny Favorite."

"Ah, claro, a garota da alta-roda. Encontrei algumas vezes. O que tem?"

"Como ela era?"

"Muito bonita. Não falava muito. Do tipo que fazia bastante contato visual, mas nenhuma conversa."

"Ouvi falar que ela lia a sorte."

"Pode ser. Nunca leu a minha."

"Por que eles desmancharam?"

"Não tenho a mínima ideia."

"Pode me dizer os nomes de alguns dos antigos amigos de Johnny Favorite? Pessoas que poderiam me ajudar com a matéria."

"Meu irmão, com exceção do cabeça-dura na mala, Johnny não tinha um único amigo na face da Terra."

"E Edward Kelley?"

"Nunca ouvi falar", Simpson respondeu. "Conheci um pianista chamado Kelly em Kansas City, mas foi anos antes de esbarrar com Johnny."

"Bom, muito obrigado pela informação", disse eu. "Me ajudou bastante."

"Às ordens."

Desligamos.

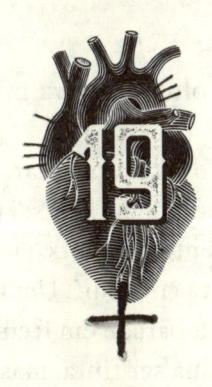

Esquivei-me de buracos lamacentos na West Side Highway até a rua 125 e dirigi para o leste ao longo do Harlem Rialto, passei pelo hotel Theresa e o teatro Apollo, indo até à avenida Lenox. O letreiro em neon estava apagado na vitrine da Farmacêuticos Proudfoot. Uma sombra verde comprida vinha dos fundos até a porta da frente, e colado com fita adesiva havia um aviso em papelão onde estava escrito FECHADO HOJE. O lugar estava muito bem trancado.

Encontrei um telefone público numa lanchonete no quarteirão seguinte e procurei o número. O nome de Epiphany Proudfoot não constava na lista, só o da loja. Tentei, mas ela não atendeu. Passando o dedo pela lista, localizei o número de Edison Sweet. Disquei os primeiros quatro números e pus no gancho, decidindo que uma visita surpresa seria mais eficaz. Dez minutos depois, eu estava estacionado na rua 152 do outro lado do prédio dele.

Na entrada havia uma jovem dona de casa com duas crianças pequenas berrando a seus pés enquanto ela equilibrava uma sacola de compras e procurava pelas chaves de casa dentro da bolsa. Ofereci ajuda e segurei a sacola até ela abrir a porta da frente. Ela morava no térreo e me agradeceu com um sorriso cansado quando eu lhe entreguei as compras. As crianças se penduravam em seu casaco, os

narizes escorrendo, e olhavam para mim com olhos casta-
nhos arregalados.

Subi as escadas até o terceiro andar. Não havia mais ninguém no patamar, e quando me abaixei para checar o tipo da
fechadura no apartamento de Toots, vi que a porta não estava trancada. Abri a porta com o pé. Um borrão de um vermelho intenso manchava a parede em frente como um teste de
tinta de Rorschash. Podia ser tinta, mas não era.

Fechei a porta atrás de mim com o peso de minhas costas
até ouvir o barulho da maçaneta.

A sala estava uma bagunça, móveis jogados por todo o lugar sobre um tapete enrugado. Alguém havia lutado muito
ali. Uma prateleira de vasos de flores estava virada para baixo no canto. O varão da cortina dobrado em "v" e as cortinas
bambas como as meias finas de uma prostituta numa bebe-
deira de uma semana. Em meio à destruição, a TV permaneceu intacta. O aparelho estava ligado e uma enfermeira de
novela discutia adultério com um acadêmico atento.

Tive cuidado em não tocar em nada enquanto passava
por cima dos móveis revirados. A cozinha não mostrava sinais de luta. Havia uma xícara fria de café sobre a mesa de
fórmica. Tudo parecia muito familiar, até que olhei mais
uma vez para a sala.

Passando a tagarelice da TV, um pequeno corredor escuro
levava até uma porta fechada. Tirei minhas luvas cirúrgicas
da maleta e coloquei-as antes de girar a maçaneta. Uma olhada no quarto me fez querer desesperadamente um drinque.

Toots Sweet estava deitado de costas sobre a cama estreita, as mãos e os pés amarrados por lençóis à cabeceira e pés
da cama. Estava morto. Um roupão de flanela amarrotado
e ensopado de sangue cobria sua barriga avantajada. Sob seu
corpo negro, os lençóis estavam duros pelo sangue ressecado.

O rosto e o corpo de Toots estavam muito machucados. O branco de seus olhos esbugalhados estava amarelado, como antigas bolas de bilhar de marfim, e, enfiado em sua boca entreaberta, havia algo que lembrava um naco de salsichão. Morte por asfixia. Eu já nem precisava esperar pela autópsia.

Cheguei mais perto e dei uma olhada no que se projetava de seus lábios inchados, e de repente apenas um drinque não seria mais suficiente. Toots tinha sufocado com a própria genitália. Do lado de fora, no pátio três andares abaixo, ouvi as gargalhadas alegres de crianças.

Nenhuma força na Terra me faria levantar aquele roupão de banho esturricado. Eu sabia de onde tinha vindo a arma do crime sem precisar procurar. Na parede acima da cama alguns desenhos infantis foram feitos com o sangue de Toots: estrelas, espirais, longas linhas em zigue-zague representando cobras. As estrelas, três, eram de cinco pontas e estavam de cabeça para baixo. Estrelas assim estavam se tornando comuns.

Disse a mim mesmo que estava na hora de arrumar as malas e partir. Zero por cento de chances de eu permanecer ali. No entanto, meu instinto curioso me fez vasculhar suas gavetas da cômoda e checar o guarda-roupas antes. Levei dez minutos vistoriando o quarto e não encontrei nada que valesse a pena olhar duas vezes.

Disse adeus a Edison Sweet e fechei a porta do quarto sobre o vazio de seus olhos esbugalhados. Senti a língua pesada e seca dentro de minha boca quando pensei no que estava enfiado na dele. Quis dar uma última olhada na sala antes de ir embora, mas havia muita sujeira espalhada e fiquei com medo de deixar marcas de sapato. Meu cartão de visitas não estava mais sobre a TV. Eu não o tinha visto entre suas coisas, e uma sacola de papel nova na cozinha significava que o lixo fora tirado mais cedo. Torci para meu cartão ter ido com ele.

Na porta da frente, dei uma verificada pelo olho mágico antes de sair. Deixei a porta entreaberta, do mesmo jeito que encontrei, e arranquei as luvas, guardando-as dentro da maleta de couro de novilho. Parei no patamar da escada e escutei o silêncio abaixo. Ninguém estava subindo ou descendo. A dona de casa do primeiro andar poderia se lembrar de mim, mas não havia nada que eu pudesse fazer.

Desci as escadas sem ser visto, e quando deixei o prédio, só havia um grupo de criancinhas brincando de amarelinha no pátio. Elas não olharam quando passei.

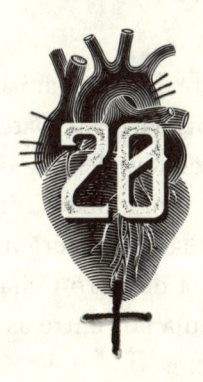

Três drinques seguidos acalmaram meus nervos e me puseram para refletir. Estava num bar tranquilo de bairro, chamado Freddie's Place, ou Teddy's Spot, ou Eddie's Nest, algo nessa linha, e me sentei de costas para a TV e me pus a pensar. Agora eu tinha dois homens mortos em minhas mãos. Ambos conheceram Johnny Favorite e usavam estrelas de cinco pontas. Fiquei imaginando se o dente da frente de Toots também teria sumido como o anel do doutor, mas não estava tão desesperado para saber a ponto de voltar lá e procurar. Talvez as estrelas fossem coincidência. Afinal, é um desenho comum. E talvez fosse apenas por acaso que tanto um médico viciado e um pianista de blues conhecessem Johnny Favorite. Pode ser. Mas lá no fundo, eu achava que aquilo estava ligado a algo maior. Algo gigantesco. Peguei meu troco do balcão úmido do bar e voltei ao trabalho para Louis Cyphre.

Dirigir até Coney Island foi uma distração agradável. Ainda faltavam noventa minutos para a hora do rush e o trânsito fluía livre ao longo da F.D.R. Drive e pelo túnel Battery. Desci o vidro da janela na estrada Shore e inspirei o gelado vento marinho soprando através do estreito de Narrows. Quando cheguei à avenida Cropsey, o cheiro de sangue já tinha saído das minhas narinas.

Segui pela parte oeste da rua 17 até a avenida Surf e estacionei ao lado de uma pista de bate-bate fechada com tábuas de madeira. Coney Island fora de temporada tinha a aparência e dava a sensação de uma cidade fantasma. Os esqueletos dos trilhos das montanhas-russas erguiam-se à minha frente como teias de aranha de ferro e madeira, mas faltavam os gritos, e o vento gemia por entre as estruturas, solitário como o apito de um trem.

Algumas almas esquisitas vagavam pela avenida Surf atrás de algo para fazer. Folhas de jornal voavam como bolas de mato seco pelas ruas largas e vazias. No alto, duas gaivotas rondavam, examinando o chão em busca de restos de comida. Ao longo de toda a avenida, barracas de algodão doce, casas de diversão e jogos de azar estavam lacradas, como palhaços sem a maquiagem.

O Nathan's Famous estava aberto como sempre, e parei para comer um cachorro-quente e beber uma cerveja em copo de papelão debaixo de sua marquise com o indefectível letreiro. O balconista parecia estar ali desde os tempos do velho Luna Park, então perguntei a ele se já tinha ouvido falar numa cartomante chamada Madame Zora.

"Madame quem?"

"Zora. Era uma atração famosa aqui nos anos 1940."

"Agora você me pegou, amigo", falou ele. "Consegui esse emprego tem menos de um ano. Me pergunte qualquer coisa sobre o Staten Island Ferry. Tive a concessão noturna da lanchonete da balsa *Gold Star Mother* por quinze anos. Vá em frente, pode perguntar."

"Por que saiu de lá?"

"Não sei nadar."

"E...?"

"Tinha medo de me afogar. Não quis abusar da sorte." Ele sorriu, deixando à mostra que lhe faltavam quatro dentes. Meti o restante do cachorro-quente na boca e fui caminhando sem destino bebendo a cerveja.

A Bowery, situada entre a avenida Surf e a Boardwalk, era mais um centro de diversões que uma rua. Passei pelas atrações silenciosas e fiquei pensando no que fazer a seguir. A comunidade cigana era mais fechada do que todos os membros da Ku Klux Klan na Georgia, e eu sabia que não ia conseguir nenhuma ajuda dali. Trabalho de campo. Teria de bater perna até surgir alguém que se lembrasse de Madame Zora e estivesse disposto a falar a respeito.

Danny Dreenan me pareceu um bom começo. Era um trapaceiro aposentado dono de um museu de cera decadente perto da esquina da rua 13 com a Bowery. Estive com ele em 1952, quando o homem tinha acabado de ser solto após quatro anos de pena em Dannemora. Os federais tentaram enquadrá-lo por fraude num esquema de compra de ações, mas ele era apenas o boi de piranha de dois trapaceiros de Wall Street chamados Peavey e Munro. Eu estava trabalhando para uma terceira pessoa que também fora vítima do golpe deles e ajudei a desvendar o caso. Danny ainda tinha uma dívida comigo por conta disso, então se comprometeu a me ajudar a achar alguém na surdina quando eu precisasse.

A Galeria de Cera ficava num prédio estreito de um único piso imprensado entre uma barraca de pizza e um fliperama. Na parte da frente, em letras escarlates de trinta centímetros de altura, estava escrito:

VEJA:

O SALÃO DOS PRESIDENTES AMERICANOS
CINQUENTA ASSASSINATOS FAMOSOS
O ASSASSINATO DE LINCOLN E GARFIELD
DILLINGER NO NECROTÉRIO
O JULGAMENTO DE FATTY ARBUCKLE

EDUCATIVO! REALISTA! CHOCANTE!

Uma velha de cabelos pintados de hena e com jeito de gralha estava sentada na bilheteria jogando paciência, e parecia uma das bonecas mecânicas que revelavam a sorte nos brinquedos.

"Danny Dreenan está por aí?", perguntei.

"Lá nos fundos", ela resmungou baixo, tirando do baralho o valete de paus. "Está trabalhando numa vitrine."

"Se importa se eu entrar para falar com ele?"

"Vai ter de pagar", ela disse, apontando com a cabeça uma placa de papelão: INGRESSO . . . 25 centavos.

Puxei uma moeda do bolso da calça, entreguei a ela pelas grades da bilheteria e entrei. O lugar fedia a esgoto. Manchas grandes da cor de ferrugem manchavam o forro de papelão flácido. O chão empenado de madeira rangia e estalava. Em vitrines de vidro ao longo de cada parede, bonecos de cera em posição de sentido, um exército de índios nativos de porta de tabacaria.

O Salão dos Presidentes Americanos vinha primeiro: bonecos de aparência idêntica à dos chefes de Estado vestidos com as sobras de uma loja de vestuário de teatro de comédia de costumes. Depois de Franklin Delano Roosevelt veio uma fileira de assassinos. Caminhei por um labirinto de maldade: Hall-Mills, Snyder-Gray, Bruno Hauptmann, Winnie Ruth Judd, os assassinos dos Corações Solitários.

Estavam todos ali, brandindo porretes e cutelos, enfiando membros decepados dentro de baús em meio a oceanos de tinta vermelha.

Bem no fundo encontrei Danny Dreenan engatinhado dentro de uma vitrine. Era um homem miúdo e vestia uma camisa azul desbotada e calças de lã cinza. Um nariz arrebitado e um bigode louro ralo, associados a um cacoete de piscar o olho sistematicamente enquanto falava, davam a ele a expressão de um hamster assustado.

Bati no vidro e ele olhou para mim abrindo um sorriso lotado de tachinhas entre os dentes. Murmurou algo ininteligível, pôs o martelo no chão e deslizou para fora por um buraco pequeno ao fundo. Estava montando a encenação do assassinato de Albert Anastasia na barbearia, com o título de "Os Grandes Carrascos Assassinos, Associados": dois matadores mascarados apontavam revólveres para o homem sentado na cadeira, com o rosto enrolado numa toalha, enquanto o barbeiro esperava calmamente ao fundo, em pé, um novo cliente entrar.

"E aí, Harry?", Danny Dreenan gritou alegremente, aparecendo atrás de mim de surpresa, justo de onde eu não esperava. "O que está achando de minha última obra-prima?"

"Parecem estar todos em *rigor mortis*", falei. "Umberto Anastasia, certo?"

"Você merece um charuto. Não deve estar tão ruim se adivinhou de primeira."

"Eu estava por perto do Park Sheraton ontem, então isso refrescou minha memória."

"Vai ser a grande atração da próxima temporada."

"Você está um ano atrasado. As manchetes estão frias como o cadáver."

Danny piscou nervosamente.

"Cadeiras de barbeiro são caras, Harry. Não pude bancar nenhuma melhoria na temporada passada. E olha, aquele hotel com certeza é bom para os negócios. Sabia que Arnold Rothstein foi nocauteado lá em 1928? O nome era outro, chamava-se Park Central na época. Vem aqui, eu tenho o boneco dele lá na frente. Deixa eu mostrar para você."

"Outra hora, Danny. O que eu vejo na vida real já me deixa satisfeito."

"Claro, imagino que sim. O que traz você aqui nesse fim de mundo, como se eu já não soubesse?"

"Me diz, então, já que sabe de tudo."

Os olhos de Danny foram ficando como sinais de trânsito fora de controle.

"Eu não sei de porcaria nenhuma", ele gaguejou. "Mas acho que, se Harry vem me ver, deve estar procurando saber de alguma coisa."

"Acertou", falei. "O que sabe sobre uma cartomante chamada Madame Zora? Ela trabalhou por aqui no início dos anos 1940."

"Ah, Harry, você sabe que nisso não posso ajudar. Naquela época, eu estava aplicando um golpe na Flórida que envolvia imóveis. A vida era fácil para Danny Dreenan no passado."

Puxei um cigarro para mim do maço e ofereci um a Danny, que não aceitou.

"Não pensei que você pudesse achar ela para mim, Danny", falei, acendendo o cigarro. "Mas agora você já está há um tempo por aqui. Me diz quem é das antigas. Me dá a dica de alguém que possa saber."

Danny coçou a cabeça para me mostrar que estava pensando.

"Vou fazer o possível. O problema, Harry, é que quase todo mundo que sabe foi para as Bermudas ou outro lugar. Eu mesmo estaria descansando numa praia se não estivesse devendo até o pescoço. Não estou reclamando; depois da cadeia, Brighton Beach é tão bom quanto as Bermudas."

"Tem de ter alguém por aqui. Você não é o único na ativa."

"Bom, agora que você mencionou, sei a pessoa certa para indicar. Tem um circo de horrores na rua 10 perto da Boardwalk. Normalmente, a maior parte dos bizarros estaria trabalhando no circo nessa época do ano, mas esses estão velhos. Semiaposentados, pode-se dizer. Eles não tiram férias. Sair em público não é exatamente a ideia de uma grande farra para eles."

"Qual o nome do lugar?", perguntei.

"Congresso de Maravilhas de Walter. O dono é um cara chamado Haggarty. Não tem como errar. Ele é coberto de tatuagens como um mapa rodoviário."

"Obrigado, Danny. Você é um poço de informações valiosas."

O Congresso de Maravilhas de Walter ficava na rua 10 perto da rampa que levava até a Boardwalk. Mais do que qualquer uma das outras coisas ao redor, esta lembrava mesmo uma atração de parque de diversões de antigamente. A fachada do prédio baixo era adornada por bandeirolas sob as quais ficavam presos cartazes com ilustrações rudimentares das atrações. Simples como desenhos animados, estes imensos quadros descreviam a deformidade humana com uma inocência que desmentia sua crueldade inerente.

"NOSSA, COMO ELA É GORDA!" era a legenda sob o retrato de uma mulher obesa como um dirigível segurando uma pequena sombrinha acima da cabeça do tamanho de uma abóbora. O homem tatuado "A BELEZA É SUPERFICIAL" tinha como vizinhos os retratos de Jo-Jo, o garoto com cara de cachorro, e Princesa Sophia, a mulher barbada. Outras pinturas toscas mostravam um hermafrodita, uma jovem entrelaçada por cobras, o homem-foca e um gigante usando pijamas.

ABERTO SÁB. & DOM. APENAS, dizia um aviso na bilheteria vazia à entrada. Uma corrente bloqueava a porta aberta ao estilo das cordas de veludo dos clubes noturnos, mas eu me abaixei e entrei.

A única claridade vinha de uma claraboia encardida, mas era suficiente para revelar várias plataformas decoradas com bandeiras dispostas ao longo de ambos os lados do salão deserto. Um odor de suor e tristeza pairava no ar. Bem ao fundo, um fio de luz vazava por debaixo de uma porta fechada. Fui até lá e bati na porta.

"Está aberta", gritou uma voz.

Girei a maçaneta e vi uma sala enorme e vazia mobiliada com vários sofás usados e com alegres pôsteres de circo dando vida às paredes mofadas. A mulher, de tão gorda, preenchia um sofá como se o objeto fosse uma poltrona. Uma outra mulher, minúscula, com uma barba negra encaracolada sobre seu recatado corpete rosado estava em profunda concentração debruçada sobre um quebra-cabeças pela metade.

Sob a luz de um empoeirado abajur de franjas, quatro curiosos humanos disformes envolvidos no ritual de um jogo de pôquer. Um homem sem braços e pernas estava empoleirado ao estilo Humpty Dumpty sobre uma enorme almofada e segurava suas cartas nas mãos que nasciam diretamente de seus ombros, como nadadeiras. Ao seu lado, estava sentado um gigante jogando cartas que, comparadas ao tamanho de seus dedos, mais pareciam selos. Tinha uma doença cutânea que fazia com que sua pele craquelada parecesse o couro de um jacaré.

"Está dentro ou fora?", perguntou ao jogador à sua esquerda, um anão enrugado parecendo um duende com uma camiseta de meia cavada. O pescoço, os ombros e os braços do homem tatuado tinham tantos desenhos que ele parecia vestir uma malha com estampas exóticas. Diferentemente da pintura berrante feita no pôster do lado de fora, ele era encardido e desbotado, uma cópia em carbono borrada do que era anunciado.

O homem das tatuagens olhou para minha maleta.

"Seja o que for que está vendendo, não queremos comprar", vociferou.

"Não sou vendedor", falei. "Nada de seguros ou para--raios hoje."[1]

"Então o que diabos você quer, um show de graça?"

"Você deve ser o sr. Haggarty. Um amigo meu achou que alguém aqui poderia me ajudar com uma informação."

"E quem seria esse seu amigo?", perguntou o multicolorido sr. Haggarty.

"Danny Dreenan. O dono do museu de cera na esquina."

"Ah, conheço Dreenan. Um trapaceiro vagabundo." Haggarty puxou um bolo de catarro e cuspiu numa lixeira que ficava a seus pés. Então sorriu para fingir que estava brincando. "Qualquer amigo de Danny é meu amigo. Me diga o que precisa saber. Vou indicar o caminho das pedras, se puder."

"Posso me sentar?"

"À vontade." Haggarty empurrou com o pé uma cadeira de armar vazia que estava na mesa. "Sente aqui, colega."

Acomodei-me entre Haggarty e o gigante mal-humorado que olhava para nós como Gulliver em meio aos minúsculos lilliputianos.

"Estou procurando uma cartomante cigana chamada Madame Zora", falei, encaixando minha maleta entre os pés. "Ela era uma grande atração antes da guerra."

"Não me lembro dela", Haggarty falou. "E vocês, pessoal?"

"Lembro-me de uma que lia folhas de chá chamada Moon", falou com voz fina o homem com nadadeiras no lugar dos braços.

"Essa era chinesa", rugiu o gigante. "Se casou com um leiloeiro e se mudou para Toledo."

---

1   Alusão a um conto de Herman Melville, autor de *Moby Dick*. Em "O Vendedor de Para-Raios" um vendedor tenta, no alto de uma montanha numa noite de tempestade convencer um habitante local a comprar o produto.

"Por que está procurando ela?", perguntou o homem com pele de jacaré.

"Ela conheceu um cara que estou tentando encontrar. Esperava que pudesse me ajudar."

"Você é detetive?"

Assenti. Se negasse agora só pioraria as coisas.

"Tira, hein?" Haggarty cuspiu na cesta de novo. "Não vou julgar. Todo mundo tem de ganhar o pão."

"Eu não engulo enxerido", resmungou o gigante.

"Comer detetives dá indigestão, é?", respondi.

O gigante rosnou. Haggarty riu e deu um soco na mesa de cartas com seu punho bordado de vermelho e azul, espalhando todas as fichas que estavam cuidadosamente empilhadas.

"Eu conheci Zora." Quem falou foi a mulher gorda, sua voz delicada como porcelana. Magnólias e madressilvas floresciam em seu sotaque melódico. "Ela era tão cigana quanto você", falou.

"Tem certeza?"

"Claro. Al Jolson tinha a cara preta, mas não era crioulo."

"Onde eu a encontro?"

"Não sei. Perdi ela de vista depois que levantou acampamento."

"E quando foi isso?"

"Primavera de 1942. Um dia de repente não estava mais por aqui. Se mandou sem se despedir de ninguém."

"O que você pode me falar sobre ela?"

"Não muito. A gente tomava um café juntas de vez em quando. Papos sobre o tempo, coisas desse tipo."

"Alguma vez ela por acaso mencionou um cantor chamado Johnny Favorite?"

A gorda sorriu. Em algum lugar debaixo daquelas toneladas de sebo se escondia uma garotinha feliz por estrear seu vestido de festa.

"Ele não tinha um gogó de ouro?" Ela cantarolou uma música muito antiga. "Ah, era meu predileto, se era. Li uma vez na página de fofocas que ele se consultou com Zora, mas quando perguntei a ela sobre isso, a mulher se fechou em copas, tipo padre em confissão."

"Tem mais alguma coisa que você possa me falar? Qualquer coisa."

"Desculpe. A gente não era tão chegada. Sabe quem pode ajudar você?"

"Não, quem?"

"O velho Paul Boltz. Costumava ser o sócio dela naquela época. Ele ainda está por aí."

"Onde eu o encontro?"

"Lá no parque Steeplechase. É o vigia de lá." A gorda se abanou com uma revista de cinema. "Haggarty, você não pode consertar esse ar? Tá um forno aqui dentro. Tô quase derretendo!"

Haggarty deu uma risada.

"Se você derretesse, criaria a maior poça d'água do mundo."

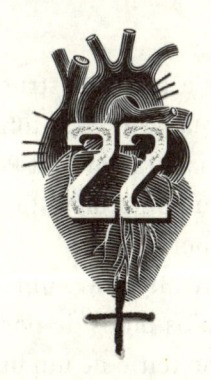

A Boardwalk e a Brighton Beach estavam desertas. Onde antes havia multidões de veranistas deitados e suando feito morsas lado a lado, agora havia alguns catadores determinados a vasculhar a areia em busca de garrafas de refrigerante. À frente, o oceano Atlântico estava da cor de ferrugem, as ondas batendo no quebra-mar formando uma espuma cinzenta.

O parque Steeplechase se espalhava por dez hectares. O Salto de Paraquedas, uma herança da Feira Mundial de 1939, pontificava acima do pavilhão do tamanho de uma fábrica, as paredes de vidro parecendo os aros de um guarda-sol de sessenta metros. Num cartaz do lado de fora, estava escrito O LUGAR DA DIVERSÃO acima da pintura do fundador George C. Tilyou sorrindo maliciosamente. Steeplechase era tão engraçado nessa época do ano quanto uma piada de mau gosto. Eu olhei para o sorriso maroto do sr. Tilyou e fiquei me perguntando o que tinha de engraçado ali.

Encontrei um buraco do tamanho de um homem na cerca de arame e atravessei, colidindo com força no vidro embaçado da entrada fechada por cadeado. O barulho ecoou pelo parque de diversões vazio como uma dúzia de fantasmas numa farra coletiva. Acorda, velho! E se fosse um bando de ladrões querendo levar O Salto de Paraquedas?

Comecei a vistoriar a imensa estrutura, batendo no vidro com as costas da mão. Ao virar uma curva, dei de cara com o cano de uma arma. Era um Colt Police Positive calibre 38 Special, mas, do meu ponto de vista, parecia do tamanho daquele canhão, o Big Bertha.

Empunhando firme o .38 estava um velho num uniforme marrom. Seus minúsculos olhos de porquinho me mediam por cima de um nariz no feitio de um martelo.

"Parado!", ele gritou. Sua voz parecia vir do fundo do mar. Congelei.

"Você deve ser o sr. Boltz", falei. "Paul Boltz?"

"Não interessa quem eu sou. Quem é você?"

"Meu nome é Angel. Detetive particular. Preciso falar com o senhor sobre um caso em que estou trabalhando."

"Me mostra algo para provar."

Quando fui pegar minha carteira, Boltz bateu seu .38 com força na fivela de meu cinto.

"Mão esquerda", rosnou.

Passei a maleta para a mão direita e puxei minha carteira com a esquerda.

"Joga no chão e dá dois passos para trás."

"Não passe pelo Ponto de Partida, não ganhe duzentas pratas."

"Como é que é?" Boltz abaixou-se e a pegou. Seu revólver permaneceu grudado no meu umbigo.

"Nada. Estava falando sozinho. Pode abrir que minha licença está logo na frente."

"Esse truque de detetive honorário não significa porra nenhuma para mim", ele falou. "Tenho uma placa de latão em casa igual a isso."

"Não disse que era importante; apenas dê uma olhada na licença."

O vigia com olhos de porco passou o dedo pelos documentos na carteira sem falar nada. Pensei em dar uma apressada nele, mas me segurei.

"Ok, então você é um babaca particular", ele disse. "O que quer comigo?"

"O senhor é Paul Boltz?"

"E se for?", ele jogou minha carteira a meus pés.

Peguei-a com a mão esquerda.

"Olha, tive um dia difícil. Abaixe a arma. Preciso de sua ajuda. Não dá para perceber quando alguém está pedindo um favor?"

Ele olhou para o revólver por um instante, como se estivesse pensando em devorá-lo. Em seguida, deu de ombros e o enfiou de volta no coldre, mostrando que tinha deixado a aba desabotoada.

"Sou Boltz", ele admitiu. "Agora me conta sua história."

"Tem algum lugar que a gente possa se proteger desse vento todo?"

Boltz gesticulou com sua cabeça deformada, mostrando que eu iria na frente. Ele veio logo atrás, e descemos alguns degraus até uma porta onde estava escrito ENTRADA PROIBIDA.

"Aqui", falou ele. "Está aberto."

Nossos passos ecoaram no prédio vazio como tiros de canhão. O lugar era grande o suficiente para abrigar alguns hangares, com espaço extra para uma meia dúzia de quadras de basquete. A maioria das atrações ainda era de uma época antiga, pré-mecanizada. Um enorme tobogã de madeira brilhava à distância como uma queda d'água de mogno. Outro escorrega, chamado "Rodamoinho", vinha em espiral do teto, desaguando sobre "A Piscina Humana", uma série de discos giratórios construídos dentro do piso de madeira. Era mole imaginar umas garotas melindrosas em suas mangas bufantes e uns almofadinhas cortejando-as com seus chapéus de palha enquanto um órgão tocava "Take Me Out to the Ball Game".

Paramos em frente à casa dos espelhos, nossas imagens nos transformando em aberrações.

"Ok, xereta", Boltz disse. "Vai abrindo o bico."

"Estou procurando uma cartomante cigana chamada Madame Zora. Fiquei sabendo que o senhor trabalhou com ela nos anos 1940."

A gargalhada encatarrada de Boltz ecoou pelo pavilhão, subindo pelas vigas apinhadas de lâmpadas como o latido de uma foca amestrada.

"Meu irmão", ele desdenhou, "desse jeito, você não vai se dar bem."

"Por que não?"

"Por que não? Vou dizer por que não. Em primeiro lugar, ela não é cigana coisa nenhuma."

"Ouvi falar, mas não tinha certeza."

"Bom, eu tenho. Não falaram para você que eu sei tudo sobre as tramoias dela?"

"Então, me diga."

"Ok, paspalho, vou abrir o jogo. Ela não era cigana e o nome dela não era Zora. Por acaso, eu sei que ela era uma garota da alta sociedade."

Um coice de uma mula ia parecer o beijo de um anjo comparado àquela revelação bombástica. Demorei algum tempo para pôr os pensamentos no lugar.

"Sabe o nome verdadeiro dela?"

"Você acha que eu sou o quê, um bobo da corte? Eu sabia tudo sobre ela. O nome dela era Maggie Krusemark. O pai dela tinha mais navios que a Marinha britânica."

O reflexo alongado de meu corpo se estendeu como o Homem-Borracha pela superfície ondulada do espelho.

"Quando o senhor a viu pela última vez?", perguntaram meus lábios retorcidos.

"Na primavera de 1942. Um dia ela evaporou. Me deixou com a bola de cristal na mão, pode-se dizer."

"Alguma vez o senhor a viu com um cantor chamado Johnny Favorite?"

"Claro, muitas vezes. Ela era louca por ele."

"Lembra-se de algo que ela tenha dito sobre ele?"

"Poder."

"O quê?"

"Ela dizia que ele tinha poder."

"Só isso?"

"Escuta aqui, eu nunca prestei muita atenção. Para mim, era só um truque para fazer dinheiro fácil, uma enganação. Não levei a sério." Boltz limpou a garganta e engoliu. "Mas, para ela, era diferente. Ela acreditava."

"E Favorite?", perguntei.

"Ele também acreditava. Dava para ver nos olhos dele."

"O senhor o viu de novo alguma vez?"

"Nunca. Se bobear, deve ter voado para a lua numa vassoura. Ela deve ter ido junto."

"Alguma vez Krusemark mencionou um pianista negro chamado Toots Sweet?"

"Não."

"Consegue se lembrar de algo mais?"

Boltz deu uma cuspida no chão entre os pés.

"Por que eu deveria? Esse tempo está morto e enterrado."

Não havia muito mais a se falar. Boltz me levou de volta para fora e destrancou o portão. Após um instante de hesitação, dei a ele um de meus cartões da Crossroads e pedi a ele para me ligar se surgisse algo. Ele não disse que iria, mas também não rasgou o cartão.

Tentei telefonar para Millicent Krusemark na primeira cabine que encontrei, mas ela não atendeu. Tudo bem. Tinha sido um dia longo e até os detetives têm direito a uma folga. No meu retorno a Manhattan, parei nos Heights e me esbaldei nos frutos do mar do Gage & Tolmer's. Depois de um salmão defumado e uma garrafa de *chablis* gelado, a vida não parecia mais um passeio num barco com fundo de vidro pelo sistema de esgotos da cidade.

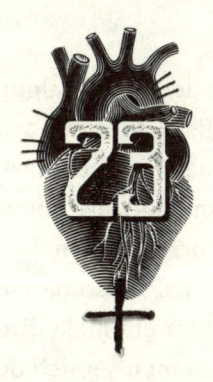

Toots Sweet saiu na página 3 do *Daily News*. Nenhuma menção à arma do crime, que foi classificado como um SELVAGEM ASSASSINATO VODU. Havia uma foto dos desenhos sangrentos na parede sobre a cama e uma de Toots tocando piano. O corpo fora descoberto pelo guitarrista do trio, que tinha ido até lá para pegar seu chefe antes do trabalho. Foi liberado após interrogatório. Não havia suspeitos, apesar de ser de amplo conhecimento no Harlem que Toots era um membro antigo de uma seita secreta de vodu.

Li o jornal da manhã dentro do metrô que ia para o norte da cidade. Tinha deixado o Chevy num estacionamento na esquina do Chelsea. Minha primeira parada foi na Biblioteca Pública onde, depois de várias informações desencontradas, fiz a pergunta certa e consegui uma lista telefônica atualizada de Paris. Havia o nome de uma M. Krusemark na rue Notre Dames des Champs. Anotei em meu bloco.

No caminho para o escritório, sentei-me num banco no Bryant Park por tempo suficiente para fumar três cigarros ininterruptamente e dar uma repassada nos últimos acontecimentos. Me senti como alguém perseguindo uma sombra. Johnny Favorite tinha se misturado a um estranho submundo de vodu e magia negra. Fora dos palcos, ele levava uma vida secreta, que envolvia caveiras na mala e noivas cartomantes. Ele era um iniciado, um *hunsi-bosal*. Toots Sweet bateu as botas por falar demais. De alguma forma, o dr. Fowler também era parte disso. Johnny Favorite deixou atrás de si uma sombra comprida, muito comprida.

Era quase meio-dia quando destranquei a porta interna do escritório. Cheguei a correspondência e encontrei um cheque de quinhentos dólares vindo da empresa de McIntosh, Winesap e Spy. O restante era mala direta, que joguei na lixeira, antes de ligar para meu serviço de recados. Não havia nenhum, a não ser o de uma mulher que ligou três vezes pela manhã, mas que se recusou a deixar nome ou telefone.

Em seguida, tentei ligar para Margaret Krusemark em Paris, mas a telefonista internacional não conseguiu resposta após vinte minutos tentando. Liguei para Herman Winesap em Wall Street e agradeci a ele pelo cheque. Ele perguntou como o caso estava indo. Respondi que estava tudo bem, e disse que queria falar com o sr. Cyphre. Winesap respondeu que iria se encontrar com ele no fim da tarde para tratarem de negócios e passaria meu recado. Agradeci, nos despedimos cheios de gentilezas e desligamos.

Estava tentando vestir o sobretudo quando o telefone tocou. Peguei o fone no terceiro toque. Era Epiphany Proudfoot. Parecia ofegante.

"Preciso ver você agora", ela disse.

"Qual o assunto?"

"Não quero falar no telefone."

"Onde você está agora?"

"Na loja."

"Não se apresse. Vou sair para comer alguma coisa e encontro você no escritório à uma e quinze. Sabe onde fica?"

"Estou com seu cartão."

"Maravilha. Vejo você em uma hora."

Ela desligou sem se despedir.

Antes de sair, guardei o cheque de Winesap no cofre do escritório. Estava ali ajoelhado quando ouvi o barulho da porta automática na antessala. Os clientes são sempre bem-vindos, por isso está pintado ENTRE na porta da frente logo abaixo do nome da firma. Contudo, eles normalmente batem na porta de dentro. Quando alguém entra sem falar nada só pode ser a polícia ou confusão. Às vezes, as duas coisas ao mesmo tempo.

Dessa vez, era um babaca à paisana vestindo uma capa de chuva de gabardine cinza amarrotada aberta por cima de um terno de lã marrom com calças de pescar siri que deixavam à mostra as botinas furadas e meias brancas.

"Você é Angel?", grunhiu.

"Isso mesmo."

"Sou o tenente-detetive Sterne. Esse é meu parceiro, o sargento Deimos."

Ele fez um sinal com a cabeça em direção à porta, onde havia um homem corpulento e emburrado vestido como um estivador. Deimos usava um gorro de lã de tricô e um casaco de lenhador xadrez preto e branco. Estava recém-barbeado, mas a barba era tão cerrada que parecia pólvora queimada sobre a pele.

"Em que posso ajudá-los, cavalheiros?", perguntei.

"Respondendo a algumas perguntas." Sterne era alto, com o queixo avantajado e tinha um nariz que parecia a proa de um quebra-gelo. Seu rosto projetava-se para a frente de maneira agressiva por cima de seus ombros curvados. Quando falava, os lábios mal se mexiam.

"Com prazer. Estava só saindo para comer alguma coisa. Me acompanham?"

"Aqui conversamos melhor", Sterne falou. Seu parceiro fechou a porta.

"Por mim, tudo bem." Dei a volta por trás de minha mesa e peguei uma garrafa de uísque canadense e meus charutos de Natal. "É tudo o que tenho para oferecer. Ao lado do bebedouro ficam os copos de papel."

"Nunca bebo em serviço", Sterne falou, pegando um punhado de charutos.

"Bom, mas eu sim. É minha hora de almoço." Levei a garrafa até o bebedouro, enchi um copo até a metade e adicionei um dedo de água. "Saúde."

Sterne enfiou os charutos no bolso da camisa.

"Onde o senhor estava ontem de manhã por volta das onze horas?"

"Em casa. Dormindo."

"Com certeza é muito bom ser o próprio patrão", Sterne deu um meio sorriso para Deimos. O sargento apenas grunhiu. "E por que você está dormindo quando o resto do mundo está trabalhando, Angel?"

"Eu trabalhei até tarde na noite anterior."

"E onde foi isso?"

"No Harlem. Do que se trata, tenente?"

Sterne tirou algo de dentro do bolso da capa de chuva e me mostrou.

"Reconhece isso?"

Fiz que sim com a cabeça.

"É um de meus cartões de visita."

"Talvez queira explicar como ele foi encontrado no apartamento de uma vítima de assassinato."

"Toots Sweet?"

"Me fale mais sobre isso." Sterne sentou-se na ponta da mesa e puxou a aba de seu chapéu cinza sobre a testa.

"Não há muito o que falar. Sweet foi o motivo de eu ter ido ao Harlem. Precisava fazer-lhe algumas perguntas por conta de um trabalho que estou fazendo. Acabou que era uma pista falsa, o que, de certa forma, já esperava. Dei a ele o cartão, caso o homem se lembrasse de algo."

"Nada bom, Angel. Tente de novo."

"Ok. Trata-se de um trabalho sobre uma pessoa desaparecida. A parte em questão sumiu há mais de uma dúzia de anos. Uma de minhas poucas pistas era uma foto antiga do cara posando com Toots Sweet. Fui até o norte da cidade ontem à noite para perguntar a Toots se ele podia me ajudar. A princípio, ele bancou o esperto quando conversamos no Red Rooster, então eu o segui até o Central Park depois que ele saiu do trabalho. Ele foi a uma espécie de ritual vodu para os lados do Meer. Eles dançaram e mataram uma galinha. Me senti como um turista."

"Quem são 'eles'?", perguntou Sterne.

"Cerca de quinze homens e mulheres, todos negros. Nunca tinha visto nenhum deles antes com exceção de Toots."

"O que você fez?"

"Nada. Toots deixou o parque sozinho. Eu o segui até em casa e fiz ele abrir o jogo. O homem disse que não via o cara que eu estava procurando desde quando a foto foi tirada. Dei a ele meu cartão e pedi para me ligar se ele se lembrasse de algo. Ficou melhor?"

"Não muito." Sterne olhou para suas unhas grossas com desinteresse. "O que usou para fazer ele falar?"

"Psicologia", respondi.

Sterne levantou as sobrancelhas e me olhou com o mesmo desinteresse que dedicou às unhas.

"Então, quem é a famosa parte em questão? A que sumiu?"

"Não posso lhe dar essa informação sem o consentimento de meu cliente."

"Conversa fiada, Angel. Você não vai ser útil para seu cliente se estiver na delegacia, e é para lá que você vai se não colaborar."

"Por que tanto mau humor, tenente? Estou trabalhando para um advogado chamado Winesap. Isso me dá o mesmo direito à privacidade que ele. Se me levar preso, vou estar livre em uma hora. Poupe a gasolina dos cidadãos."

"Qual o número desse advogado?"

Anotei no bloco de notas junto ao nome completo dele, arranquei a folha e a entreguei a Sterne.

"Falei para vocês tudo o que sei. Pelo que li no jornal parece que alguns dos companheiros de extermínio de galinha de Toots apagaram ele. Se pegarem alguém, vou com prazer fazer o reconhecimento."

"Que gentil de sua parte, Angel", Sterne falou, sarcástico.

"O que é isso?", perguntou o sargento Deimos. Ele circulava pelo escritório com as mãos nos bolsos checando tudo. Perguntava sobre o diploma de direito de Yale de Ernie Cavalero emoldurado na parede acima do arquivo.

"É um diploma de direito", falei. "Pertenceu ao cara que abriu o escritório. Ele está morto."

"Sentimental?", Sterne murmurou por entre os lábios apertados de ventríloquo.

"Dá um toque de classe."

"O que está escrito?", o sargento Deimos perguntou.

"Agora me pegou. Não sei latim."

"Então é isso que é: latim."

"Exatamente."

"Que diferença faria se fosse hebraico?", Sterne perguntou. Deimos deu de ombros.

"Mais alguma pergunta, tenente?", falei.

Sterne me olhou novamente com desprezo. Dava para ver pelos olhos dele que o homem nunca sorria. Nem mesmo durante longos interrogatórios. Apenas fazia seu trabalho.

"Nenhuma. Você e seu 'direito à privacidade' podem ir almoçar. Talvez a gente entre em contato de novo, mas não precisa se preocupar. Só mais um macaco morto. Ninguém dá a mínima."

"Ligue para mim, se precisar."

"Com certeza. Ele é realmente um príncipe, não é mesmo, Deimos?"

Nós nos esprememos no pequeno elevador e descemos sem dizer uma palavra.

A Gough's Chop House ficava do outro lado da rua 43 perto da Times Tower. O lugar estava lotado quando cheguei, mas consegui um canto ao lado do bar. Não tinha muito tempo, então pedi um rosbife no pão de centeio e uma garrafa de cerveja. O serviço foi rápido, apesar da multidão, e eu estava deixando a comida assentar quando Walt Rigler me avistou ao sair e veio bater papo.

"O que traz a esse antro de escrevinhadores, Harry?", ele gritou em meio ao zum-zum-zum dos jornalistas. "Pensei que você comia no Downey's."

"Tento não me deixar levar pela rotina", falei.

"Que filosófico. Quais são as novas?"

"Quase nada. Obrigado por me deixar vasculhar o arquivo morto. Fico devendo uma."

"Esquece. Como vai seu segredinho? Escavando alguma sujeira das boas?"

"Mais do que posso lidar. Ontem pensei que tivesse uma pista quente. Fui conhecer a filha cartomante de Krusemark, mas estive com a filha errada."

"O que quer dizer com a filha errada?"

"Tem a bruxa má e a bruxa boa. A que eu quero mora em Paris."

"Não estou entendendo, Harry."

"Elas são gêmeas; Maggie e Millie, as sobrenaturais garotas Krusemark."

Walt coçou a nuca e franziu a testa.

"Alguém está fazendo você de trouxa, parceiro. Margaret Krusemark é filha única."

Engasguei com a cerveja.

"Tem certeza?"

"Claro que sim. Chequei ontem para você. Estive com a história da família na mesa a tarde inteira. O casal Krusemark teve uma filha. Apenas uma, Harry. O *Times* não comete erros no departamento de biografias."

"Mas que trouxa eu fui!"

"Vou ter de concordar."

"Eu devia ter desconfiado que ela estava me fazendo de otário. Estava tudo muito perfeito."

"Vai com calma, parceiro, que agora não entendi."

"Desculpe, Walt. Estava pensando alto. No meu relógio faltam cinco para uma, confere?"

"Por aí."

Me levantei sem esperar pelo troco.

"Tenho de correr."

"Não vou prender você." Walt Rigler deu seu sorriso de lado.

Epiphany Proudfoot me esperava na antessala do meu escritório quando eu cheguei alguns minutos depois. Vestia uma saia xadrez, um suéter azul de caxemira e parecia uma estudante de colégio.

"Desculpe o atraso", falei.

"Não tem problema. Eu que cheguei cedo." Ela pôs de lado um exemplar antigo e gasto da *Sports Illustrated* e descruzou as pernas. Com ela sentada, até a cadeira de napa de segunda mão ficava com um aspecto melhor.

Destranquei a porta pela divisória de vidro martelado e a mantive aberta.

"Por que queria me encontrar?"

"Isso não é bem um escritório." Ela pegou a bolsa e o casaco dobrado da mesa onde estava minha coleção de revistas velhas. "Você não deve ser um detetive lá muito bom."

"Tento controlar meus gastos", falei, guiando-a para dentro. "A pessoa paga pelo trabalho ou paga pelo luxo da decoração." Fechei a porta e pendurei meu casaco no cabide.

Ela ficou em pé junto à janela das letras douradas de vinte centímetros e observou a rua embaixo.

"Quem está pagando você para procurar por Johnny Favorite?", ela perguntou a seu reflexo no vidro.

"Isso eu não posso dizer. Uma das coisas que meu trabalho exige é discrição. Não quer se sentar?"

Peguei o casaco dela e o pendurei ao lado do meu enquanto ela se ajeitava com graça na cadeira com estofamento de couro em frente à minha mesa. Era o único assento confortável no ambiente.

"Você ainda não respondeu a minha pergunta", falei, recostando na minha cadeira giratória. "Por que está aqui?"

"Edison Sweet foi assassinado."

"É. Li nos jornais. Mas você não deveria estar tão surpresa: você que armou para ele."

Ela apertou a bolsa em seu colo.

"Você só pode estar louco."

"Talvez. Mas não sou idiota. Você era a única pessoa que sabia que eu estava falando com Toots. Você deve ter dado a dica para os caras que enviaram o pé de galinha embrulhado para presente."

"Você está totalmente enganado."

"Estou?"

"Não havia mais ninguém. Depois que você saiu da loja, liguei para o meu sobrinho. Ele mora na esquina do Red Rooster. Foi ele que escondeu o pé no piano. Toots tinha a língua maior que a boca. Ele precisava que alguém o lembrasse de ficar de bico calado."

"Fez um bom trabalho. Agora ele está calado para sempre."

"Você acha que eu procuraria o senhor se tivesse algo a ver com o que aconteceu?"

"Eu diria que você é uma garota competente, Epiphany. Sua atuação no parque foi muito convincente."

Epiphany mordeu o nó do dedo e franziu a testa, contorcendo-se na cadeira. Parecia uma aluna que mata aula sendo descoberta pelo diretor da escola. Era jogo de cena, mas foi bem-feito.

"Você não tem o direito de me espionar", Epiphany falou, sem me olhar nos olhos.

"O Departamento de Parques e Jardins e a Sociedade Protetora dos Animais não concordam. Que religiãozinha macabra."

Epiphany me encarou, seu olhar negro de ódio.

"*Obeah* nunca precisou pendurar um homem em uma cruz. Nunca houve uma guerra santa *Obeah* ou uma Inquisição *Obeah*!"

"Mas claro; você matou a galinha para fazer uma canja, certo?" Acendi um cigarro e soprei uma nuvem de fumaça no teto. "Mas não são galinhas mortas que me assustam; são pianistas mortos."

"Você não acha que estou assustada?" Epiphany inclinou-se para a frente na cadeira, os bicos de seus seios de menina projetando-se contra a trama fina do suéter azul. Ela era um pedaço de mau caminho, como se diz por aí, e foi fácil imaginar a mim mesmo me perdendo no meio daquelas carnes morenas.

"Não sei o que pensar", falei. "Você liga dizendo que precisa me ver imediatamente. Agora que está aqui, age como se estivesse me fazendo um favor."

"Talvez eu esteja lhe fazendo um favor." Ela recostou na cadeira e cruzou as pernas compridas, o que também não foi fácil de aguentar. "Você chega procurando por Johnny Favorite e, no dia seguinte, um homem é morto. Não é uma coincidência."

"Então é o quê?"

"Veja bem: os jornais estão fazendo um barulho danado falando de vodu isso, vodu aquilo, mas posso lhe garantir que a morte de Toots Sweet não teve nada a ver com *Obeah*. Nada, absolutamente nada."

"Como sabe disso?"

"Você viu as fotos nos jornais?"

Fiz que sim com a cabeça.

"Então sabe que eles estão chamando de 'símbolos de vodu' aqueles malditos rabiscos na parede?"

Concordei, novamente em silêncio.

"Bom, os tiras entendem tanto de vodu quanto de feijões-vermelhos com arroz![1] Aqueles sinais eram para parecer *vévé*, mas simplesmente não são."

"O que é *vévé*?"

"Símbolos mágicos. Não posso explicar o significado para os não iniciados, mas aquela porcaria desenhada tinha tanto a ver com o que realmente significa quanto Papai Noel tem a ver com Jesus. Há anos eu sou uma *mambo*. Sei do que estou falando."

Apaguei a guimba do cigarro num cinzeiro do Stork Club, herança de um caso amoroso terminado há séculos.

---

[1]   Prato típico da comida créole, originária de New Orleans.

"Tenho certeza de que sim, Epiphany. Você quer dizer que os símbolos são falsos?"

"Não é que sejam falsos, mas são errados. Não sei como explicar melhor. Seria como se alguém, narrando um jogo de tênis, gritasse 'gol' toda vez que o jogador marcasse um ponto. Dá para entender?"

Abri um exemplar do *News* na página 3. Segurando de forma que Epiphany pudesse ver, apontei para os zigue-zagues em formato de cobras, as espirais e as cruzes partidas na foto.

"Você está dizendo que eles parecem desenhos de vodu, *vévé*, ou o que for, mas estão sendo usados de forma errada?"

"Isso. Está vendo esse círculo aqui com a serpente engolindo o próprio rabo? É *Damballah*, com certeza *vévé*, um símbolo da perfeição geométrica do universo. Mas nunca um iniciado desenharia isso ao lado de *Babako*, como foi feito aí."

"Então, para início de conversa, seja quem for que tenha feito esses desenhos pelo menos entendia de vodu o suficiente para saber a aparência de *Damballah* ou *Babako*."

"É o que estou tentando dizer", ela falou. "Sabia que houve um tempo em que Johnny Favorite se envolveu com *Obeah*?"

"Eu sei que ele era um *hunsi-bosal*."

"Toots era mesmo um linguarudo. O que mais você sabe?"

"Apenas que naquela época Johnny Favorite estava saindo com sua mãe."

Epiphany fez uma cara de quem provou algo azedo.

"É verdade." Ela sacudiu a cabeça como que em negação.

"Johnny Favorite era meu pai."

Fiquei sentado imóvel, agarrando os braços da cadeira enquanto a revelação dela me envolvia como uma onda gigante.

"Quem mais sabe sobre isso?"

"Ninguém, só você, eu e mamãe, e ela está morta."

"E Johnny Favorite?"

"Mamãe nunca contou para ele. Ele estava no Exército muito antes de eu completar um ano. Eu falei a verdade quando disse que nós nunca nos encontramos."

"E por que agora está me contando tudo isso?"

"Estou com medo. Há algo na morte de Toots que tem a ver comigo. Não sei como ou por quê, mas posso sentir no fundo da alma."

"E você acha que Johnny Favorite está envolvido nisso de alguma maneira?"

"Não sei o que achar. Você que tem de ligar os pontos. Imaginei que você devia saber, talvez essas informações ajudem."

"Talvez. Se você está me escondendo algo, agora é a hora de abrir o bico."

Epiphany ficou olhando para as mãos fechadas.

"Não há mais nada a dizer." Em seguida, se levantou, muito determinada e altiva. "Eu preciso ir. Com certeza você tem trabalho a fazer."

"Na verdade, já estou trabalhando neste momento", eu disse, me levantando.

Ela pegou o casaco do cabide.

"Quero crer que você falou a sério quanto à discrição."

"Tudo o que me contou é estritamente confidencial."

"Espero que sim." Então, ela sorriu. Era um sorriso verdadeiro e não apenas para constar. "De todo modo, contrariando meu bom senso, confio em você."

"Obrigado." Contornei a mesa, seguindo-a enquanto ela abria a porta.

"Não precisa", disse Epiphany. "Eu conheço a saída."

"Você tem meu número?"

Ela fez que sim.

"Ligo para você se souber de algo."

"Ligue mesmo se não souber." Ela fez que sim novamente e foi embora. Permaneci ao lado da mesa, imóvel, até ouvir a porta da antessala se fechar atrás dela. Em três movimentos, peguei minha maleta, puxei meu casaco do cabide e tranquei o escritório.

Fiquei atento à porta da antessala, esperando, antes de sair, o barulho da porta do elevador automático se abrir e fechar. O corredor estava vazio. Os únicos sons eram o de Ira Kipnis somando a devolução de algum imposto tardio e o depilador elétrico de Madame Olga removendo pelos indesejáveis. Corri até a escada de incêndio e desci três degraus de cada vez.

Cheguei antes do elevador pelo menos uns quinze segundos e esperei no recuo da escada com uma nesga da porta corta-fogo aberta. Epiphany passou por mim e foi para a rua. Fui atrás, seguindo-a da esquina até o metrô.

Ela pegou o trem no sentido norte. Entrei no vagão seguinte e, quando a composição começou a se mover, fui para a parte de fora do carro e subi na plataforma de metal acima do engate, de onde pude observá-la pelo vidro da porta. Estava sentada muito recatadamente, com os joelhos juntos, olhando para os anúncios acima das janelas. Desceu duas estações adiante, na Columbus Circle.

Seguiu para o leste ao longo da parte sul do Central Park, passou pelo Maine Memorial com sua carruagem de cavalos-marinhos no topo feita dos canhões resgatados do navio afundado.[1] Havia alguns transeuntes, e me mantive distante o suficiente para não ouvir a batida dos saltos de seus sapatos nos ladrilhos de pedras hexagonais que ladeavam o parque.

---

[1] Monumento em homenagem aos 260 marinheiros americanos que pereceram em 1898 quando o navio de guerra Maine explodiu no porto de Havana, em Cuba, que ainda estava sob domínio espanhol.

Ela virou em direção ao centro na Sétima Avenida. Fiquei observando-a checar os números nas fachadas dos prédios enquanto se apressava ao passar em frente ao Athletic Club e ao prédio residencial Alwyn Court Apartments encrustrado de esculturas. Na esquina da rua 57 foi parada por uma senhora de idade carregando uma pesada sacola de compras, e eu me demorei na entrada de uma loja de lingerie enquanto ela dava informações, apontando para o parque sem me ver.

Quase a perdi de vista quando atravessou correndo a rua de mão dupla instantes antes de o sinal fechar. Fiquei preso do outro lado da calçada, mas Epiphany diminuiu o passo para verificar os números das lojas localizadas ao lado do Carnegie Hall. Mesmo antes que o sinal ficasse verde, eu a vi parar no fim do quarteirão e entrar no prédio. Eu já conhecia aquele endereço: Sétima Avenida, 881. Era onde Margaret Krusemark morava.

No saguão, vi a seta de bronze acima do elevador da direita parar no "11" enquanto seu irmão gêmeo do lado esquerdo descia. Quando a porta do elevador abriu, um quarteto de cordas inteiro saiu carregando seus instrumentos nos estojos. Um jovem entregador do Gristedes com uma caixa de papelão cheia de mantimentos no ombro era o único passageiro que iria subir. O entregador desceu no quinto andar. Falei ao ascensorista: "Nove, por favor".

Subi as escadas de incêndio até o andar de Margaret Krusemark, deixando para trás o ritmo frenético de uma aula de sapateado. A soprano continuava exercitando a voz à distância enquanto eu caminhava pelo corredor deserto em direção à porta com o símbolo do Escorpião.

Abri minha maleta sobre o tapete gasto. Uma maçaroca de formulários e papéis variados na primeira divisão sanfonada davam a tudo um ar oficial, mas, debaixo de um fundo falso, eu guardava os instrumentos de trabalho. Uma camada de espuma de poliuretano mantinha tudo no lugar. Bem acomodados, lá estava um jogo de ferramentas para arrombamentos, um microfone e um minigravador, binóculos Leitz com alcance de dez vezes, uma câmera Minox com um tripé para fotografar documentos, uma variedade de chaves mestras que me custaram quinhentos dólares, algemas niqueladas e um revólver .38 Smith & Wesson.

Peguei o microfone e o conectei ao fone de ouvido. Era um equipamento de respeito. Quando eu segurava o microfone na superfície da porta, podia ouvir tudo do lado de dentro do apartamento. Se aparecesse alguém, era só jogar o aparelho no bolso de minha camisa e o fone de ouvido pareceria um aparelho de surdez.

Mas não apareceu ninguém. O eco do trinado da soprano se misturou com as aulas de piano ao longe no corredor vazio. Dentro do apartamento, ouvi Margaret Krusemark dizer: "Não éramos melhores amigas, mas eu tinha um imenso respeito por sua mãe." A resposta abafada de Epiphany foi inaudível. A astróloga continuou: "Nos vimos bastante antes de você nascer. Ela era uma mulher poderosa."

Epiphany perguntou: "Por quanto tempo você ficou noiva de Johnny?".

"Dois anos e meio. Leite ou limão, querida?"

Estava na cara que era a hora do chá mais uma vez. Epiphany escolheu limão e falou: "Minha mãe foi amante dele durante o noivado de vocês".

"Minha criança, você acha que eu não sabia? Johnny e eu não tínhamos segredos um com o outro."

"Foi por isso que você desmanchou o noivado?"

"Nossa separação foi estritamente para satisfazer a imprensa. Tínhamos nossas próprias razões para anunciar que havíamos rompido. Na verdade, nunca estivéramos tão próximos quanto nos últimos meses antes de ele partir para a guerra. Nossa relação era muito peculiar, não vou negar. Espero que você seja suficientemente sofisticada para não se deixar levar por convenções burguesas. Sua mãe certamente nunca se deixou."

"O que seria mais burguês que um *ménage à trois*?"

"Não era um *ménage à trois*! No que você acha que estávamos metidos, alguma espécie de clubinho sexual asqueroso?"

"Eu tenho certeza de que não tenho a mínima ideia. Mamãe nunca falou de você."

"E por que deveria? Até onde ela sabia, Jonathan estava morto e enterrado. Ele era tudo que nos ligava."

"Mas ele não está morto."

"Como você sabe?"

"Eu sei."

"Alguém andou fazendo perguntas sobre Jonathan? Menina, me responda, pois as nossas vidas podem depender disso."

"Como assim?"

"Não importa. Alguém andou perguntando por ele, não?"

"Sim."

"Como ele era?"

"Apenas um homem. Comum."

"Era meio corpulento? Não exatamente gordo, mas acima do peso? Desleixado? Quer dizer, malvestido, terno azul amarrotado e sapatos surrados. Bigode preto farto, cabelos curtos começando a ficar grisalhos?"

Epiphany disse: "Olhos azuis muito doces. A primeira coisa que se nota".

"Ele disse que o nome dele era Angel?" A voz de Margaret Krusemark traiu uma urgência aguda.

"Sim. Harry Angel."

"O que ele queria?"

"Está procurando Johnny Favorite."

"Por quê?"

"Não me disse. Ele é um detetive."

"Um policial?"

"Não, um detetive particular. Do que se trata?"

Houve um barulho distante de porcelana e, então, Margaret Krusemark falou: "Não tenho certeza. Ele esteve aqui. Não disse que era detetive, fingiu ser um cliente. Sei que pode parecer bastante grosseiro, mas tenho de pedir para você ir agora. Eu mesma preciso sair. Temo que seja urgente".

"Acha que estamos em perigo?" A voz de Epiphany titubeou na última palavra.

"Não sei o que pensar. Se Jonathan voltar, qualquer coisa pode acontecer."

"Um homem foi morto no Harlem ontem", soltou Epiphany. "Um amigo meu. Ele conhecia mamãe e Johnny. O sr. Angel andou fazendo umas perguntas a ele."

Uma cadeira foi arrastada no assoalho.

"Preciso ir agora", disse Margaret Krusemark. "Venha. Vou pegar seu casaco e descemos juntas."

Ouvi o barulho de passos se aproximando. Puxei o microfone da porta e arranquei o fone de ouvido, enfiando tudo no bolso do casaco. Com a maleta debaixo do braço, disparei pelo corredor como um cavalo de corrida na reta de chegada. Segurei no corrimão para me equilibrar e desci aos pulos a escada de incêndio, quatro a cinco degraus de cada vez.

Era muito arriscado esperar pelo elevador no nono andar, a chance de acabar pegando o mesmo que elas era grande, então desci pela escada até o saguão vazio. Ofegante, parei a tempo suficiente para checar as setas acima de cada porta. O da esquerda estava subindo, o parceiro descendo. De qualquer maneira, estariam aqui num instante.

Corri até a calçada e disparei pela Sétima Avenida sem me preocupar com o trânsito. Uma vez do outro lado, dei um tempo perto de uma barraca que vendia pretzels na calçada, arquejando como um velhote com enfizema. Uma babá levando um carrinho de bebê cacarejava bondosamente enquanto passava.

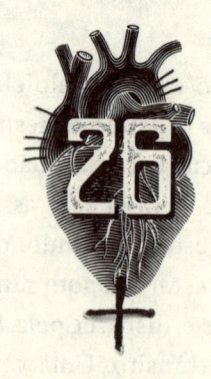

Epiphany e a Krusemark saíram juntas do prédio e subiram meio quarteirão até a rua 57. Perambulei do outro lado da avenida, mantendo-me próximo a elas. Na esquina, Margaret Krusemark beijou amigavelmente Epiphany no rosto, como uma tia solteirona dando adeus a sua sobrinha predileta.

Quando o sinal abriu, Epiphany começou a atravessar a Sétima Avenida em minha direção. Margaret Krusemark acenava freneticamente aos táxis que passavam. Um táxi amarelo dos novos Checkers aproximou-se com a luz do teto acesa, e fiz sinal, entrando nele antes que Epiphany pudesse me ver.

"Para onde, senhor?" Um motorista de rosto redondo perguntou, enquanto baixava a bandeira do taxímetro.

"Quer ganhar o dobro do que marcar o taxímetro?"

"O que preciso fazer?"

"Quero que siga uma pessoa. Estacione por um minuto em frente ao Russian Tea Room." Ele fez como eu pedi e virou-se no banco para observar com quem estava falando. Deixei-o ver de relance o distintivo de inspetor honorário preso em minha carteira e falei: "Está vendo aquela mulher num casaco de tweed entrando no táxi em frente ao Carnegie Hall? Não perca ela de vista".

"Moleza."

O outro táxi fez um retorno brusco na rua 57. Fizemos a mesma manobra, mas sem grandes rompantes, e permanecemos meio quarteirão atrás deles quando pegaram a Sétima Avenida. O sujeiro de cara redonda me olhou pelo retrovisor e sorriu, cínico.

"Cinquinho, que tal?"

"Vai ser cinquinho se você não for pego."

"Sou macaco velho, meu camarada."

Continuamos descendo a Sétima no sentido da Times Square, passamos em frente ao meu escritório antes que o outro táxi virasse à esquerda e seguisse para o leste na rua 42. Habilmente nos esquivando pelo trânsito, continuamos próximos, mas não de forma a chamar atenção, e o motorista deu uma acelerada para não pegar o sinal vermelho na Quinta Avenida, quando pareceu que seríamos deixados para trás.

Havia bastante congestionamento nos dois quarteirões entre a Quinta e a estação de trens Grand Central, e o trânsito ficou lento, quase parado.

"Tinha que ter visto ontem", comentou o motorista. "Desfile de São Patrício. Ficou uma bagunça a tarde inteira."

O táxi de Margaret Krusemark virou para o norte de novo na altura da esquina da avenida Lexington, e o vi parar em frente ao edifício Chrysler. A luz do teto se acendeu. Ela estava saindo.

"Aqui está bom", falei, e o taxista parou em frente ao edifício Chanin. Marcava um dólar e cinquenta centavos no taxímetro. Dei a ele sete notas e disse para ficar com o troco. Fez por merecer.

Atravessei correndo a avenida Lexington. O outro táxi tinha partido, e Margaret Krusemark sumira. Não importava. Eu sabia para onde ela estava indo. Passando pelas portas giratórias, chequei o quadro de informações no saguão angular de mármore e metal. Os escritórios dos Estaleiros Krusemark ficavam no 45º andar.

Só quando desci do elevador que mudei de ideia sobre me confrontar com os Krusemark. Era muito cedo para entrar no jogo — não que eu tivesse muito para apostar. A filha descobriu que eu estava procurando por Johnny Favorite e correu para o papai. Seja o que for que tivesse para contar a ele, era muito sério para deixar recado, ou ela teria telefonado. Pensava com meus botões quanto eu daria para ouvir a conversa dos dois na mesa de reuniões, quando vi um limpador de vidraças a caminho do serviço.

Era careca e de meia-idade, com o nariz torto de um lutador de boxe aposentado. Vinha assoviando desafinado ao longo do corredor brilhante o sucesso do último verão, "Volare". Vestia um macacão verde imundo, e seus cintos de segurança pendiam como um par de suspensórios caídos.

"Tem um segundo, parceiro?", chamei. Ele parou de assobiar no meio e olhou para mim ainda com um bico nos lábios, como que esperando um beijo. "Aposto que não sabe quem está na nota de cinquenta dólares."

"Como é? 'Sorria, você está no *Candid Camera*'?"

"De jeito nenhum. Só estou apostando que você não sabe quem está na nota de cinquenta."

"Ok, espertinho. É Thomas Jefferson."

"Errou."

"E daí? Grande coisa. Por que tudo isso?"

Peguei minha carteira e tirei de dentro a nota dobrada de cinquenta que trago para emergências e eventuais subornos, e a levantei para que ele pudesse ver a efígie.

"Pensei que talvez você quisesse descobrir quem foi o presidente sortudo."

O limpador de vidraças pigarreou e piscou.

"Tá maluco, meu camarada?"

"Quanto você ganha?" perguntei. "Vamos lá, pode me contar. Não é segredo de estado, é?"

"Quatro e cinquenta por hora, graças ao sindicato."

"O que acha de ganhar dez vezes isso, graças a mim?"

"É? E o que eu tenho de fazer pra ganhar essa grana?"

"Me empreste seu uniforme por uma hora e vá dar uma volta. Desça e tome uma cerveja."

Ele esfregou a cabeça, embora ela realmente não precisasse de mais polimento.

"Você é meio biruta, hein?" Havia uma ponta de admiração genuína na voz dele.

"Que diferença faz? Tudo o que eu quero é alugar seu equipamento, sem perguntas. Você pode ganhar essa grana sem mover uma palha. Tem coisa melhor do que isso?"

"Ok. Negócio fechado, parceiro. Se você está querendo dar, eu estou aqui para receber."

"Resposta certa."

O lavador de vidraças sinalizou com a cabeça para que eu o seguisse e me levou pelo corredor até uma porta estreita perto da saída de emergência. Era o armário onde ficava guardado o material de limpeza.

"Deixe tudo aqui quando terminar", ele falou, soltando os cintos de segurança e tirando o macacão imundo.

Pendurei o sobretudo e o paletó num cabo de vassoura e vesti o macacão. Estava duro e fedia levemente a amônia, como pijamas depois de uma orgia.

"Melhor tirar a gravata", alertou o limpador de vidraças. "A não ser que queira parecer que está se candidatando a presidente da firma."

Enfiei a gravata no bolso do casaco e pedi ao limpador de vidraças que me mostrasse como usar os cintos de segurança. Parecia bem simples. "Você não está pensando em ir para o lado de fora, está?", perguntou.

"Está brincando? Só quero pregar uma peça numa amiga. Ela é recepcionista neste andar."

"Por mim, tudo bem", falou o limpador de janelas. "Só deixe as coisas no armário."

Enfiei a nota de cinquenta dobrada no bolso da camisa dele.

"Vão fazer uma festa, você e o presidente Ulysses Simpson Grant." Pela cara de paisagem que ele fez, percebi que não havia entendido. Mandei ele olhar a foto da nota. Ele saiu assoviando.

Peguei meu .38 antes de esconder a maleta debaixo da pia de concreto. O Smith & Wesson é uma arma jeitosa. Seu cano de cinco centímetros se encaixa convenientemente num bolso e, não tendo trava saliente, não há nada que o enganche na roupa quando você for sacá-lo. Certa vez tive de atirar com um revólver ainda no paletó. Perdi um casaco, mas foi melhor do que ter de abotoar o paletó de madeira.

Escondi a pequena arma de cinco tiros no macacão e passei o microfone para o outro bolso. Segui pelo corredor em direção à opulenta entrada de bronze e vidro dos Estaleiros Krusemark.

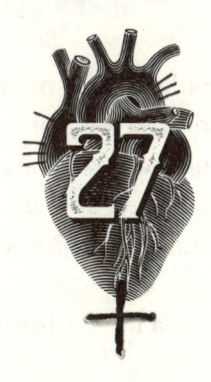

A recepcionista nem me notou quando cruzei o saguão acarpetado entre miniaturas de navios-tanque expostos em redomas de vidro e gravuras de veleiros. Pisquei para ela, e ela virou de costas em sua cadeira giratória. As portas de vidro fosco que davam para o corredor interno tinham âncoras de bronze no lugar de puxadores, e eu as empurrei cantando baixinho uma canção de marinheiros.

"Ei, nocauteie o homem..."

Adiante havia um corredor comprido com escritórios de ambos os lados. Continuei na cantoria, balançando meu balde e lendo os nomes nas portas. Nenhum era o que eu buscava. No final do corredor, havia uma sala grande onde dois teletipos soavam como secretárias-robôs. Um timão de madeira estava pendurado numa parede e algumas gravuras de veleiros nas outras. Havia várias cadeiras confortáveis, uma mesa com tampo de vidro com revistas espalhadas, e uma loira metida abrindo envelopes com um abridor de cartas atrás de uma escrivaninha em L. De um lado, havia uma porta de mogno envernizado. Na altura dos olhos estava escrito em letras em bronze: ETHAN KRUSEMARK.

A loira olhou para mim e sorriu, espetando uma carta como uma Lady D'Artagnan. A pilha de correspondência ao lado dela tinha uns trinta centímetros de altura. Minhas esperanças de ficar sozinho com o microfone pularam pela janela — uma imagem que eu logo lamentaria.

A loira me ignorou, ocupada com sua missão banal. Prendendo o balde à alça do cinto, abri uma janela e fechei os olhos. Meus dentes tremiam, mas não por causa da lufada de vento frio.

"Ei! Rápido, por favor", a loira gritou. "Meus papéis estão voando para todo lado."

Segurando firme, passei pela soleira e me sentei de costas no peitoril, as pernas ainda dentro da segurança do escritório. Estiquei o braço e engatei uma das alças do cinto de segurança à parte externa da esquadria. Apenas a espessura do vidro me separava da loira lá dentro, mas ela também podia estar a milhões de quilômetros de distância. Troquei de mãos e prendi a outra alça.

Ficar de pé exigiu de mim todas as minhas forças. Tentei me lembrar dos companheiros paraquedistas da época da guerra que saíam ilesos, sem um arranhão, após centenas de saltos, mas isso não ajudou. A lembrança de paraquedas só piorou as coisas.

Quase não havia espaço para os meus dedos no parapeito estreito. Empurrei a janela para baixo, e o barulho reconfortante dos teletipos no interior desapareceu no vento forte. Falei comigo mesmo para não olhar para baixo. Foi o primeiro lugar para onde olhei.

O desfiladeiro envolto em sombras da rua 42 escancarava-se sob mim, pedestres e automóveis reduzidos a formigas minúsculas e rastejantes besouros metálicos. Olhei para o rio ao leste, vi as listras verticais marrons e brancas do edifício do *Daily News* e a superfície verde e brilhante do prédio da ONU. Um rebocador parecendo de brinquedo puxava uma fileira de barcaças em sua esteira prateada ao longo do rio.

O vento forte e gelado dava agulhadas em meu rosto e minhas mãos e entrava por dentro das roupas, fazendo com que as largas pernas do macacão inflassem como bandeiras de batalha. Quis me arrancar da fachada do prédio e sair velejando sobre os telhados, passar pelos pombos que me cercavam e pelas espessas fumaças das chaminés. Minhas pernas tremiam de frio e medo. Se o vento não me levasse, logo, logo eu me soltaria de meu poleiro. Lá dentro, a loira abria a correspondência despreocupada. Para ela, eu já tinha ido embora.

De repente, tudo pareceu muito engraçado: Harry Angel, a mosca humana. Imaginei um dono de circo anunciando, exagerado, a próxima atração "...onde *anjos* não ousariam ir", e ri alto. Apoiando-me nos cintos de segurança, descobri, para minha alegria, que eles me aguentavam. Não era tão ruim. Limpadores de vidraças faziam isso o dia inteiro.

Eu me senti como um alpinista numa primeira escalada. Vários andares acima, gárgulas de aço inoxidável projetavam-se da parede do arranha-céu, seus cumes de metal brilhavam na luz do sol como o pico coberto de neve ainda não conquistado.

Era hora de agir. Desengatei a alça direita do cinto de segurança, prendendo-a à mesma armação que sustentava a outra. Depois, movendo-me ao longo do parapeito, desengatei a alça esquerda e me estiquei no vazio. Tateei a parede de tijolos às cegas até encontrar a esquadria da janela seguinte e prender a alça nela.

Preso a ambas as janelas, atravessei com o pé esquerdo. Desengatei, engatei, movimentei o pé direito: feito. Toda a travessia não levou mais do que segundos, mas pareceu uma década.

Olhei para dentro do escritório de Ethan Krusemark enquanto amarrava a alça esquerda do cinto de segurança à moldura de uma de suas janelas. Era uma sala de canto imensa com duas janelas a mais nesta parede e outras três dando para o lado da avenida Lexington. Havia uma imensa mesa de mármore pentélico completemente nua, exceto por um telefone de seis linhas e uma estatueta de bronze um tanto oxidada de Netuno brandindo seu tridente sobre as ondas. Perto da porta, um bar embutido reluzia como cristal. Pendurados nas paredes, quadros de impressionistas franceses. Nada de gravuras de veleiros para o chefe.

Krusemark e a filha estavam sentados num sofá bege comprido encostado à parede oposta à janela. Duas taças de conhaque reluziam à frente deles numa mesa baixa de mármore. Krusemark se parecia muito com seu retrato: um velho pirata de rosto vermelho coroado com uma vastidão de cabelos prateados cuidadosamente penteados. A meu ver, lembrava mais Daddy Warbucks que Clark Gable.

Margaret Krusemark tinha trocado sua roupa preta austera por uma blusa de mangas bufantes e uma saia franzida bordada, mas ainda usava o pentáculo de ouro de ponta-cabeça. De vez em quando, um deles olhava para mim do outro lado da sala. Eu esfregava água com sabão no vidro à frente do meu rosto.

Tirei o microfone do macacão e conectei o fone de ouvido. Enrolando o instrumento num pedaço de pano, pressionei-o ao vidro e fingi limpar a janela. Suas vozes soaram tão claras e precisas que parecia que eu estava sentado ao lado deles no sofá.

Krusemark dizia: "...e ele sabia mesmo a data de nascimento de Jonathan?".

Margaret mexia nervosamente na estrela de ouro.

"Tinha a data exata", respondeu.

"Não seria difícil descobrir isso. Tem certeza de que ele é um detetive?"

"A filha da Evangeline Proudfoot disse que era. Ele sabe o bastante sobre Jonathan para ir até ela e fazer perguntas."

"E o médico em Poughkeepsie?"

"Está morto. Suicídio. Liguei para a clínica. Foi no início desta semana."

"Então nunca saberemos se o detetive falou com ele ou não."

"Não estou gostando disso, pai. Não depois desses anos todos. Angel já sabe muito."

"Angel?"

"O detetive. Você pode prestar atenção ao que estou falando?"

"Ainda estou processando isso tudo, Meg. Me dê um tempo." Krusemark tomou um gole de seu conhaque.

"Por que não nos livramos de Angel?"

"De que adiantaria? Essa cidade está infestada de detetives de quinta categoria. Não é com Angel que precisamos nos preocupar, mas com o homem que o contratou."

Margaret Krusemark segurou a mão do pai com ambas as mãos.

"Angel vai voltar. Para pegar o mapa astral."

"Faça-o para ele, então."

"Já fiz. Era muito parecido com o de Jonathan, só o local de nascimento era diferente. Dava para fazer de memória."

"Ótimo." Krusemark bebeu todo o conhaque. "Se ele for realmente bom, já deve ter descoberto que você não tem irmã nenhuma quando voltar para pegar o mapa. Enrole-o um pouco. Você é uma garota esperta. Se não conseguir tirar nenhuma informação, ponha algo no chá dele. Existem muitas formas de fazer um homem falar. Precisamos saber o nome do homem para quem ele está trabalhando."

Krusemark levantou-se. "Tenho muitas reuniões importantes hoje à tarde, Meg, então, a não ser que haja algo mais..."

"Não, não há mais nada." Margaret Krusemark levantou-se e ajeitou a saia.

"Ótimo." Ele pôs o braço no ombro dela. "Me ligue assim que souber do detetive. Desenvolvi a arte da persuasão no Oriente. Veremos se perdi o jeito."

"Obrigada, pai."

"Venha, eu levo você até a porta. Quais são seus planos para o restante do dia?"

"Ah, não sei. Pensei em passar na Saks e fazer umas compras. Depois..." O resto não consegui mais ouvir, pois a pesada porta de mogno se fechou atrás deles.

Enfiei no macacão o microfone embrulhado no pano e forcei a janela. Não estava trancada e abriu-se com um esforço de nada. Desprendi uma das alças do cinto de segurança e joguei minhas pernas trêmulas para dentro do prédio. Um instante depois, desengatei a outra alça do cinto e estava de pé na relativa segurança do escritório de Krusemark. O risco tinha valido a pena. Me fingir de limpador de vidraças foi um passeio no parque comparado a descobrir em primeira mão os dotes artísticos orientais de Krusemark.

Fechei a janela e olhei ao redor. Por mais que eu quisesse bisbilhotar, sabia que não tinha tempo. A taça de conhaque de Margaret Krusemark descansava praticamente intocada sobre a mesa de mármore. Nenhum estupefaciente tinha sido colocado nele. Senti seu aroma frutado e dei um gole. O conhaque deslizou como fogo de veludo pela minha língua. Dei cabo dele em três goles rápidos. Era velho e caro e merecia muito mais respeito, mas eu estava com pressa.

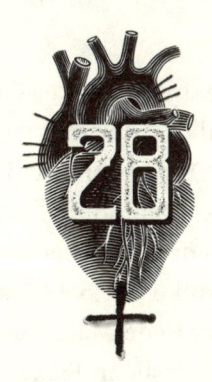

A secretária loira mal olhou para mim quando bati a porta de mogno brilhante. Talvez estivesse acostumada a limpadores de vidraças saindo apressados da sala do chefe. Dei de cara com o próprio Ethan Krusemark voltando pelo corredor com seu peito empinado como se tivesse uma fileira de medalhas invisíveis espetadas no paletó de flanela cinza. Grunhiu ao passar. Imagino que ele esperava que eu me ajoelhasse a sua passagem. Em vez disso, falei: "Vá se foder!". No entanto, acho que passou completamente despercebido.

Ao sair, joguei um beijo estalado para a recepcionista acompanhado de um sinal obsceno com o dedo. Ela fez cara de nojo como se tivesse a boca cheia de vermes, mas os dois vendedores que descansavam sentados em poltronas Barcelona acharam muito engraçado.

Troquei de roupa tão rápido no armário de vassouras que daria inveja ao Superman. Não havia tempo de pôr tudo de volta na maleta, então enfiei meu Smith & Wesson e o microfone nos bolsos do sobretudo e deixei o macacão e os cintos de segurança embolados dentro do balde amassado. No elevador, me lembrei da gravata e dei um nó mal-ajambrado ao redor do colarinho da camisa.

Não havia nenhum sinal de Margaret Krusemark na rua. Ela mencionara uma ida à Saks, então imaginei que ela tivesse pegado um táxi. Decidido a dar tempo a ela para mudar de ideia, atravessei a Lexington para a Grand Central e segui por uma entrada lateral da estação.

Desci a rampa até o Oyster Bar e pedi uma dúzia de ostras de Blue Point. Chegaram rápido. Sorvi o caldo das conchas vazias e pedi mais meia dúzia, comendo-as sem pressa. Vinte minutos depois, afastei o prato e fui atrás de um telefone público. Disquei o número de Margaret Krusemark e deixei tocar dez vezes antes de desligar. Estava segura na Saks. Talvez ela desse uma passada na Bonwit's e na Bergdorf's antes de ir para casa.

O metrô arrastou minha carcaça recheada de ostras até a Times Square, onde fiz a baldeação para um trem expresso rumo ao norte da cidade, saltando na rua 57. Liguei para o apartamento de Margaret Krusemark da cabine telefônica da esquina e, mais uma vez, não tive resposta. Passando em frente à entrada do número 881 da Sétima Avenida, vi três pessoas esperando o elevador e segui até a esquina da rua 56. Acendi um cigarro e retornei. Agora o saguão estava vazio. Fui direto à escada de incêndio. Não queria me arriscar a ser reconhecido pelos ascensoristas.

Subir onze andares de escadas não é problema se você está treinando para uma maratona, mas não tem graça nenhuma com dezoito ostras dando cambalhotas dentro de você. Maneirei, descansando a cada dois andares, cercado pela cacofonia da mistura de uma dúzia de aulas de músicas as mais disparatadas.

Quando cheguei à porta de Margaret Krusemark, estava ofegante e meu coração martelava como um metrônomo acelerado. O corredor estava deserto. Abri minha maleta e peguei as luvas de látex. A fechadura era de uma marca padrão. Toquei a campainha várias vezes antes de procurar no meu molho de chaves mestras a mais apropriada.

A terceira que tentei funcionou. Peguei a maleta, entrei e encostei a porta. O cheiro de éter dominava o ambiente. Pairava no ar, volátil e aromático, trazendo de volta lembranças da enfermaria. Tirei meu .38 do sobretudo e me esgueirei pela parede do vestíbulo escuro. Não precisava ser um Sherlock Holmes para saber que algo estava muito errado.

No fim das contas, Margaret Krusemark não tinha ido fazer compras. Estava deitada de barriga para cima na sala de estar sob a luz do sol, esticada na mesinha de centro abaixo de todas aquelas palmeiras nos vasos. O sofá onde tínhamos tomado chá fora empurrado contra a parede, de forma que ela estava sozinha no centro do tapete, como uma imagem num altar.

Sua blusa estava rasgada na frente, e seus seios pequenos eram pálidos, mas de jeito algum desagradáveis de admirar, exceto pelo corte que abria seu tórax de um ponto abaixo do diafragma até o meio do esterno. O ferimento estava ensopado de sangue, filetes vermelhos atravessavam suas costelas e o líquido terminava empoçado no tampo da mesa. Pelo menos seus olhos estavam fechados; isso queria dizer alguma coisa.

Deixei de lado meu revólver e toquei seu pescoço com a ponta dos dedos. Através do látex fino, pude sentir que ela ainda estava quente. Sua aparência era tranquila, quase como se estivesse só dormindo, e algo muito parecido com um sorriso escorria de seus lábios. Do outro lado da sala, um relógio sobre a lareira badalou as horas. Eram cinco da tarde.

Encontrei a arma do crime sob a mesa de centro. Uma faca de sacrifícios asteca da coleção pessoal de Margaret Krusemark, a lâmina de obsidiana embaçada pelo sangue seco. Não toquei nela. Não havia sinal de luta. O sofá fora cuidadosamente movido de lugar. Era fácil fazer a reconstituição do crime.

Margaret Krusemark havia mudado de ideia quanto a ir às compras. Em vez disso, veio diretamente para casa, e o assassino estava à sua espera dentro do apartamento. Ele, ou ela, atacou-a por trás de surpresa e apertou um lenço embebido em éter em seu nariz e sua boca. Ela desmaiou antes de tentar lutar.

Um tapete embolado perto da entrada mostrava de onde a mulher tinha sido arrastada até a sala. Com cuidado, quase amorosamente, o assassino a ergueu até a mesa e afastou os móveis para ter espaço suficiente para trabalhar.

Dei uma boa olhada ao redor. Nada parecia ter sumido. A coleção de bugigangas místicas de Margaret Krusemark parecia intacta. Apenas a adaga obsidiana estava fora de lugar, e fora fácil encontrá-la. Não havia gavetas abertas, nenhum armário remexido. Nenhuma tentativa de simular uma invasão de um ladrão.

Perto da janela ampla, entre uma folhagem e outra, fiz uma pequena descoberta. Dentro da bacia sobre um tripé alto de bronze, havia uma protuberância brilhante cheia de sangue do tamanho aproximado de uma bola de tênis deformada. Parecia algo que um cachorro tinha levado para lá, e observei aquilo por um bom tempo antes de perceber o que era. O dia dos namorados nunca mais seria o mesmo. Era o coração de Margaret Krusemark.

Que coisa singela, o coração humano. Segue batendo dia após dia, ano após ano, até que alguém chega e o arranca fora, e ele acaba parecendo comida de cachorro. Dei as costas para o coração da bruxa de Wellesley sentindo todas as dezoito ostras se debatendo para sair.

Depois de algum tempo fuçando tudo, encontrei um pedaço de pano empapado em éter numa cesta de lixo de palha que estava no vestíbulo. Deixei-o lá para os rapazes da Homicídios terem com o que brincar. Eles que o levassem para a delegacia junto com o corpo para análise. Haveria o triplo de relatórios. Mas era trabalho deles, não meu.

Não havia muita coisa interessante na cozinha. Era uma cozinha qualquer: livros de receitas, panelas e frigideiras, uma prateleira de temperos, a geladeira cheia de sobras. Uma sacola da Bloomingdale's servia como lixeira, mas era apenas lixo: pó de café e ossos de galinha.

O quarto parecia mais promissor. A cama estava desarrumada, lençóis embolados com manchas de sexo. A bruxa não ficava sem seus feiticeiros. Num pequeno banheiro adjacente, encontrei a embalagem plástica de seu diafragma. Estava vazia. Se ela tivesse feito sexo esta madrugada, ainda deveria estar usando-o. Os rapazes da Homicídios também o encontrariam.

O armário de remédios no banheiro de Margaret Krusemark tinha prateleiras emoldurando os dois lados do espelho acima da pia. Aspirina, dentifrício, leite de magnésia e pequenos frascos de remédios disputavam espaço com potes de pós de odores esquisitos assinalados com símbolos alquímicos obscuros. Havia uma variedade de ervas aromáticas em latas de metal. Menta foi a única que reconheci pelo cheiro.

Uma caveira amarela sorria para mim por cima de uma caixa de lenços de papel. Havia um moedor e um pilão na prateleira ao lado do Tampax. Uma adaga de duas pontas, um exemplar da *Vogue*, uma escova de cabelos e quatro velas pretas e grossas superlotavam a tampa da caixa acoplada da privada.

Atrás de um pote de creme para o rosto encontrei uma mão humana decepada. Escura e atrofiada, estava lá como uma luva descartada. Quando a peguei, pesava tão pouco que quase a deixei cair no chão. Só não encontrei um olho de salamandra porque não procurei.

Havia um pequeno nicho ao lado do quarto onde ela trabalhava. Um fichário entulhado de mapas astrais de clientes não me dizia nada. Procurei na letra "F" pelo nome de Favorite e na "L" por Liebling, sem sucesso. Tinha também uma pequena fileira de textos de referência e um globo terrestre. Os livros estavam apoiados numa urna de alabastro lacrada, do tamanho de uma caixa de charutos. Esculpida na tampa havia uma cobra de três cabeças.

Folheei os livros na esperança de alguma anotação escondida, mas não encontrei nada. Mexendo na bagunça dos papéis na escrivaninha, um pequeno cartão preto chamou minha atenção. Uma estrela invertida de cinco pontas inscrita dentro de um círculo estava impressa no alto. Sobreposto dentro do pentagrama havia a cabeça de um bode com chifres. Abaixo estava escrito MISSA NIGER em letras rebuscadas. O texto também estava em latim. No fundo, havia os numerais: XXII. III. MCMLIX. Era uma data. Domingo de Ramos, dali a quatro dias. Encontrei ainda o envelope endereçado a Margaret Krusemark. Enfiei o cartão de volta e coloquei tudo na maleta.

Os outros papéis eram basicamente cálculos sobre constelações e horóscopos em desenvolvimento. Passei os olhos sem interesse e encontrei um com o meu nome escrito no alto. O tenente Sterne certamente iria gostar de pôr as mãos naquilo. Eu devia queimá-lo ou jogá-lo na privada, mas em vez disso, como um perfeito idiota, guardei em minha maleta.

Ao ver o horóscopo, resolvi checar o calendário da escrivaninha de Margaret Krusemark. Lá estava eu marcado na segunda-feira, dia 16: "H. Angel, 13h30". Arranquei a página e a pus dentro da maleta junto com as outras coisas. A página de hoje no calendário da escrivaninha mostrava um compromisso às cinco e meia. Meu relógio estava alguns minutos adiantado, mas já era quase cinco e vinte.

Ao sair deixei a porta do apartamento ligeiramente aberta. Que outra pessoa encontrasse o corpo e chamasse a polícia. Não quis fazer parte dessa confusão. Até parece! Já estava enrolado até o pescoço.

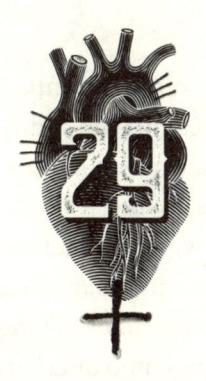

Não tive pressa ao descer as escadas de incêndio. Já havia me exercitado o suficiente por um dia. Quando cheguei ao saguão do prédio, não saí para a rua, mas segui pela passagem estreita que levava até a Carnegie Tavern. Sempre tomo um drinque após encontrar um cadáver. É um antigo costume de família.

O bar estava lotado do povo da happy hour. Forcei passagem com os cotovelos pela multidão e pedi um *manhattan* duplo com gelo. Quando chegou, dei um grande gole e quase engasguei, cambaleando até o telefone público.

Disquei o número de Epiphany Proudfoot e terminei meu drinque enquanto ouvia o telefone chamar para sempre. Havia algo de agourento na chamada não ser atendida. Desliguei, pensando em Margaret Krusemark aberta ao meio feito um peru de Natal onze andares acima. O número dela tinha sido o último que não respondia. Deixei meu copo vazio na prateleira abaixo do telefone e abri caminho até a rua.

Um táxi estava deixando um passageiro no meio do quarteirão em frente ao City Center Theatre e sua aparência de mesquita. Chamei e ele esperou com a porta aberta, mas eu ainda tive de me apressar para ganhar de uma mulher que atravessava a rua correndo, sacudindo um guarda-chuva dobrado.

O motorista era um negro que não pestanejou quando eu pedi para me levar na esquina da rua 123 com a Lenox. Provavelmente imaginou que eu estava indo a meu próprio funeral e ficou feliz em receber minha última gorjeta. Subimos pela cidade em silêncio. Um rádio transistor no banco da frente estava alto e sintonizado num DJ tagarela: "A estação da emoção, a sensação da nação...".

Vinte minutos depois, ele me deixou em frente à Farmacêuticos Proudfoot e foi embora na cadência do *rhythm-and--blues*. A loja permanecia fechada, a longa sombra verde visível atrás da porta de vidro como uma bandeira a meio mastro. Bati na porta e forcei a maçaneta, mas não tive sucesso.

Epiphany mencionou um apartamento em cima da loja, então fui até a entrada do prédio mais adiante na Lenox e verifiquei os nomes nas caixas de correio no saguão. Era o terceiro da esquerda: PROUDFOOT, 2-D. A porta do corredor estava destrancada e entrei.

O corredor estreito de azulejos tinha cheiro de urina e pés de porco cozidos. Subi os degraus de mármore desgastados até o segundo andar e ouvi um barulho de descarga em algum lugar acima. O apartamento 2-D ficava do outro lado do corredor. Toquei a campainha por precaução, mas ninguém atendeu.

A fechadura não era um problema. Tinha meia dúzia de chaves para tentar encaixar. Pus minhas luvas de látex e abri a porta, procurando instintivamente o cheiro de éter. A ampla sala de estar tinha janelas que davam tanto para a avenida Lenox quanto para a rua 123. Era decorada com mobília barata e funcional e esculturas africanas de madeira.

No quarto, a cama estava cuidadosamente feita. Um par de carrancas ladeava uma penteadeira de madeira olho de pássaro. Vasculhei as gavetas da cômoda e o armário, mas não encontrei nada além de roupas e objetos pessoais. Havia várias fotos em porta-retratos de prata numa mesa de cabeceira, todas da mesma mulher altiva e de traços delicados. Havia algo de Epiphany na curva lírica de sua boca, mas o nariz era mais achatado e os olhos selvagens como os de uma pessoa possuída. Eu estava olhando para Evangeline Proudfoot.

Ela havia treinado a filha para ser caprichosa. A cozinha estava limpa e em ordem, sem louça na pia ou migalhas sobre a mesa. Comida fresca na geladeira era o único sinal de que alguém vivia ali.

O último cômodo estava escuro como uma caverna. O interruptor não funcionava, então usei minha caneta-lanterna. Não queria tropeçar em nenhum corpo, então cheguei primeiro o chão. Provavelmente aquele cômodo devia ter sido um dormitório extra em outra época, mas há um bom tempo. O vidro da janela estava pintado no mesmo tom de azul-escuro que o das paredes e do teto. Acima dele, havia um arco-íris grafitado em tons de neon. Folhas e flores entrelaçavam-se ao longo de uma das paredes. Peixes e sereias mal desenhadas pinoteavam entre si. O teto se incendiava com estrelas e luas crescentes.

O espaço era um templo vodu. Um altar rústico de tijolos fora construído na parede. Aquilo lembrava uma tenda num mercado popular com seus cântaros de barro enfileirados. Uma elaborada cruz de ferro fundido pontificava no centro e servia de suporte a uma cartola de seda amarrotada. Uma muleta estava encostada num canto. Dúzias de tocos de vela se espalhavam derretidos abaixo de gravuras de santos católicos descolando-se dos tijolos como anúncios antigos. Cravado no assoalho em frente ao altar, um sabre enferrujado balançou-se levemente quando eu o toquei.

Vi vários chocalhos e um par de pratos de ferro sobre uma prateleira. Uma variedade de garrafas coloridas e vasos amontoavam-se ao lado deles. Um desenho infantil de um navio a vapor preenchia a maior parte da parede acima do altar.

Pensei em Epiphany em seu vestido branco, cantando e gemendo, enquanto tambores rufavam e os chocalhos sibilavam como cobras movendo-se sobre a grama seca. Lembrei-me do golpe que desferiu com seu pulso e do esguicho brilhante do sangue do galo na noite. Ao sair do *humfo*, bati com a cabeça num par de atabaques de madeira e couro que estavam pendurados no teto.

Vasculhei o armário do corredor sem achar nada, mas tive sorte na cozinha e encontrei uns degraus estreitos que levavam até a loja logo abaixo. Cheguei ao cômodo dos fundos tateando pelo estoque de raízes secas, folhas e pós sem saber o que procurar.

A parte da frente estava escura e vazia. Havia uma pilha de correspondência ainda fechada no balcão com tampo de vidro. Chequei com a luz da lanterna: uma conta de telefone, várias cartas de empresas fornecedoras de ervas, uma mensagem impressa do congressista Adam Clayton Powell e uma convocação à March of Dimes. Embaixo de tudo, havia um pôster de papelão. Meu coração deu um pulo. O rosto no pôster era de Louis Cyphre!

Ele usava um turbante branco. Sua pele parecia queimada pelo vento do deserto. No alto do pôster, estava impresso: EL ÇIFR, MESTRE DO DESCONHECIDO. Na parte de baixo havia a seguinte mensagem: "O ilustre e sábio el Çifr fará uma palestra para a congregação no Novo Templo da Esperança, na rua 144, 139, sábado, 21 de março, 1959. 20h30. O público está cordialmente convidado a comparecer. ENTRADA FRANCA".

Enfiei o pôster dentro de minha maleta. Quem resiste a um show de graça?

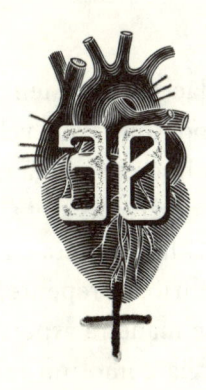

Após trancar o apartamento de Epiphany Proudfoot, caminhei até a rua 125 e peguei um táxi em frente ao Palm Cafe. O trajeto rumo ao centro da cidade pela West Side Highway me deu muito tempo para pensar. Olhei para o rio Hudson, mais escuro que o céu da noite, a passarela de um desfile de iluminados e luxuosos transatlânticos, parecendo um carnaval flutuante a se descortinar pelo píer.

Um carnaval da morte. Suba e veja a cerimônia de morte vodu! Corra, corra, corra! Não perca o sacrifício asteca! Pela primeira vez em cartaz! Aquilo era uma atração à parte. Bruxas e cartomantes. Um cliente de cara preta que se vestia como um xeique das Arábias. Eu fazia o papel de bobo neste picadeiro de horrores, entorpecido pelas luzes e truques de mágica. Os jogos de sombras representavam imagens que eu mal podia entender.

Precisava de um bar perto de casa. O Silver Rail, entre a rua 23 e a Sétima, ficava bem perto. Se saí de lá de porre à hora em que o lugar fechou, é algo de que não me lembro. Como encontrei minha cama em Chelsea permanece um mistério. Apenas os sonhos pareciam reais.

Sonhei que tinha sido acordado de um sono profundo pelos barulhos de gritos na rua. Fui até a janela e abri a cortina. Uma multidão fervilhava de calçada a calçada, uivando algo incompreensível, como uma única besta sinuosa.

Do meio dessa multidão avançou lentamente uma carroça de duas rodas puxada por um cavalo velho de lombo arqueado. No carro havia um homem e uma mulher. Tirei meu binóculo da maleta e observei mais atentamente. A mulher era Margaret Krusemark. O homem era eu.

Num instante de delírio, de repente, eu estava na carroça agarrado ao suporte de madeira áspera enquanto uma horda sem rosto se insurgia como um mar revolto. Margaret Krusemark sorria sedutoramente do outro lado da carroça cambaleante. Estávamos tão próximos que quase nos abraçávamos. Seria ela uma bruxa a caminho de ser queimada? Seria eu o carrasco?

A carroça seguiu. Acima da multidão, vislumbrei a silhueta inconfundível de uma guilhotina destacando-se acima dos degraus da ACM. O Reino do Terror. Condenado injustamente! A carroça chegou aos trancos e barrancos até os pés do cadafalso. Mãos grosseiras agarraram e arrancaram Margaret Krusemark de seu poleiro precário. A multidão ficou em silêncio, e deixaram-na subir os degraus por conta própria.

Em meio a primeira fila de espectadores, um revolucionário me chamou a atenção. Estava de preto e carregava uma lança. Era Louis Cyphre. Usava um gorro dos revolucionários franceses enfeitado com um distintivo nas três cores da bandeira da França. Quando me viu, acenou sua lança para mim e fez uma pseudorreverência.

Perdi o espetáculo no cadafalso. Tambores rufaram, a lâmina desceu e, quando olhei, o carrasco levantou-se de costas para mim exibindo a cabeça de Margaret Krusemark para uma multidão em êxtase. Ouvi chamarem meu nome e desci da carroça para dar lugar a um caixão. Louis Cyphre sorriu. Ele estava se divertindo.

O palco estava escorregadio de tanto sangue. Quase derrapei quando me virei para encarar a multidão agressiva. Um soldado me pegou pelo braço e meio que delicadamente me indicou a guilhotina.

"Você precisa se ajoelhar, meu filho", o padre falou.

Ajoelhei-me para uma última prece. O carrasco de pé a meu lado. Um sopro de vento levantou a aba preta de seu capuz. Reconheci o cabelo gomalinado e o sorriso debochado. Era Johnny Favorite!

Acordei gritando mais alto que o telefone que tocava. Busquei o fone como um afogado em busca de boia de salvação.

"Alô... alô? É Angel? Harry Angel?" Era Herman Winesap, meu procurador favorito.

"É ele." Minha língua parecia não caber na boca.

"Meu Deus, homem, por onde tem andado? Estou ligando para seu escritório há horas."

"Estava dormindo."

"Dormindo? São quase onze horas."

"Trabalhei até tarde", falei. "Detetives não obedecem aos mesmos horários que advogados de Wall Street."

Se ele se ofendeu, foi esperto o suficiente para não demonstrar nada.

"Gosto disso. Você tem de fazer seu trabalho da forma que achar melhor."

"O que houve de tão importante que você não pôde deixar um recado?"

"Ontem você não disse que queria se encontrar com o sr. Louis Cyphre?"

"Isso."

"Bom, ele sugeriu um almoço hoje."

"Mesmo lugar?"

"Não. O sr. Cyphre achou que você gostaria de comer no Le Voisin. Fica na Park, 575."

"A que horas?"

"Uma da tarde. Ainda dá tempo, se você não cair no sono de novo."

"Estarei lá."

Winesap desligou sem sua costumeira despedida cheia de rapapés. Arrastei meu corpo dolorido para fora da cama e fui mancando até o chuveiro. Vinte minutos de água quente e três xícaras de café preto fizeram-me sentir quase humano.

Trajando um terno de lã marrom bem passado, uma camisa branca recém-chegada da lavanderia e uma gravata sem manchas, eu estava pronto para o mais esnobe restaurante francês. Dirigi pela avenida Park rumo ao norte da cidade, atravessei o túnel da antiga ferrovia sob o distrito de Murray Hill e pelo viaduto que passava pelos dois lados da Grand Central como uma via expressa dividindo uma montanha. Quatro quarteirões adiante, a cúpula do edifício da New York Central Station interrompia a Park como um ponto de exclamação gótico cheio de ornamentos. A alça interna do elevado cuspia o tráfego sobre a parte de cima da Park, uma avenida que se metamorfoseava de um desfiladeiro uniforme de tijolos e alvenaria numa cordilheira antiséptica de torres com paredes de vidro.

Encontrei uma vaga perto da Igreja Científica Cristã na esquina da rua 63 com a Park e atravessei a avenida a pé no sentido leste. O toldo do Le Voisin alardeava um endereço na Park, mas a entrada ficava na rua 63. Entrei e deixei o casaco e a maleta guardados na chapelaria. Tudo naquele lugar sugeria a excelência do aval de clientes como a agência financeira Dun & Bradstreet.

O maître me saudou com distanciamento diplomático. Dei a ele o nome de Louis Cyphre, e ele me guiou passando pelo carrinho de sobremesas até uma mesa reservada de canto. Cyphre levantou-se quando nos viu chegando. Vestia calças de flanela cinza, um blazer azul-marinho e um lenço de seda vermelho e verde amarrado no pescoço num nó ascot. Um bordado com a insígnia do Clube de Tênis e Raquetebol adornava o bolso de cima do paletó. Destacada em sua lapela, havia uma pequena estrela de ouro. Estava de cabeça para baixo.

"Que bom vê-lo novamente, Angel", ele falou, apertando minha mão.

Nós nos sentamos e pedimos as bebidas. Eu, uma garrafa de cerveja importada em respeito a minha ressaca; Cyphre, um Campari e soda. Conversamos amenidades enquanto esperamos. Ele me contou sobre seus planos de viajar para Paris, Roma e o Vaticano durante a Semana Santa. Disse que o Domingo de Páscoa na Basílica de São Pedro era uma cerimônia verdadeiramente esplêndida. Havia marcado uma audiência com o papa. Fiquei olhando para ele sem demonstrar qualquer expressão e imaginei seu rosto aristocrático coroado por um turbante. El Çifr, mestre do desconhecido, encontra Sua Santidade, o sumo pontífice.

Escolhemos nossos pratos quando as bebidas chegaram. Cyphre falou com o garçom em francês, e não pude acompanhar o que ele estava dizendo. Conheço a língua o suficiente para tropeçar já no menu, então pedi "*tournedos Rossini*" e uma salada de endívias.

Assim que ficamos a sós, Cyphre falou: "E agora, sr. Angel, um relatório completo até o momento, se puder". Ele sorriu e bebeu um gole de seu drinque vermelho da cor de rubi.

"Há muito o que contar. Foi uma semana bem longa, e ainda não acabou. O dr. Fowler está morto. Oficialmente, foi suicídio, mas eu não apostaria nisso."

"Por que não? Ele estava exposto, sua carreira em perigo."

"Houve outras duas mortes, ambas por assassinato, e ambas ligadas a esse caso."

"Presumo que você não encontrou Jonathan?"

"Ainda não. Descobri muita coisa sobre ele, mas nada muito atraente."

Cyphre ficou mexendo no misturador de seu copo.

"Você acha que ele ainda está vivo?"

"Parece que sim. Fui ao Harlem na segunda-feira à noite para entrevistar um velho pianista de jazz chamado Edison Sweet. Tinha visto uma foto dele com Favorite tirada há uns anos e aquilo me interessou. Dei uma investigada e descobri que Sweet era membro de uma seita de vodu que tinha de tudo: tambores tom-toms, sacrifícios com sangue, o pacote completo. Lá pelos anos 1940, Johnny Favorite também frequentava a seita. Ele tinha juntado os trapos com uma sacerdotisa vodu chamada Evangeline Proudfoot e estava metido até o pescoço em feitiçaria. Soube disso tudo através de Sweet. No dia seguinte, ele foi morto. Era para parecer como um assassinato vodu, mas quem quer que tenha feito não entendia muito de *vévé*."

"*Vévé*?" Cyphre ergueu uma sobrancelha.

"Símbolos místicos do vodu. Estavam espalhados por toda a parede escritos em sangue. Uma especialista os identificou como falsos. Foram feitos para enganar."

"Você mencionou um segundo assassinato."

"Vou chegar lá, era minha outra pista. Eu estava curioso sobre a namorada grã-fina de Favorite e fui investigar nessa direção. Demorei a encontrá-la, apesar de ela ter estado debaixo de meu nariz o tempo todo. Era uma astróloga chamada Margaret Krusemark."

Cyphre se aproximou como uma vizinha fofoqueira.

"A filha do armador?"

"A própria."

"Diga-me o que aconteceu."

"Bom, tenho certeza de que ela e o pai foram o casal que tirou Favorite da clínica em Poughkeepsie. Fui até ela fingindo ser um cliente querendo fazer um mapa astral, e Krusemark conseguiu me passar a perna por um tempo. Quando finalmente percebi a tapeação, voltei ao apartamento dela para ver o que conseguia descobrir, e..."

"Você invadiu o apartamento?"

"Usei uma gazua."

"Uma o quê?"

"Uma chave mestra."

"Entendi", falou Cyphre. "Continue, por favor."

"Ok. Entrei no apartamento pensando em passar um pente-fino lá dentro, mas a coisa não saiu como eu esperava. Ela estava na sala, morta como uma peça de carne. Alguém tinha arrancado seu coração. Descobri isso também."

"Revoltante." Cyphre limpou os lábios com o guardanapo. "Não havia menção alguma a qualquer coração nos jornais de hoje."

"Os rapazes da Homicídios gostam de deixar de fora certos detalhes para poder avaliar todas as confissões dos malucos que aparecerem."

"Você chamou a polícia? Não vi nenhuma referência ao senhor no que eu li."

"Ninguém sabe que eu estive lá. Pulei fora. Não foi a coisa mais esperta a fazer, mas a lei já me ligou ao assassinato de Sweet, e eu não quis dar chance para eles me enquadrarem de novo."

Cyphre franziu a testa.

"Como exatamente você está ligado ao assassinato de Sweet?"

"Dei a ele meu cartão de visitas. Os tiras o encontraram na casa dele."

Cyphre pareceu não gostar.

"E a jovem Krusemark? Você também deu a ela um cartão?"

"Não. Estou limpo nessa. Encontrei meu nome no calendário da escrivaninha e um mapa astral que ela havia feito, mas trouxe comigo."

"Onde eles estão agora?"

"Num lugar seguro. Não se preocupe."

"Por que não os destrói?"

"Foi meu primeiro pensamento. O mapa astral, no entanto, pode levar a algum lugar. Quando Margaret Krusemark perguntou minha data de nascimento, dei a de Favorite."

A essa altura chegou o garçom com nosso pedido. Destampou os pratos com um floreio de mágico, e um outro garçom se materializou trazendo uma garrafa de Bordeaux. Cyphre deu seguimento ao ritual de cheirar a rolha e provar uma amostra antes de aprová-lo com um gesto de cabeça. Foram servidas duas taças, e os garçons se retiraram, silenciosos como batedores de carteira em meio à multidão.

"Château Margaux 1947", Cyphre falou. "Um ano excelente para o Haut-Medoc. Tomei a liberdade de pedir algo que combinasse com ambos os pratos."

"Obrigado", falei. "Não sou muito fã de vinho."

"Vai gostar desse." Ele ergueu a taça. "À continuação de seu sucesso. Creio que tenha deixado meu nome de fora quando a polícia o contactou?"

"Quando eles tentaram me coagir, dei o nome de Winesap e disse que estava trabalhando para ele. Assim, eu tinha o mesmo direito ao sigilo que os advogados têm."

"Raciocínio rápido, sr. Angel. E quais são suas conclusões?"

"Conclusões? Não cheguei a nenhuma."

"Você acha que Jonathan matou essas pessoas?"

"Sem chance."

"Por que não?" Cyphre encheu o garfo de patê.

"Porque a história toda me parece sob encomenda. Acho que estão querendo que Favorite pague o pato."

"Hipótese interessante."

Bebi um gole de vinho e dei de cara com seu olhar gélido.

"O problema é que não sei por quê. As respostas estão enterradas no passado."

"Desenterre-as. Vá fundo, homem."

"Meu trabalho seria muito mais fácil, sr. Cyphre, se parasse de me enganar."

"Como assim?"

"O senhor não tem me ajudado em nada. Tudo o que eu sei sobre Johnny Favorite tive de descobrir por conta própria. O senhor nunca me deu nenhuma pista. E, no entanto, esteve envolvido com ele. Tinham um negócio em curso. O senhor e esse humilde menino órfão que corta pombos ao meio e carrega uma caveira na mala. Tem muita coisa que o senhor não quer abrir para mim."

Cyphre cruzou os talheres sobre o prato.

"A primeira vez que vi Jonathan, ele trabalhava como auxiliar de garçom. Se havia caveiras na mala dele, eu não fazia a menor ideia. Terei o maior prazer em lhe contar o que quiser saber."

"Ok. Por que o senhor está usando uma estrela de cabeça para baixo?"

"Isso?" Cyphre olhou para a lapela. "Ora, você tem razão, está torta." Ele a virou para cima cuidadosamente em sua botoeira. "É a insígnia dos Filhos da República. Uma dessas zelosas organizações patrióticas. Fizeram-me membro honorário por ter dado uma contribuição em dinheiro.

Não há mal algum em parecer patriota." Cyphre inclinou-se para a frente, seu sorriso mais branco que o de um anúncio de produtos dentais. "Na França, eu sempre uso as três cores da bandeira."

Fiquei olhando para seu sorriso deslumbrante, e ele piscou para mim. Um calafrio de terror percorreu meu corpo como uma corrente elétrica. Me senti congelar, incapaz de me mover, hipnotizado pelo sorriso imaculado de Cyphre. Era o mesmo sorriso que vi aos pés do cadafalso. *Na França, eu sempre uso as três cores da bandeira.*

"O senhor está bem, sr. Angel? Parece um pouco pálido."

Ele estava brincando comigo. Aquele homem tinha o sorriso do Gato de Cheshire de *Alice no País das Maravilhas*. Cruzei minhas mãos no colo para que ele não pudesse ver que estavam tremendo.

"Algo que engoli", falei. "Ficou preso na garganta."

"O senhor precisa ter mais cuidado. Uma coisa dessas pode sufocar um homem."

"Estou bem. Não precisa se preocupar. Nada vai me impedir de descobrir a verdade."

Cyphre pôs seu prato de lado, o sofisticado patê comido pela metade.

"A verdade, sr. Angel, é uma caça que pode nos iludir."

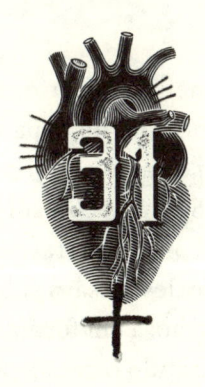

Dispensamos a sobremesa em prol de conhaque e charutos. As *panatelas* de Cyphre eram tão boas quanto o cheiro que exalavam. Nada mais foi dito sobre o caso. Tentei manter a conversa da melhor maneira que consegui, mas o sentimento de pavor descera por minha garganta feito um cisto. Teria eu imaginado aquela piscada debochada? Ler mentes é o truque mais antigo do mundo, mas saber disso não impedia meus dedos de tremerem.

Saímos juntos do restaurante. Um Rolls-Royce cinza-prata esperava na calçada. O chofer uniformizado abriu a porta de trás para Louis Cyphre.

"Vamos manter contato", ele falou, apertando minha mão antes de entrar no carro espaçoso. O interior brilhava com a madeira lustrada e o couro, como um clube exclusivo para homens. Permaneci na calçada observando-os dobrarem a esquina suavemente.

Meu Chevy pareceu um tanto surrado quando liguei o motor e segui para o centro da cidade. Ele fedia como o interior de um cinema da rua 42, um ranço de tabaco e memórias esquecidas. Dirigi pela Quinta Avenida, seguindo a faixa verde deixada pelo desfile de dois dias atrás. Na rua 45, virei para o lado oeste. Havia uma vaga no meio do quarteirão entre a Sexta e a Sétima, e eu a peguei.

Na antessala do meu escritório, encontrei Epiphany Proudfoot dormindo no sofá de napa cor de canela. Vestia um terno de lã em tom de ameixa sobre uma blusa de cetim cinza de gola ampla. Seu casaco azul-marinho estava dobrado sob sua cabeça como um travesseiro. Uma valise de couro de boa qualidade descansava sobre o chão. Seu corpo formava uma curva graciosa em forma de "z", as pernas dobradas, os braços segurando o casaco azul. Estava tão adorável quanto a figura de proa de um veleiro.

Toquei seu ombro de leve, e suas pálpebras tremeram.

"Epiphany?"

Seus olhos se arregalaram, brilhando como âmbar polido. Levantou a cabeça.

"Que horas são?", perguntou.

"Quase três."

"Tarde assim? Estava tão cansada."

"Há quanto tempo está esperando aqui?"

"Desde as dez. Seus horários não são muito regulares."

"Tive uma reunião com meu cliente. Onde você estava ontem à tarde? Fui até sua loja, mas não tinha ninguém."

Ela se sentou, pondo os pés no chão.

"Fiquei na casa de um amigo. Estou com medo de ir para casa."

"Por quê?"

Epiphany olhou para mim como seu eu fosse um menino bobo.

"O que acha?", disse. "Primeiro, Toots foi morto. Depois, fiquei sabendo pelos jornais que a mulher que foi noiva de Johnny Favorite tinha sido assassinada. Pelo que sei, eu sou a próxima."

"Por que a chama de 'mulher que foi noiva de Johnny Favorite'? Sabe o nome dela?"

"Por que eu deveria saber?"

"Não banque a espertinha comigo, Epiphany. Segui você até o apartamento de Margaret Krusemark quando saiu daqui ontem. Ouvi vocês duas conversando. Acha que eu sou um idiota?"

Suas narinas se dilataram e a luz, incidindo em seus olhos, os fez brilhar como pedras preciosas.

"Estou tentando salvar minha vida!"

"Fazer jogo duplo comigo não é a maneira mais inteligente de conseguir isso. O que exatamente você e Margaret Krusemark estavam tramando?"

"Nada. Até ontem, eu nem sabia quem ela era."

"Você pode fazer melhor que isso, Epiphany."

"Como? Inventando?" Ela contornou a mesinha e se aproximou. "Depois que eu liguei para você, recebi um telefonema dessa mulher, Margaret Krusemark. Ela me contou que foi amiga de minha mãe há muito tempo. Queria me visitar, mas eu falei que precisava ir ao centro da cidade, então ela me convidou até o apartamento dela quando eu pudesse. Não houve qualquer menção a Johnny Favorite até eu chegar lá. Essa é a verdade."

"Tudo bem", falei, "Vou acreditar em você. Não tem ninguém para desmentir. Onde você passou a noite de ontem?"

"No Plaza. Imaginei que um hotel chique seria o último lugar que alguém pensaria em procurar por uma menina negra do Harlem."

"Ainda está lá?"

Epiphany fez que não com a cabeça.

"Não posso pagar. Além disso, eu não me senti segura de verdade. Não preguei olhos."

"Você deve se sentir segura aqui", falei. "Estava dormindo como um bebê quando entrei."

Ela ergueu a mão delicada e alisou a gola de meu sobretudo.

"Me sinto muito mais segura agora que você chegou."

"Eu, o bravo detetive?"

"Não se deprecie." Epiphany agarrou as duas golas e se aproximou ainda mais. Seu cabelo estava limpo e fresco como linho seco ao sol. "Você precisa me ajudar", ela falou.

Ergui seu queixo até que nossos olhos se encontraram e passei a ponta dos dedos por sua bochecha.

"Pode ficar na minha casa. É mais confortável que dormir no escritório."

Ela agradeceu, solene, como se eu fosse um professor de música e tivesse lhe ensinado uma lição bem-sucedida.

"Vou levar você para lá agora", falei.

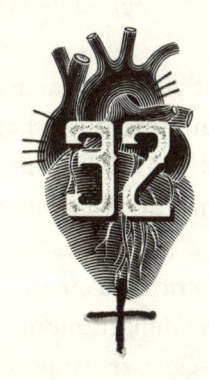

Estacionei o Chevy perto da esquina da Oitava Avenida com a rua 23 em frente à velha Grand Opera House, que já fora o quartel-general da Erie Railroad. Uma fortaleza onde "Jubilee" Jim Fisk, o especulador do preço do ouro, se protegeu de acionistas irados e onde ele foi velado de corpo presente após Ned Stokes atirar nele nas escadas dos fundos do Grand Central Hotel. O prédio atualmente é um cinema da R.K.O.

"Onde fica o Grand Central Hotel?", Epiphany perguntou enquanto eu trancava o carro.

"Na parte sul da Broadway, acima da rua Bleecker. Agora se chama Broadway Central. Há muito tempo atrás, já se chamou La Farge House."

"Você conhece muito bem a cidade", ela falou, pegando em meu braço enquanto cruzávamos a avenida.

"Detetives são como motoristas de táxi. Nós incorporamos a geografia ao trabalho." Tinha guiado Epiphany por uma espécie de passeio turístico durante todo o trajeto até o centro. Ela pareceu gostar de fazer o papel de turista e estimulou meu exibicionismo me enchendo de perguntas eventuais.

A fachada de ferro fundido de um antigo edifício comercial na rua 23 chamou a atenção dela.

"Acho que nunca estive nessa parte da cidade antes."

Passamos pelo restaurante Cavanaugh's.

"Diamond Jim Brady, o milionário do ramo das ferrovias, costumava cortejar a atriz e cantora Lillian Russell ali. Lá pelo século XIX, esse distrito estava bastante na moda. Madison Square era o centro da cidade, e na altura da Sexta ficavam todas as lojas de departamento chiques: Stern Brothers, Altman's, Siegel-Cooper, Hugh O'Neill's. Os antigos edifícios agora são usados como moradia, mas sua arquitetura foi preservada. É aqui que eu moro."

Epiphany ergueu o pescoço para ver a extravagância vitoriana de tijolos aparentes do Chelsea. Seu sorriso me dizia que estava encantada pelas varandas de ferro embelezando cada andar.

"Qual o seu?"

Indiquei com o dedo.

"Sexto andar. Sob o arco."

"Vamos entrar", ela falou.

Afora a lareira com seus grifos pretos esculpidos, o saguão de entrada era pouco atraente. Epiphany não se ateve a ele por mais tempo do que se dedicou às placas de bronze do lado de fora. Fixou o olhar numa mulher de cabelos brancos que saiu do elevador automático com um leopardo preso a uma coleira.

Eu morava num quarto e sala com uma pequena cozinha americana e uma varanda minúscula que dava para a rua. Não era tão exuberante para os padrões nova-iorquinos, mas, para os olhos de Epiphany, equivaleu à mansão de J.P. Morgan quando eu abri a porta.

"Adoro tetos altos", ela falou, jogando o casaco no encosto do sofá. "Fazem a gente se sentir importante."

Peguei o casaco dela e o pendurei com o meu no armário embutido.

"É mais alto que o Plaza?"

"Mais ou menos o mesmo tamanho. Aqui os cômodos são maiores."

"Mas não tem o Palm Court no térreo. Posso lhe servir uma bebida?"

Ela gostou da ideia, então fui à cozinha e preparei um *highball* para nós dois. Quando voltei trazendo os copos, ela estava encostada no batente da porta olhando para a cama de casal no outro cômodo.

"Essas são as acomodações", falei, entregando-lhe o drinque. "A gente dá um jeito."

"Tenho certeza", ela falou, sua voz sugestivamente rouca. Deu um gole, aprovou, e sentou-se no sofá perto da lareira. "Ela funciona?"

"Funciona quando eu me lembro de comprar lenha."

"Eu vou lembrar você. É um crime não usar."

Abri minha maleta e mostrei a ela o folheto de el Çifr.

"Sabe alguma coisa sobre esse cara?"

"El Çifr? Ele é uma espécie de *swami*.[1] Anda pelo Harlem há anos, pelo menos desde que eu era menina. Tem uma pequena seita própria, mas prega onde for chamado: para Daddy Grace, os muçulmanos, qualquer um. Uma vez até no púlpito da Igreja Batista Abissínia. Recebo seus folhetos pelo correio algumas vezes por ano e exponho na vitrine da loja da mesma forma que faço para a Cruz Vermelha ou para a Irmã Kenny. Sabe como é, serviço de utilidade pública."

---

[1] Título honorífico hindu atribuído tanto a homens quanto a mulheres. O termo provém do sânscrito e significa "aquele que sabe e domina a si mesmo".

"Você já o viu pessoalmente?"

"Nunca. Por que quer saber sobre Çifr? Ele tem algo a ver com Johnny Favorite?"

"Talvez. Não posso dizer com certeza."

"Quer dizer, você não quer."

"Vamos deixar as coisas claras. Não tente arrancar informações de mim", respondi.

"Desculpe. Era só curiosidade. Imagino que eu tenha parte nisso tudo também."

"Sim, mas não é culpa sua. Por isso é melhor nem saber de certas coisas."

"Tem medo de que eu conte para mais alguém?"

"Não", falei. "Tenho medo de que alguém ache que você tem algo a contar."

O gelo chacoalhou dentro do copo vazio de Epiphany. Preparei um novo drinque para ela e outro para mim e sentei-me ao seu lado no sofá.

"Saúde", ela falou, enquanto tocamos nossos copos.

"Vou ser honesto com você, Epiphany", falei. "Eu não estou mais perto de encontrar Johnny Favorite do que estava na primeira noite que encontrei você. Ele era seu pai. Sua mãe deve ter falado sobre ele. Tente se lembrar de algo que ela possa ter contado, por mais insignificante que pareça."

"Ela quase não falava dele."

"Ela deve ter contado alguma coisa."

Epiphany ficou brincando com seu brinco, um pequeno camafeu com moldura em ouro.

"Mamãe falava que ele era uma pessoa de força e poder. Chamava de mágico. *Obeah* era apenas uma das muitas sendas que ele explorou. Mamãe dizia que ele ensinou muitas coisas sobre magia negra, mais do que ela queria saber."

"O que quer dizer com isso?"

"Se brincar com fogo, pode acabar saindo queimado."

"Sua mãe não tinha interesse em magia negra?"

"Mamãe era uma boa mulher, tinha o espírito puro. Uma vez, ela me contou que Johnny Favorite estava tão perto do verdadeiro mal quanto ela nunca quis chegar."

"Talvez fosse esse o poder de atração dele", falei.

"Pode ser. Um cafajeste sempre faz o coração de uma garota bater mais rápido."

O seu está batendo mais rápido agora?, eu me perguntei.

"Consegue se lembrar de algo mais que sua mãe contou?"

Epiphany sorriu, seu olhar firme como o de um gato.

"Bom, tem uma coisa, sim. Ela dizia que ele era um amante incrível."

Pigarreei. Ela recostou nas almofadas do sofá à espera que eu desse o próximo passo. Pedi licença e fui até o banheiro. A empregada, para não ter de ir até a despensa, havia deixado o esfregão e o balde encostados no espelho que ocupava uma parede inteira. O guarda-pó cinzento ficara pendurado no cabo do esfregão como uma sombra fora de lugar.

Enquanto subia o zíper das calças, olhei meu reflexo no espelho. Disse para mim mesmo que era um idiota de me envolver com uma suspeita. Seria imprudente e antiético, além de perigoso. Volte ao trabalho e durma no sofá. Meu reflexo me respondeu com um olhar malicioso e inconsequente.

Epiphany sorriu quando voltei à sala. Tinha tirado os sapatos e o blazer. Seu pescoço esguio corria pelo colarinho aberto de sua blusa com uma graça que me lembrava águias voando.

"Quer mais um?", perguntei, pegando seu copo vazio.

"Por que não?"

Preparei duas doses generosas esvaziando a garrafa, e quando entreguei um dos copos à Epiphany, percebi que os dois botões de cima da blusa estavam abertos. Pendurei meu paletó no encosto da cadeira e afrouxei o nó da gravata. Os olhos cor de topázio de Epiphany seguiam cada movimento meu. O silêncio tomou conta de nós como se estivéssemos numa redoma de vidro.

Minha pulsação martelava em minhas têmporas enquanto eu caía de joelhos ao seu lado no sofá. Peguei seu drinque pelo meio e o coloquei ao lado do meu na mesinha de centro. Os lábios de Epiphany abriram-se levemente. Ouvi-a respirar fundo quando agarrei sua nuca e a puxei para mim.

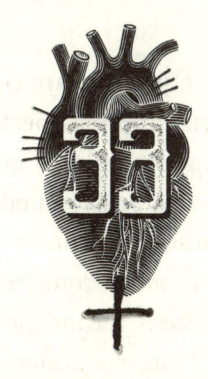

Nossa primeira vez no sofá foi uma embolação frenética de roupas e membros. Três semanas sem sexo não ajudaram a melhorar minhas habilidades. Prometi uma performance melhor se tivesse uma segunda chance.

"Não tem nada a ver com chance." Epiphany deslizou pelos ombros sua blusa desabotoada. "Sexo é a forma como falamos aos deuses."

"Vamos continuar a conversa no quarto?" Eu me livrei das calças e da cueca.

"Estou falando sério." Ela disse, sussurrando, enquanto tirava minha gravata e desabotoava devagar minha camisa. "Existe uma história mais antiga que Adão e Eva. Que o mundo começou com a cópula dos deuses. Nós dois juntos somos como um espelho da Criação."

"Não fique tão séria."

"Não é sério, é bom." Ela jogou o sutiã no chão e abriu a saia amarrotada. "A fêmea é o arco-íris; o macho, o raio e o trovão. Aqui. Assim."

Apenas de meias finas e cinta-liga, Epiphany arqueou as costas suavemente com a destreza de um mestre iogue. Seu corpo era ágil e forte. Músculos delicados ondularam-se por baixo de sua pele morena. Era fluida como o voo de pássaros.

Ou um arco-íris, nesse caso: suas mãos tocaram o chão por trás dela, as costas dobradas num arco perfeito. Seus movimentos lentos, tranquilos, eram como todas as maravilhas da natureza, um vislumbre da perfeição. Curvou o corpo até ficar apoiada apenas pelos ombros, pelos cotovelos e pelas solas dos pés. Era a posição mais carnal que eu já tinha visto qualquer mulher assumir.

"Sou o arco-íris", ela murmurou.

"O raio bate duas vezes." Eu me ajoelhei em frente a ela como um sacristão febril e agarrei o altar de suas coxas abertas, mas o clima se rompeu quando ela se aproximou mais, como uma dançarina de limbo, e me engoliu. O arco-íris tinha virado uma tigresa. Esfregava seu abdome retesado em mim.

"Não se mexa", ela sussurrou, contraindo músculos escondidos numa pulsação ritmada. Foi difícil não gritar no momento em que gozei.

Epiphany aninhou-se em meu peito. Rocei meus lábios na testa úmida dela.

"É melhor com tambores", ela disse.

"Você faz isso em público?"

"Tem vezes que os espíritos se apoderam de você. *Banda* ou *bambouché*, tem vezes em que você pode dançar e beber a noite inteira, sim, e trepa até o amanhecer."

"O que é *banda* e *bambouché*?"

Epiphany sorriu e ficou brincando com meus mamilos.

"*Banda* é uma dança em homenagem a *Guédé*.[1] Muito selvagem e sagrada, e sempre feita no *hounfort* da *société*. O que você chama de templo vodu."

"Toots chamava de *humfo*."

"Dialeto diferente, mesma palavra."

"E *bambouché*?"

---

1   Família dos espíritos que encarnam os poderes de morte e fertilidade no vodu haitiano.

"*Bambouché* é só uma festa. Membros da *société* liberando um pouco de energia."

"Algo como uma quermesse?"

"Sim, mas bem mais animado."

Passamos a tarde como crianças, nus, rindo, tomando banho, atacando a geladeira, conversando com os deuses. Epiphany encontrou uma estação porto-riquenha no rádio e dançamos até o suor tomar conta de nossos corpos. Quando sugeri sairmos para jantar, minha *mambo* me levou até a cozinha, prendendo o riso, e lambuzou nossas genitálias de chantili. Foi um banquete mais doce que o Cavanaugh's jamais havia servido a Diamond Jim e a sua gorducha Lil.

Quando escureceu, pegamos nossas roupas do chão e fomos para o quarto, acendendo várias velas encontradas na gaveta da despensa. Em meio à luz difusa, o corpo dela brilhava como fruta recém-colhida. Quis prová-la por inteiro.

Entre uma degustação e outra conversamos. Perguntei a Epiphany onde ela tinha nascido.

"No Hospital da Mulher na rua 110. Mas fui criada pela minha avó até os seis anos em Bridgetown, Barbados. E você?"

"Numa cidadezinha em Wisconsin que você nunca ouviu falar. Nas redondezas de Madison. Hoje é provável que faça parte da cidade."

"Não parece que tenha voltado lá muitas vezes."

"Não voltei desde que me alistei no Exército. Foi na semana logo depois de Pearl Harbor."

"Por que não? Não deve ser tão ruim."

"Não havia mais nada para mim lá. Meus pais morreram quando eu estava no hospital do Exército. Eu devia ter ido para casa para os enterros, mas não tinha condições de viajar. Depois que recebi alta, só me restavam vagas lembranças."

"Você era filho único?"

Fiz que sim com a cabeça.

"Adotado. Mas isso fez com que eles me amassem ainda mais." Disse isso como um escoteiro prestando juramento. A crença no amor deles era o que eu tinha em vez de patriotismo. Essa crença me fizera suportar os anos que varreram até as feições deles de minha memória. Por mais que eu tentasse, me lembrava apenas de fotografias embaçadas do passado.

"Wisconsin", Epiphany falou. "Não me admira que você mencione quermesses."

"E também danças de quadrilha, carros envenenados, venda de bolos, 4-H[2] e festas do barril."

"Festas do barril?"

"Uma espécie de *bambouché* de alunos do colégio."

Ela adormeceu em meus braços, e eu permaneci acordado por um bom tempo, observando-a. Seus seios de pera erguiam-se e baixavam com o movimento delicado de sua respiração, os mamilos parecendo confeitos de chocolate sob a luz da vela. Suas pálpebras tremiam quando sombras de sonhos passavam sob elas. Parecia uma menina. Sua expressão inocente não tinha semelhança alguma com o êxtase estampado no rosto dela quando avançou sobre mim como uma tigresa.

Foi loucura me envolver com Epiphany. Aqueles dedos finos sabiam como manusear uma faca. Ela sacrificou animais sem o menor escrúpulo. Se foi ela quem matou Toots e Margaret Krusemark, eu estava em apuros.

Não me lembro de quando caí no sono. Adormeci ainda tentando reter meus sentimentos de ternura por uma garota

2   Organização global sem fins lucrativos criada em 1902
     em sociedades rurais, que visa a incutir nos jovens a ideia
     do compromisso, levando um sentido prático às atividades na terra
     e na pecuária. Em inglês, os 4 "H" são *head, heart, hands, health*
     — cabeça, coração, mãos e saúde — desenvolvendo assim a cidadania,
     liderança, responsabilidade e habilidades para a vida desses jovens.

sobre a qual eu tinha todos os motivos para acreditar ser extremamente perigosa, exatamente como estava escrito nos avisos de "Procurado".

Meus sonhos foram uma sucessão de pesadelos. Imagens violentas e distorcidas alternaram-se com cenas de completa desolação. Estava perdido numa cidade cujo nome não sabia. As ruas estavam vazias, e, quando cheguei a uma encruzilhada, as placas de sinalização estavam todas em branco. Nenhum dos prédios me pareceu familiar: não tinham janelas e eram muito altos.

Avistei a silhueta de alguém ao longe afixando um cartaz a uma parede. À medida que ia colando as tiras, uma imagem começou a se formar. Aproximei-me. O rosto de Louis Cyphre sorria no cartaz, seu sorriso de coringa indo de orelha a orelha como o do sr. Tilyou no parque Steeplechase. Chamei o operário e ele se virou segurando sua escova de cabo longo. Era Cyphre. Estava rindo.

O cartaz partiu-se ao meio e abriu-se como uma cortina de teatro revelando uma série sem fim de colinas arborizadas. Cyphre jogou no chão sua escova e o pote de cola e correu para dentro dela. Fui atrás, esquivando-me dos arbustos como uma pantera. De alguma forma, eu o perdi de vista e, com isso, veio a revelação de que eu também tinha me perdido.

A trilha estreita que segui serpenteava por parques e prados. Parei para beber num pequeno riacho e encontrei uma pegada no musgo da margem. Momentos depois, um grito agudo rompeu a tranquilidade.

Ouvi-o uma segunda vez e corri em sua direção. Um terceiro grito me levou até a ponta de uma pequena clareira. Do outro lado, um urso atacava uma mulher. Corri até eles. O enorme animal sacudia sua vítima inerte como uma boneca de pano. Vi o rosto da garota coberto de sangue. Era Epiphany.

Joguei-me contra o urso sem pensar duas vezes. A besta se ergueu sobre as patas traseiras e me golpeou em cheio com a pata dianteira. Não havia dúvida quanto às feições daquele urso. Apesar das presas e do focinho escorrendo, o animal era idêntico a Cyphre.

Quando recobrei a consciência esparramado a alguns metros de distância, vi Cyphre. Estava nu em meio ao mato alto e em vez de atacar Epiphany, estava fazendo amor com ela. Rastejei em sua direção e agarrei-o pelo pescoço, afastando-o da menina, que gemia. Lutamos ao lado dela sobre a grama. Apesar de ele ser mais forte, consegui dominá-lo pela garganta. Apertei até seu rosto escurecer, cheio de sangue. Epiphany gritava atrás de mim. Seus gritos me acordaram.

Estava sentado na cama, os lençóis ao meu redor como uma mortalha. Minhas pernas enganchadas na cintura dela. Seus olhos estavam esbugalhados de terror e dor. Eu a tinha agarrado pela garganta, minhas mãos a estrangulavam. A garota não gritava mais.

"Ah, meu Deus! Você está bem?"

Epiphany respirava com dificuldade buscando um canto seguro da cama quando saí de cima dela.

"Você ficou maluco?", falou, tossindo.

"Às vezes, acho que sim."

"O que deu em você?" Ela esfregou o pescoço onde os hematomas deixados por meus dedos danificaram sua pele perfeita.

"Não sei. Quer um pouco d'água?"

"Sim, por favor."

Fui até a cozinha e voltei com um copo de água gelada.

"Obrigada." Ela deu um sorriso quando lhe entreguei o copo. "É assim que você trata todas as suas namoradas?"

"Geralmente, não. Estava sonhando."

"Que tipo de sonho?"

"Alguém estava machucando você."

"Alguém que você conhece?"

"Sim. Tenho sonhado com ele todas as noites. Sonhos loucos, violentos. Pesadelos. E o mesmo homem surge sempre, debochando de mim. Causando dor. Hoje, sonhei que ele estava machucando você."

Epiphany largou o copo e pegou em minha mão.

"Parece que um *boko* colocou uma poderosa *wanga* sobre você."

"Traduza para mim, boneca."

Epiphany riu.

"É melhor eu ensinar rápido. Um *boko* é um *hungan* do mal. Que pratica apenas magia negra."

"Um *hungan*?"

"Um sacerdote de *Obeah*. O mesmo que uma *mambo*, como eu, só que homem. *Wanga* é o que você chamaria de maldição. Uma espécie de bruxaria, feitiço. O que você me conta de seus sonhos me faz crer que um feiticeiro se apoderou de você."

Senti meu coração disparar.

"Alguém está usando magia contra mim?"

"É o que parece."

"Poderia ser o homem que aparece em meus sonhos?"

"Provavelmente. Você o conhece?"

"Mais ou menos. Digamos que me envolvi com ele nos últimos tempos."

"É Johnny Favorite?"

"Não, mas está quente."

Epiphany segurou meu braço.

"É o tipo de trabalho sujo em que meu pai estava metido. Ele era um adorador do diabo."

"E você não é?" Mexi no cabelo dela.

Epiphany se afastou, ofendida.

"É isso que você acha?"

"Eu sei que você é uma *mambo* de vodu."

"Sou uma *mambo* de alto nível. Trabalho para o bem, mas isso não significa que eu não conheça o mal. Quando seu adversário é poderoso, é melhor ficar atento."

Enlacei-a com meu braço.

"Você acha que pode fazer um feitiço que me proteja durante os sonhos?"

"Se você tiver fé, posso."

"Estou começando a acreditar mais a cada minuto. Desculpe se machuquei você."

"Tudo bem." Ela beijou minha orelha. "Conheço um jeito de fazer toda a dor ir embora."

E assim ela fez.

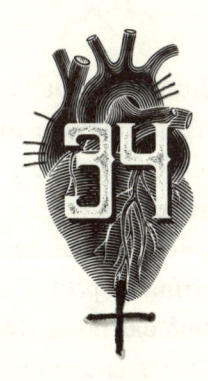

Abri os olhos e vi partículas de poeira dançando numa estreita fatia de luz do sol. Epiphany estava deitada a meu lado, as cobertas jogadas sobre o braço esguio e os ombros cor de canela. Sentei-me e peguei um cigarro, me ajeitando sobre o travesseiro. O raio de sol dividia a cama, contornando a topografia de nossos corpos como uma estrada fina e dourada.

Inclinei-me e beijei as pálpebras de Epiphany quando começaram a socar a porta da frente. Somente um tira se anunciaria com esse tipo de batida.

"Vamos! Abra logo, Angel!" Era Sterne.

Os olhos de Epiphany se abriram aterrorizados. Fiz sinal de silêncio com o dedo sobre os lábios.

"Quem é?" Fiz minha voz parecer como se estivesse bêbado de sono.

"O tenente Sterne. Anda logo, Angel, não temos o dia todo."

"Já vou."

Epiphany sentou-se, olhos arregalados, implorando em silêncio por alguma explicação.

"São policiais", cochichei. "Não sei o que eles querem. Provavelmente apenas conversar. Pode ficar aqui."

"Vamos, Angel!" Sterne berrou.

Epiphany sacudiu a cabeça, pulando do quarto com passos largos. Ouvi a porta do banheiro se fechando cuidadosamente, quando me levantei e chutei suas roupas espalhadas no chão para debaixo da cama. As batidas continuavam sem trégua. Peguei a valise dela e a enfiei na prateleira de cima do armário sob minhas malas vazias.

"Já vai, já vai!", gritei, vestindo um roupão de banho amarrotado. "Não precisa derrubar a porta."

Na sala, encontrei uma das meias de Epiphany pendurada no encosto do sofá. Amarrei-a em minha cintura por debaixo do roupão e destranquei a porta da frente.

"Já não era sem tempo", Sterne bufou, entrando direto. O sargento Deimos veio logo atrás, vestindo um terno de poliéster verde-oliva e um chapéu-panamá com fita xadrez. Sterne vestia o mesmo terno de lã de antes, mas sem a capa de chuva cinza.

"Vocês rapazes trazem o frescor da primavera", falei.

"Dormindo até tarde como sempre, Angel?" Sterne deslizou para trás da cabeça o chapéu manchado de suor e deu uma olhada geral na sala desarrumada. "O que aconteceu aqui, uma briga?"

"Cruzei com um parceiro antigo dos tempos da guerra e acho que acabamos dando uma festinha ontem à noite."

"Que vidão, não é, Deimos?" Sterne falou. "Festeja a noite toda, bebe no escritório, dorme quando tem vontade. Fomos uns babacas em entrar para a polícia. Qual o nome desse seu parceiro de guerra?"

"Pound", improvisei. "Ezra Pound."

"Ezra? Parece nome de fazendeiro."

"Mas não é. Ele tem uma loja de autopeças em Hailey, Idaho. Pegou um voo hoje cedo no Idlewild. Saiu daqui direto para o aeroporto às cinco da manhã."

"É verdade isso?"

"E eu mentiria para você, tenente? Olha só, preciso urgentemente de um café. Vocês se importam se eu fizer um pouco?"

Sterne sentou-se no braço do sofá.

"Vá em frente. Se a gente não gostar, jogamos na privada."

Como uma deixa, um barulho de descarga veio do banheiro.

"Tem alguém aí?", perguntou o sargento Deimos, empurrando a porta do banheiro com o polegar.

A porta se abriu e Epiphany surgiu carregando o balde e o esfregão. Vestia o guarda-pó cinza da empregada, seus cabelos amarrados num pedaço de pano sujo, e assim ela apareceu na sala, desleixada como uma velha caquética.

"O banheiro tá todo limpo por hoje, sr. Angel", ela falou, gemendo, seu sotaque anasalado era puro *Amos 'n' Andy*.[1] "Já que o senhor tá com visita, vou voltar mais tarde para terminar, se tiver tudo bem pra você."

"Está ótimo, Ethel", falei, engolindo um sorriso enquanto ela passava arrastando os pés. "Eu devo sair logo, então volte quando achar melhor."

"Sim, senhor. Volto sim, senhor." Ela estalou os lábios como se as dentaduras estivessem escorregando e seguiu para a porta. "'Dia, senhores. Espero não ter atrapalhado por demais."

Sterne ficou olhando para ela de boca aberta. Deimos apenas coçou a nuca. Fiquei imaginando se eles notaram que ela estava descalça, e prendi a respiração até a porta se fechar.

"Essa macacada", Sterne murmurou. "Nunca deviam ter saído da selva."

---

[1] Programa de rádio que foi ao ar dos anos 1920 aos 1950 e nesta década virou sitcom na TV, sobre as aventuras de dois negros que viviam no interior e foram para Chicago em busca de uma vida melhor.

"Ah, Ethel é boa gente", falei, enchendo a cafeteira na cozinha. "É meio tapada, mas mantém a casa arrumada e limpa."

O sargento Deimos deu um risinho.

"É, tenente, alguém tem de limpar a privada."

Sterne olhou para o parceiro com ar de reprovação, como se limpar privadas fosse uma tarefa para a qual o sargento estivesse melhor qualificado. Regulei a chama do fogo em meu fogão de duas bocas.

"Por que os cavalheiros queriam me ver?" Coloquei uma fatia de pão na torradeira.

Sterne se levantou do sofá e foi até o vestíbulo, encostando-se no nicho ao lado da geladeira.

"O nome Margaret Krusemark lhe diz algo?"

"Não muito."

"O que sabe dela?"

"Apenas o que li nos jornais."

"Quê...?"

"Que era filha de um milionário e foi assassinada outro dia."

"Algo mais?"

"Não posso me manter atualizado sobre todos os assassinatos da cidade. Tenho que cuidar de meu próprio trabalho."

Sterne mudou de posição e olhou para um ponto no teto acima da minha cabeça.

"E quando exatamente você faz isso? Quando está sóbrio?"

"O que é isso aqui?", gritou da sala o sargento Deimos. Olhei para ele através do corredor. Estava de pé em frente à minha maleta aberta e pegou o cartão de visitas que eu havia encontrado na escrivaninha de Margaret Krusemark.

Sorri.

"Isso? O convite para a primeira comunhão de meu sobrinho."

Deimos encarou o cartão.

"Por que está escrito em língua estrangeira?"

"É latim", falei.

"Com ele, tudo é em latim", disse Sterne, entre os dentes.

"O que significa esse símbolo no alto?" Deimos apontou para o pentagrama invertido.

"Dá para ver que vocês não são católicos", falei. "É o emblema da Ordem de Santo Antônio. Meu sobrinho é coroinha."

"Parece com o mesmo símbolo que a srta. Krusemark estava usando."

Minha torrada pulou da torradeira, e eu a cobri com bastante manteiga.

"Talvez ela também fosse católica."

"Não era católica coisa nenhuma", Sterne disse. "Estava mais para pagã."

Mastiguei minha torrada.

"E qual é a importância disso? Pensei que estivessem investigando a morte de Toots Sweet."

O olhar de peixe morto de Sterne alcançou o meu.

"É isso mesmo, Angel. Acontece que o *modus operandi* de ambos os assassinatos é bastante parecido."

"Acha que estão conectados?"

"Talvez eu devesse perguntar a você."

O café começou a borbulhar e baixei o fogo.

"E no que eu iria ajudar? É bom perguntar também ao rapaz da portaria lá embaixo."

"Não dê uma de espertinho, Angel. O crioulo pianista estava envolvido com vodu. A bruaca da Krusemark era doida por astrologia e coisas do gênero, e pelo que vi chegada a um pouco de magia negra também. Os dois foram apagados na mesma semana, com apenas um dia de diferença, sob circunstâncias extremamente parecidas, por uma pessoa ou pessoas desconhecidas."

"De que forma eram essas circunstâncias parecidas?"

"Isso é só da esfera policial."

"Então como posso ajudar se não sei o que vocês querem?" Tirei três canecas do armário e as alinhei no balcão da cozinha.

"Você está escondendo algo de nós, Angel?"

"E por que eu não deveria fazer isso?" Desliguei o fogo e servi o café. "Não trabalho para a polícia."

"Escuta aqui, ô malandro: eu liguei para seu cliente no centro. Parece que você se deu bem: pode ficar de bico calado que a gente não tem como pôr as mãos em você. Mas se eu descobrir que você violou uma única lei, nem que seja uma multa de trânsito, vou vir em cima de você como um trator. Você não vai conseguir autorização de trabalho nessa cidade nem para uma barraquinha de amendoins."

Dei um gole no café, saboreando seu aroma quente.

"Eu sempre obedeço a lei, tenente", falei.

"Isso é papo furado! Caras como você estão sempre se safando da lei. Em breve, você vai vacilar, e eu vou estar na cola."

"Seu café está esfriando."

"Foda-se o café!", Sterne rosnou. Os lábios dele se arreganharam sobre seus dentes tortos e amarelos e ele deu um safanão nas canecas, jogando-as para fora do balcão. Elas bateram na parede e se espatifaram no chão. Sterne ficou olhando pensativo para a mancha marrom como um apreciador de uma galeria de arte da rua 57. "Parece que fiz uma bagunça", ele falou. "Não tem problema. A neguinha passa um pano quando eu sair."

"E quando isso seria?", perguntei.

"Quando eu estiver a fim."

"Por mim, tudo bem." Levei minha xícara de volta para a sala e me sentei no sofá. Sterne olhou para mim como se eu fosse uma coisa nojenta em que ele tivesse acabado de pisar. Deimos olhou para o teto.

Segurei a xícara com ambas as mãos e simplesmente os ignorei. Deimos começou a assoviar, mas desistiu depois de quatro notas dissonantes. *São meus tiras de estimação*, eu diria, se algum amigo os visse ao vir me visitar. *São mais companheiros que periquitos e me protegem em caso de assaltos.*

"Tá certo. Vamos cair fora", Sterne grunhiu. Deimos se adiantou, como se a iniciativa fosse dele.

"Voltem logo", falei.

Sterne enterrou o chapéu na cabeça.

"Vou estar à sua espera para ver você vacilar, bundão." Ele bateu a porta com violência suficiente para derrubar da parede uma litografia de Currier & Ives.

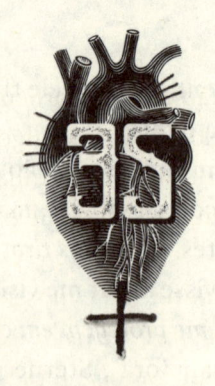

O vidro ficou trincado na moldura. Era o desenho de um raio congelado ziguezagueando em meio à luta de Great John L. e Jake Kilrain. Pendurei-o de volta na parede e ouvi uma batida de leve na porta.

"Pode entrar, Ethel. Está aberta."

Epiphany espreitou o local, ainda com sua bandana de trapo amarrada nos cabelos.

"Eles foram embora para sempre?"

"Provavelmente não. Mas por hoje não incomodam mais a gente."

Ela trouxe o balde e o esfregão para o vestíbulo e fechou a porta. Encostou-se nela e começou a rir. Havia uma ponta de histeria na risada, e, quando a tomei em meus braços, senti seu corpo tremer sob o guarda-pó.

"Você foi incrível", falei.

"Espere até ver como eu deixei a privada limpa."

"Para onde você foi?"

"Eu me escondi na escada de incêndio até que ouvi eles irem embora."

"Está com fome? Tem café pronto e ovos na geladeira."

Preparamos o café da manhã, uma refeição que eu costumo não fazer, e trouxemos nossos pratos para a sala. Epiphany molhou sua torrada na gema do ovo.

"Eles encontraram alguma coisa minha?"

"Na verdade, eles não estavam procurando. Um deles bisbilhotou minha maleta. Encontrou algo que peguei no apartamento da Krusemark, mas não tinham ideia do que era. Na verdade, nem eu mesmo sei o que é."

"Posso ver?"

"Por que não?" Levantei-me e mostrei o cartão a ela.

"*MISSA NIGER*", ela leu. "*Invito te venire ad clandestinum ritum...*" Ela segurava o cartão como se fosse um ás de espadas.

"É o anúncio de uma Missa Negra."

"Uma o quê?"

"Missa Negra. Um tipo de cerimônia mágica, adoração ao diabo. Não sei muita coisa a respeito."

"Então como você tem certeza?"

"Porque é o que está escrito. 'Missa niger' é como se fala missa negra em latim."

"Você sabe latim?"

Epiphany riu com prazer.

"O que mais você aprende depois de dez anos num colégio de freiras?"

"Colégio de freiras?"

"Isso. Estudei no Sagrado Coração. Minha mãe não gostava muito do sistema das escolas públicas. Acreditava em disciplina. 'Essas freiras com certeza vão enfiar algum juízo nessa cabeça dura', ela costumava dizer."

Dei uma risada.

"A princesa do vodu no Sagrado Coração. Adoraria ver seu álbum de fotografias da escola."

"Um dia eu mostro. Eu era representante de turma."

"Aposto que sim. Pode traduzir tudo isso?"

"Fácil", Epiphany sorriu. "Está escrito: 'Você está convidado a participar de uma cerimônia secreta pela glória de Nosso Senhor Satã e de seu poder'. É só isso. Depois vem a data, 22 de março, e a hora, nove da noite. E aqui embaixo está escrito 'Estação de metrô da rua 18'."

"E esse símbolo? Essa estrela invertida com a cabeça de bode? Tem ideia do que significa?"

"Estrelas são um símbolo importante em todas as religiões que eu conheço: estrela do Islã, estrela de Belém, estrela de davi. O talismã de Agove Royo tem estrelas."

"Agove Royo?"

"*Obeah*."

"Esse convite tem alguma coisa a ver com vodu?"

"Não, não. Isso é adoração ao demônio." Epiphany ficou penalizada com minha ignorância. "O bode é um símbolo do diabo. Uma estrela invertida significa má sorte. Provavelmente também um símbolo satânico."

Agarrei Epiphany e a envolvi em meus braços.

"Você vale seu peso em ouro, gatinha. E *Obeah* tem algum demônio?"

"Muitos."

Ela sorriu para mim e eu dei um tapa no traseiro de Epiphany. Belo traseiro.

"Está na hora de dar uma reciclada em meus estudos de magia negra. Vamos nos vestir e ir até uma biblioteca. Você pode me ajudar com o dever de casa."

Estava uma linda manhã, quente o suficiente para sair sem casaco. Os raios de sol reluziam nas partículas de mica das calçadas. Faltava um dia para o início oficial da primavera, mas não veríamos um tempo bom como esse de novo até maio. Epiphany vestia sua saia de pregas e suéter e parecia uma estudante. Enquanto dirigia até a Quinta, num local onde as pequenas estátuas de Mercúrio eram encimadas pelos sinais de trânsito, perguntei qual era a idade dela.

"Fiz dezessete no último dia 6 de janeiro."

"Jesus, você não tem idade nem para comprar bebida."

"Não é verdade. Quando estou arrumada, me servem bebida sem nenhum problema. Nunca pediram meu RG no Plaza."

Acreditei nela. Em seu blazer cor de ameixa parecia cinco anos mais velha.

"Você não é um pouco jovem demais para cuidar da loja?"

O jeito divertido de Epiphany Proudfoot continha uma ponta de deboche.

"Fiquei responsável pelo estoque e pela contabilidade desde que minha mãe adoeceu", ela falou. "Só fico no balcão à noite. Durante o dia, tenho dois funcionários."

"E o que faz durante o dia?"

"Estudo a maior parte do tempo. Vou à aula. Sou caloura na faculdade."

"Bom. Você deve estar acostumada com bibliotecas. Vou deixar a pesquisa por sua conta."

Esperei na sala principal de leitura enquanto Epiphany pesquisava o fichário. Estudantes de todas as idades ficavam sentados em longas mesas de madeira onde abajures, devidamente numerados, estavam posicionados com precisão, como prisioneiros numa fila. O teto da sala era tão alto quanto o de uma estação de trens, com enormes lustres que pareciam bolos de casamento de cabeça para baixo pendurados na vastidão do salão em estilo greco-renascentista. Apenas uma eventual tosse abafada perturbava o silêncio reinante naquela catedral.

Encontrei uma cadeira vazia numa ponta da mesa de leitura. O número do abajur correspondia ao de uma plaqueta de bronze oval aparafusada à superfície da mesa à minha frente: 666. Lembrei-me do maître esnobe no Top of the Six e troquei de lugar; 724 me pareceu bem melhor.

"Espere até ver o que encontrei." Epiphany despejou na mesa uma braçada de livros, levantando uma nuvem de pó.

Cabeças se viraram em nossa direção ao longo da mesa. "Alguns são lixo, mas tem uma edição do *Livro de Magias do Papa Honório*, edição particular impressa em Paris em 1754."

"Eu não sei francês."

"É em latim. Eu traduzo. Aqui tem um mais novo que é ilustrado."

Peguei o volume gigantesco e abri ao acaso numa pintura medieval de página inteira de um monstro com chifres, escamas de lagarto e cascos no lugar de pés. Chamas brotavam de suas orelhas e de suas presas, destacando sua boca arreganhada. Tinha a legenda: SATÃ, PRÍNCIPE DO INFERNO.

Folheei várias páginas. Uma gravura em madeira da era elizabetana mostrava uma mulher de saia-balão ajoelhada atrás de um diabo nu com o tipo físico de um salva-vidas. Ele tinha asas, cabeça de bode e unhas compridas e assustadoras como as de Slovenly Peter. A mulher abraçava as pernas dele, seu nariz aninhado diretamente sob a cauda levantada da criatura. Ela sorria.

"O beijo abominável", Epiphany disse, olhando por cima de meus ombros. "Era assim que uma bruxa tradicionalmente selava sua aliança com o diabo."

"Imagino que não tinham cartórios naquela época." Virei mais algumas páginas, passando por uma sucessão de demônios e similares. Havia muitas estrelas de cinco pontas invertidas na seção de talismãs. Encontrei uma com o número 666 impresso no centro e mostrei a Epiphany. "O número que menos gosto."

"É do Livro das Revelações."

"É isso mesmo?"

"Da Bíblia: 'Aquele que tem entendimento, calcule o número da besta, pois ele é o número de um homem, e seu número é seiscentos e sessenta e seis'."

"É verdade?"

Epiphany franziu a testa para mim por cima de seus óculos de leitura.

"Você não sabe de nada?"

"Não muito, mas estou aprendendo rápido. Eis aqui uma mulher com o mesmo nome do restaurante onde comi ontem." Mostrei a Epiphany a gravura de uma mulher gorda vestindo um capuz de camponesa.

"*Voisin* significa 'vizinho' em francês", ela disse.

"Aquelas freiras fizeram mesmo um bom trabalho com você. Aqui, leia a legenda."

Epiphany pegou o livro e leu num sussurro as letras miúdas abaixo da ilustração: "Catherine Deshayes, chamada La Voisin, uma cartomante da alta sociedade e feiticeira. Organizava Missas Negras para a marquesa de Montespan, amante do rei Luís XIV, bem como para outros notáveis da corte. Presa, torturada, julgada e executada em 1680".

"Exatamente o livro que a gente precisa."

"É interessante, mas o que realmente vale a pena está aqui: *Malleus Maleficarum* e *A Descoberta da Bruxaria*, de Reginald Scott, *Magick*, de Aleister Crowley, e *Segredos de Albertus Magnus*, e..."

"Ok, maravilha. Quero que você vá para casa e se enrosque no sofá com um bom livro. Marque quaisquer passagens que ache que eu deva ler, especialmente coisas que se refiram à Missa Negra."

Epiphany me deu aquele tipo de olhada que uma professora dá para o aluno mais burro da sala.

"Essa é uma biblioteca apenas para consultas. Não se pode pegar emprestado nenhum dos livros daqui."

"Bom, eu não posso ficar. Tenho de trabalhar."

"Tem uma livraria lá embaixo." Epiphany começou a empilhar os livros. "Vou ver quantos desses estão à venda."

"Perfeito. Você é demais. Tome a chave lá de casa." Abri a carteira e dei a ela uma nota de vinte dólares. "Para o táxi e para o que mais você precisar."

"Eu tenho dinheiro."

"Guarde com você. Eu posso precisar pegar algum de volta."

"Não quero ficar sozinha."

"Mantenha a corrente na porta. Você vai ficar bem."

Epiphany desceu comigo até o imponente salão da entrada de mármore branco, seguindo pelos degraus largos que levavam à Quinta Avenida. Ela estava com medo, e isso a fazia parecer uma garotinha. Nosso intenso beijo de língua mereceu olhares de reprovação de dois homens de negócios e também muitos aplausos e assobios de um engraxate mais empolgado sentado aos pés da estátua de leão que ornamentava a entrada da biblioteca.

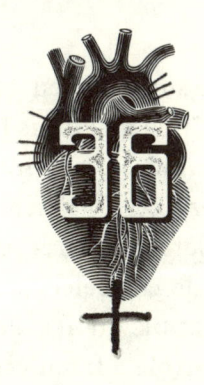

Deixei o Chevy na garagem e voltei a pé para a Broadway pelo lado ensolarado da rua 44. Não tinha pressa e estava aproveitando o tempo bom quando vi Louis Cyphre vindo da entrada principal do hotel Astor. Usava uma boina marrom, um casaco Norfolk de tweed, calças de gabardine e botas de montaria muito bem engraxadas. Numa das mãos enluvadas, trazia uma surrada bolsa de viagem de couro.

Observei-o dispensando com um aceno a oferta de um porteiro por um táxi. Ele acelerou o passo em direção ao centro e passou pelo edifício Paramount. Pensei em alcançá-lo, mas imaginei que ele estivesse indo para meu escritório, então decidi poupar energia. Não precisei segui-lo, estava muito perto dele. No entanto, quando chegou à entrada de meu prédio e seguiu adiante sem parar, instintivamente recuei e me demorei em frente a uma vitrine, a curiosidade a toda. Ele atravessou a rua 42 e virou a oeste. Fiquei observando-o da esquina, depois mantive seu ritmo, seguindo-o do outro lado da rua.

Cyphre se destacava na multidão. Não era tão difícil em meio a cafetões, maloqueiros, viciados e fugitivos infestando a rua 42, principalmente quando se está vestido como se estivesse indo ao National Horse Show no Garden. Imaginei que seu destino fosse provavelmente o terminal rodoviário. Cyphre me surpreendeu no meio do quarteirão e entrou no Museu e Circo de Pulgas Hubert.

Atravessei em disparada o trânsito das quatro vias em mão dupla como "Crazy Legs" Hirsch[1] se evadindo dos jogadores da linha de defesa, apenas para dar de cara com um cartaz na entrada do estabelecimento. Letras garrafais anunciavam: O INCRÍVEL DR. CIPHER. Fotos mostravam meu cliente usando uma cartola e fraque como o mágico Mandrake. LOTAÇÃO LIMITADA, estava escrito.

No andar térreo do Hubert havia um fliperama, o palco ficava no subsolo. Entrei, comprei uma entrada e encontrei um lugar em meio à escuridão em frente a uma mureta de madeira compensada que batia na altura do peito e desencorajava a participação do público. No palco pequeno e muito iluminado, uma rechonchuda dançarina de dança do ventre rodopiava ao som de um lamento árabe. Contei nas sombras cinco outros espectadores além de mim.

Que diabos o elegante Louis Cyphre estava fazendo numa espelunca como esta? Apresentações em circos de pulgas não bancam limusines e advogados de Wall Street. Talvez apresentações em público o excitassem. Ou então era uma armadilha. Uma encenação com o objetivo de me fisgar.

Quando o disco arranhado chegou ao fim, alguém nos bastidores pegou a agulha e pôs a música para tocar novamente. A dançarina parecia entediada. Olhava para o teto, a cabeça longe. Quando o mesmo trecho da música se repetia pela terceira vez, o aparelho foi desligado e ela saiu rapidamente para a coxia. Ninguém aplaudiu.

---

[1] Jogador de futebol americano que tinha um jeito peculiar de correr durante suas jogadas, daí o apelido.

Nós seis olhamos para o palco vazio sem reclamar até que um velho esquisito vestindo um colete vermelho e cintas elásticas nas mangas da camisa apareceu.

"Senhoras e senhores", ele falou, arquejante, "é com profunda admiração e respeito que apresento o incrível, o misterioso, o inesquecível dr. Cipher. Vamos dar a ele uma recepção calorosa." O velho foi o único a aplaudir quando ele apareceu.

As luzes diminuíram até a escuridão. Ouviu-se um baque surdo e cochichos na coxia como em apresentações amadoras, seguidos por um flash ofuscante que cegou a todos. As luzes voltaram a se acender imediatamente, mas meus olhos demoraram uns instantes para retomar o foco. Uma aura azul-esverdeada pairava em torno da figura no palco, confundindo seus traços.

"Quem de nós sabe como nossos dias vão terminar? Quem pode dizer se haverá um amanhã?" Louis Cyphre estava sozinho, no centro do palco, cercado por delicados anéis de fumaça e pelo cheiro de magnésio queimado. Vestia uma casaca preta comprida e um colete de dois botões. Uma pequena mala preta dobrável do tamanho de uma caixa porta-pães estava sobre uma mesa a seu lado. "O futuro é um texto não escrito, e aquele que ousar ler essas páginas em branco o fará por sua conta e risco."

Cyphre tirou suas luvas brancas e, com um estalar de dedos, elas sumiram. Pegou uma varinha de ébano da mesa e gesticulou em direção à coxia. A dançarina do ventre reapareceu, seu corpo roliço coberto por uma capa de veludo que ia até o chão.

"O tempo pinta um quadro que ninguém pode ignorar." Cyphre fez com a mão um pequeno movimento circular acima da cabeça da dançarina. Seguindo o comando, ela começou a fazer uma pirueta. "Qual de nós ousaria olhar para o resultado final? Uma coisa é se olhar no espelho diariamente, lá as nuances da mudança passam despercebidas."

A dançarina virou-se de costas para o público. Seu cabelo negro e sedoso brilhava sob a luz. Cyphre empunhou a varinha de ébano como uma espada e falou: "Aqueles que se atrevem a querer prever o futuro, olhem para mim com terror!".

A dançarina do ventre virou-se para o público: era uma velha decrépita e desdentada. Longos fios de cabelos grisalhos emolduravam sua aparência acabada. Um olho cego reluzia como cerâmica vitrificada sob a luz dos holofotes. Não a vi colocando nenhuma máscara, portanto o efeito de sua transformação foi devastador. O bêbado ao lado sobressaltou-se e ficou logo sóbrio na escuridão.

"A carne é mortal, meus amigos", o dr. Cipher entoou. "E o desejo crepita e se apaga como uma vela no vento invernal. Cavalheiros, ofereço-lhes os prazeres que há pouco vocês tanto fantasiaram."

Fez um gesto com a varinha e a dançarina abriu sua capa pesada. Ela ainda vestia o bustiê ornado com borlas, mas seus seios enrugados estavam murchos por baixo dos tapa-mamilos de paetês. O ventre, antes vigoroso, agora pendia frouxo entre quadris esqueléticos. Era simplesmente uma outra mulher, não tinha como falsear aqueles joelhos inchados pela artrite e as coxas flácidas.

"A que fim nos destinamos?" O dr. Cipher sorriu como um médico geriátrico atendendo um doente em casa. "Obrigado, querida; muito esclarecedor." Ele dispensou a velha com um movimento da varinha, e ela saiu mancando do palco. Houve uma tentativa de aplauso.

Ele ergueu a mão.

"Obrigado, meus amigos.", assentiu graciosamente. "O túmulo jaz ao final de toda trilha. Apenas a alma é imortal. Guardem este tesouro com carinho. Seu invólucro decadente é apenas um barco temporário numa viagem sem fim.

"Vou lhes contar uma história: quando eu era jovem e estava começando a viajar, iniciei uma conversa com um marinheiro aposentado num bar à beira-mar em Tangier. Meu companheiro naval era alemão, nascido na Silésia, mas aproveitava seus últimos dias sob o sol do Marrocos, passando o inverno em Marrakech e os verões bebendo no porto que lhe aprouvesse.

"Comentei com ele que havia encontrado um ancoradouro confortável.

"'Tenho navegado com tranquilidade nos últimos 45 anos', ele respondeu.

"'Você é um homem de sorte', falei, 'por não ter enfrentado nenhuma das tempestades da vida.'

"'Sorte?' O velho homem do mar riu. 'Você chama isso de sorte? Considere-se um sortudo, então. Este ano eu devo passar desta para melhor.'

"Pedi a ele para me explicar. Ele me contou a história exatamente como vou relatar. Quando tinha a minha idade e saiu navegando pela primeira vez, encontrou um velho que vasculhava as areias das praias em Samoa e ele lhe deu uma garrafa contendo a alma de um contramestre espanhol que certa vez navegara com a armada do rei Felipe. Qualquer doença ou infortúnio que porventura viesse a lhe acontecer cairia sobre este prisioneiro atormentado. Como a alma deste espanhol veio a ser aprisionada nesta garrafa ele não sabia, mas ao completar setenta anos, ele teria que passá-la adiante ao primeiro jovem que a aceitasse ou sofreria as consequências de assumir o lugar do conquistador desafortunado que estava dentro dela.

"Aqui o velho alemão olhou para mim com tristeza. Tinha apenas um mês antes de completar 71 anos. 'É hora', ele disse, 'de aprender do que se trata a vida.'

"Ele me deu a garrafa. Uma garrafa rústica de rum, o vidro da cor de âmbar, e ela certamente tinha centenas de anos. Era lacrada com uma tampa de ouro."

O dr. Cipher esticou a mão atrás da malinha preta sobre a mesa e pegou a garrafa.

"Vejam." Ele a colocou em cima da mala. Sua descrição fora precisa, omitindo apenas a sombra instável que se agitava dentro da garrafa.

"Vivi uma vida longa e feliz; mas ouçam..." Nós seis esticamos os pescoços para ouvi-lo. "Ouçam...." A voz de Cyphre diminuiu até virar um sussurro. Ao silêncio que se seguiu, veio um fino lamento baixinho, como vários clipes de papel sacudindo dentro de uma taça de cristal. Esforcei-me para entender o que era aquele som. Parecia vir de dentro da garrafa cor de âmbar.

"*Ayúdame... ay-ú-da-me...*" Repetidas vezes, a mesma frase melódica e fantasmagórica.

Tentei ver os lábios de Louis Cyphre se movendo. Seu sorriso ia além das luzes da ribalta. Um riso selvagem, de um prazer incontido.

"Destino misterioso", ele falou. "Por que eu deveria viver uma vida livre de dor enquanto outra alma humana está condenada à angústia eterna, enclausurada numa garrafa de rum?" Ele retirou um saco de veludo preto de dentro do bolso e enfiou a garrafa dentro dele. Apertando os cordões bem apertados, colocou o saco em cima da pequena mala. Seu sorriso refletia as luzes da ribalta. Sem fazer nenhum barulho, ele girou a varinha com graça e bateu com ela no saco preto. Não se ouviu barulho de vidro quebrando. O saco vazio foi jogado para cima e habilmente capturado. Louis Cyphre o embolou na mão, transformando-o numa bola amassada, e o enfiou no bolso, agradecendo os aplausos com um leve movimento de cabeça.

"Quero lhes mostrar outra coisa", ele disse. "Mas antes preciso enfatizar que não sou adestrador de animais, apenas coleciono coisas exóticas."

Ele deu um toque na maleta preta com a varinha.

"Comprei o conteúdo desta caixa em Zurique de um comerciante egípcio que conheci anos antes em Alexandria. Ele afirmava que o que estão prestes a ver eram almas originalmente encantadas na corte do papa Leão x. Uma diversão para sua imaginação de Médici. Parece algo impossível, não?"

O dr. Cipher soltou os fechos de metal que prendiam a pequena mala e a abriu, formando um tríptico. Surgiu um teatro em miniatura, com cenário e fundo pintados obedecendo à perspectiva meticulosa da Renascença italiana. O palco estava repleto de ratos brancos, todos vestidos em roupas de seda e brocados como personagens da *commedia dell'arte*. Havia Pierrô e Colombina, Scaramouche e Arlequim. Cada qual caminhava sobre as patas traseiras, numa pantomima sofisticada. O tilintar metálico de uma caixa de música acompanhava as intrincadas acrobacias.

"O egípcio garantiu que eles nunca morreriam", Cyphre falou. "Um exagero, talvez. Só posso dizer que, em seis anos, nunca perdi nenhum."

Os minúsculos artistas caminhavam na corda bamba e sobre bolas coloridas, brandiam espadas de palitos de fósforos e sombrinhas, davam cambalhotas e caíam sentados com precisão milimétrica.

"Presumivelmente, seres encantados não precisam de alimento." O dr. Cipher inclinou-se sobre a maleta e observou deliciado a performance dos animais. "Dou água e comida a eles diariamente. Devo acrescentar que o apetite dos bichos é incrível."

"Fantoches", resmungou no escuro o homem ao meu lado. "Só podem ser de brinquedo."

Como se tivesse ouvido, Cyphre baixou o braço e o Arlequim subiu pela manga de seu casaco e empoleirou-se, fungando, sobre seu ombro. O encanto fora quebrado. Tratava-se apenas de um roedor vestido num minúsculo traje com desenhos de diamantes. Cyphre pegou o bicho pela cauda cor-de-rosa e devolveu o pequeno Arlequim de volta ao palco, onde ele começou a marchar sobre as duas patas dianteiras, algo impossível para um rato.

"Como podem ver, eu não preciso de televisão." O dr. Cipher dobrou as laterais da miniatura de palco, fechando-o, e prendeu-as com os fechos. Havia no alto uma alça e ele levantou a caixa da mesa como uma mala. "Toda vez que a caixa se abre, eles atuam. Até o *show business* tem seu Purgatório."

Cyphre enfiou a varinha debaixo do braço e jogou algo sobre a mesa. Um clarão de luz branca me deixou cego por alguns instantes. Pisquei e esfreguei os olhos. O palco estava vazio. Sobre ele, apenas uma mesa simples de madeira embaixo do holofote.

A voz de Cyphre ecoou, amplificada, vinda de um alto-falante escondido: "Zero, o ponto intermediário entre o positivo e o negativo, é um portal através do qual todo homem deverá eventualmente passar".

O velho com as cintas nas mangas da camisa surgiu no palco e levou a mesa para a coxia enquanto uma gravação gasta de "Night Train" vinha do alto-falante. A dançarina do ventre reapareceu, forte e rosada, e começou a dançar com movimentos tão mecânicos quanto o som que vinha da música. Subi rápido as escadas bambas. O arrepio de terror que senti no restaurante francês havia voltado. Meu cliente estava brincando comigo, enganando minha mente como um trapaceiro depenando os trouxas no truque do monte de três cartas.

Do lado de fora, um rapaz gordo numa camisa cor-de-rosa, calça cáqui e sapatos brancos sujos removia as fotos dos mostruários de vidro. Um viciado nervoso vestindo uma jaqueta camuflada e tênis o observava.

"Grande espetáculo", falei para o gordinho. "Esse dr. Cipher é uma maravilha."

"É esquisito, isso sim", ele falou.

"É a última apresentação?"

"Acho que é."

"Queria dar os parabéns a ele. Posso ir ao camarim?"

"Ele acabou de ir embora." Ele soltou uma foto de meu cliente do quadro de avisos e a enfiou num envelope de papel pardo. "Ele não gosta de ficar aqui depois do show."

"Foi embora? Impossível."

"O homem usa um gravador no final da apresentação. Assim ele se adianta. Não troca de roupa nem nada."

"Ele carregava uma bolsa de couro?"

"Sim, e aquela enorme mala preta."

"Onde ele mora?"

"E eu lá sei?" O gorducho piscou para mim. "Você é algum tipo de tira?"

"Eu? Não, nada disso. Só queria dizer a ele que ganhou um novo fã."

"Fala isso para o agente dele." Ele me entregou uma foto. O sorriso perfeito de Louis Cyphre brilhava mais que a superfície dela. Virei o verso e li o carimbo:

WARREN WAGNER ASSOCIADOS
WY. 9-3500.

O rapaz trêmulo e agitado voltou sua atenção para uma máquina de fliperama do lado de dentro da entrada. Devolvi a foto ao gorducho.

"Obrigado", falei, e me misturei à multidão.

Peguei um táxi rumo ao norte da cidade e ele me deixou na Broadway em frente ao teatro Rivoli, do outro lado do edifício Brill. O vagabundo com o casaco do Exército estava de folga. Peguei o elevador para o oitavo andar. A recepcionista oxigenada hoje estava com as unhas pintadas de prateado. Não se lembrou de mim.

Mostrei a ela meu cartão.

"O sr. Wagner está no escritório?"

"Agora ele está ocupado."

"Obrigado." Contornei sua mesa e escancarei a porta onde estava escrito PRIVADO.

"Ei!" Ela veio atrás de mim tentando me agarrar como uma ave de rapina. "Você não pode entrar na..."

Bati a porta na cara dela.

"... três por cento do bruto é um insulto", falou um anão de voz miúda, vestindo um suéter vermelho de gola alta. Estava sentado no sofá de palhinha, seus pezinhos balançando como os de um boneco.

Warren Wagner Jr. olhou furioso para mim por detrás de sua mesa de madeira marcada de queimaduras de cigarro.

"Que diabos você pensa que está fazendo, invadindo meu escritório desse jeito?"

"Preciso que me responda duas perguntas e não tenho tempo a perder."

"Você conhece esse homem?", perguntou o anão com a voz fina. Eu o reconheci das matinês de sábado de minha infância. Estava em todas as comédias do *Hell's Kitchen Kid*, e seus traços de velho enrugado eram os mesmos de quando ele era jovem, mas seu cabelo preto cortado à escovinha agora estava tão branco quanto um lençol de comercial de sabão em pó.

"Nunca o vi na vida", Warren Jr. rosnou. "Se manda, maluco, antes que eu chame a polícia."

"Você me viu na segunda-feira", falei, mantendo a voz calma. "Eu estava trabalhando disfarçado." Peguei a carteira e mostrei a ele minha licença.

"Então você é um detetive particular. Grande coisa. Isso não lhe dá o direito de invadir uma reunião privada."

"Por que não poupa a adrenalina e me diz o que eu quero saber? Volto a deixar você em paz em trinta segundos."

"Johnny Favorite não significa nada para mim", ele falou. "Naquela época, eu era apenas um garoto."

"Esqueça Johnny Favorite. Me fale sobre um cliente seu que se autointitula dr. Cipher."

"O que tem ele? Só passei a representá-lo na semana passada."

"Qual o nome verdadeiro dele?"

"Louie Seafur. Você vai ter de pedir à minha secretária para soletrar para você."

"Onde ele mora?"

"Janice pode lhe dizer", ele falou. "Janice!"

Unhas prateadas abriram a porta, e a mulher olhou, tímida, para dentro da sala.

"Sim, sr. Wagner?", guinchou.

"Dê ao sr. Angel aqui a informação de que ele necessita, por favor."

"Sim, senhor."

"Muito obrigado", falei.

"Da próxima vez, bata na porta."

Janice-unhas-de-prata não me deu o privilégio de seu sorriso ruminante recheado de chiclete, mas procurou o endereço de Louis Cyphre em sua agenda circular. Ela até o escreveu para mim.

"Você que ficaria bem num zoológico", falou, enquanto me entregava o pedaço de papel. Ficara uma semana esperando para me dar esse troco.

O hotel 1-2-3 ficava na rua 46 entre a Broadway e a Sexta, e o nome era o próprio endereço: rua 46, 123. Remates elaborados, frontões e águas furtadas coroavam um outrora despretensioso prédio de tijolos. Entrei e entreguei ao recepcionista meu cartão de visitas envolto numa nota de dez.

"Preciso do número do quarto de um homem chamado Louis Cyphre", falei, soletrando o nome para ele. "E não precisa falar nada para o gerente."

"Lembro-me dele. Tinha uma barba branca e cabelo preto."

"É ele mesmo."

"Deixou o hotel há mais de uma semana."

"Informou algum endereço para onde ia?"

"Nenhum."

"E quanto ao quarto dele? Já foi ocupado?"

"Não lhe seria muito útil; foi completamente limpo."

Voltei à calçada para debaixo da luz do sol e segui em direção à Broadway. Estava um lindo dia para caminhar. Um trio de músicos do Exército da Salvação — tuba, acordeão e tamborim — se apresentava para um vendedor de castanhas embaixo da marquise do prédio do teatro Loew, onde eram alardeados novos "camarotes" para a grande reabertura no domingo de Páscoa. Saboreei os sons e os cheiros tentando me lembrar do mundo real de uma semana atrás, quando coisas como bruxaria não existiam.

Usei uma tática diferente com o recepcionista do Astor.

"Por favor, talvez você possa me ajudar. Era para eu ter me encontrado com meu tio no café vinte minutos atrás. Queria ligar para ele, mas não sei o número do quarto."

"Qual o nome de seu tio, senhor?"

"Cyphre. Louis Cyphre."

"Lamento muito. O sr. Cyphre foi embora esta manhã."

"O quê? Ele voltou para a França?"

"Ele não deixou o endereço para onde ia."

Naquele momento, eu deveria ter jogado tudo para o alto e levado Epiphany para um cruzeiro ao redor de Manhattan. Em vez disso, liguei para Herman Winesap no centro e quis saber dele o que estava acontecendo.

"Que diabos Louis Cyphre estava fazendo no Circo de Pulgas Hubert?"

"E isso é de sua conta? Você não foi contratado para seguir o sr. Cyphre. Sugiro que volte a se dedicar ao trabalho para o qual foi pago."

"Você sabia que ele era mágico?"

"Não."

"E esse fato não o deixa intrigado, Winesap?"

"Conheço o sr. Cyphre há muitos anos e admiro sua sofisticação. É um homem com uma ampla gama de interesses. Não me surpreenderia nem um pouco se prestidigitação estivesse entre eles."

"Num circo de pulgas no porão de um fliperama?"

"Talvez seja um passatempo, uma maneira de relaxar."

"Não faz sentido."

"Sr. Angel, por cinquenta dólares o dia, meu cliente — e devo dizer, seu também — pode sempre encontrar outra pessoa para trabalhar para ele."

Disse a Winesap que tinha entendido o recado e desliguei.

Após uma ida à banca de cigarros para conseguir mais moedas, dei outros três telefonemas. O primeiro para meu serviço de recados, onde havia uma mensagem de uma senhora em Valley Stream a respeito de um colar de pérolas desaparecido. Alguém no clube de bridge dela era o suspeito. Não anotei o número.

Em seguida, liguei para os Estaleiros Krusemark e fiquei sabendo que o presidente e chefe do conselho estava de luto e não tinha ido trabalhar. Tentei o número de sua casa e um dos lacaios anotou meu nome. Não precisei esperar muito.

"O que você sabe sobre isso, Angel?", latiu o velho bandoleiro.

"Alguma coisa. Por que não deixamos de conversa fiada? Preciso falar com o senhor. Quanto mais cedo melhor."

"Tudo bem. Vou ligar lá para baixo e dizer a eles para ficarem à sua espera."

O número 2 da Sutton Place era o edifício onde Marilyn Monroe morava. O acesso a ele podia ser feito por uma entrada privativa na rua 57, e meu táxi me deixou sob uma abóbada de pedra calcárea cor-de-rosa. Do outro lado, várias residências de quatro andares de tijolos estavam marcadas para serem demolidas. Cruzes brancas feitas de cal demarcavam cada janela como uma pintura infantil de um cemitério.

O porteiro do prédio, com mais divisas em seu uniforme que um almirante, correu para me atender. Dei meu nome e perguntei pelo apartamento de Krusemark.

"Pois não, senhor", ele falou. "Elevador à esquerda."

Desci do elevador no 15º andar e entrei num vestíbulo austero revestido de nogueira. Espelhos altos de ambos os lados com molduras douradas davam a ilusão de uma infinidade de vestíbulos. Havia apenas outra porta. Toquei a campainha duas vezes e esperei.

Um homem de cabelos escuros e uma verruga no lábio superior abriu a porta.

"Sr. Angel, entre, por favor. O sr. Krusemark está a sua espera." Vestia um terno cinza de finas listras grená e parecia mais um caixa de banco do que um mordomo. "Por aqui, por favor."

Ele me conduziu por amplos e bem decorados cômodos com vista para o East River e para a fábrica de biscoitos Sunshine Biscuit Company mais adiante no Queens.

As antiguidades dispostas com precisão sugeriam aqueles salões do Metropolitan, onde as obras de arte eram expostas obedecendo ao período histórico. Era o tipo de lugar adequado para se assinar tratados a bico de pena.

Chegamos a uma porta fechada e meu guia de terno cinza bateu uma vez e disse: "O sr. Angel está aqui, senhor".

"Traga-o para que eu possa vê-lo." Mesmo por detrás da espessura da porta, o rosnado rouco de Krusemark reverberou com autoridade.

Fui escoltado até uma sala de ginástica pequena e sem janelas. As paredes eram cobertas de espelhos e os múltiplos reflexos dos equipamentos de ginástica em aço inox brilhavam sem fim por todas as direções. Ethan Krusemark, vestindo shorts de boxeador e camiseta, estava deitado de costas fazendo flexão de perna num aparelho. Para um homem daquela idade, ele estava puxando muito ferro.

Ao ouvir o barulho da porta se fechando, ele se sentou e me olhou de cima a baixo.

"Vamos enterrá-la amanhã", ele falou. "Passe-me aquela toalha."

Joguei-a para ele e o homem secou o suor do rosto e dos ombros. Tinha um corpo forte. Um emaranhado de músculos agrupava-se debaixo de suas veias saltadas. Era o tipo de coroa com o qual você não iria querer se indispor.

"Quem a matou?", ele rosnou para mim. "Johnny Favorite?"

"Quando eu o encontrar, pergunto a ele."

"Aquele cantorzinho gigolô. Eu tinha que ter posto o filho da puta a sete palmos quando tive a chance", disse ele, pondo cuidadosamente no lugar seus longos cabelos grisalhos.

"Quando foi? Quando o senhor e sua filha o arrancaram da clínica no interior?"

Seus olhos grudaram nos meus.

"Você está passando dos limites, Angel."

"Acho que não. Há quinze anos, o senhor pagou 25 mil dólares ao dr. Albert Fowler por um dos pacientes dele. O senhor se apresentou como Edward Kelley. Fowler deveria fazer parecer que Favorite ainda permanecera um vegetal em alguma enfermaria esquecida. Até uma semana atrás, ele fizera um trabalho impecável."

"Quem está lhe pagando para investigar isso?"

Peguei um cigarro e comecei a rolá-lo entre os dedos.

"O senhor sabe que não vou lhe dizer isso."

"Eu poderia recompensá-lo bem."

"Tenho certeza de que sim", falei, "mas não quero. O senhor se importa se eu fumar?"

"Fique à vontade."

Acendi o cigarro, soltei a fumaça, e falei: "Veja bem. Você quer o homem que matou sua filha. Eu quero Johnny Favorite. Talvez nós dois estejamos interessados no mesmo sujeito. Não saberemos a não ser que a gente o encontre".

Os dedos grossos de Krusemark se dobraram num soco. Era um soco de respeito. Ele socou a palma da outra mão e fez um barulho parecido com o de uma placa de madeira caindo no chão da sala brilhante.

"Ok", ele disse. "Eu era Edward Kelley. Fui eu quem paguei os 25 paus a Fowler."

"Por que usou o nome Kelley?"

"Você acha que eu iria usar meu próprio nome? Esse nome Kelley foi ideia de Meg, não me pergunte por quê."

"Para onde o senhor levou Favorite?"

"Para a Times Square. Era noite de Ano-Novo de 1943. Nós o deixamos lá no meio da multidão, e ele sumiu de nossas vidas. Pelo menos assim nós pensamos."

"Vamos de novo", falei. "O senhor espera que eu acredite nisso: depois que pagou 25 mil dólares por Favorite, o senhor perdeu ele na multidão?"

"Foi o que aconteceu. Fiz por minha filha. Sempre dei o que ela quis."

"E ela queria que Favorite desaparecesse?"

Krusemark pôs um roupão felpudo.

"Acho que foi algo que eles armaram juntos antes de ele partir para o exterior. Algum tipo de feitiçaria em que os dois estavam metidos na época."

"O senhor quer dizer magia negra?"

"Negra, branca, que diferença faz? Meg sempre foi uma criança esquisita. Brincava com cartas de tarô antes de aprender a ler."

"O que a fez se interessar por isso?"

"Não sei. Uma babá supersticiosa, um de nossos cozinheiros europeus. Nunca se sabe o que se passa na cabeça das pessoas quando você as contrata."

"O senhor sabia que certa vez sua filha se estabeleceu como cartomante em Coney Island?"

"Sim, fui eu que consegui isso para ela também. Ela era tudo o que eu tinha, então a mimei demais."

"Encontrei uma mão humana mumificada no apartamento dela. O senhor sabe o que significa?"

"A Mão da Glória. É um amuleto tido como abridor de todas as fechaduras. A mão direita de um assassino condenado, decepada enquanto seu pescoço ainda está latejando. A de Meg tem um certo pedigree. Era de um salteador de estrada galês chamado Capitão Silverheels, condenado em 1786. Ela comprou numa loja de quinquilharias em Paris há uns anos atrás."

"Só um suvenir da Grand Tour, como a caveira que Favorite guardava na mala. Eles pareciam ter gostos parecidos."

"É mesmo. Favorite deu essa caveira a Meg na noite anterior à partida dele. Todos os outros deram às namoradas um anel de formatura, um casaco com o brasão da universidade ou algo do tipo. Ele escolhe uma caveira."

"Achei que Favorite e sua filha tinham rompido nessa época."

"Oficialmente, sim. Deve ter sido algum tipo de jogo que eles estavam armando."

"Por que diz isso?" Bati as cinzas acumuladas do cigarro no chão.

"Porque nada mudou na relação deles."

Krusemark apertou um botão ao lado da porta.

"Aceita uma bebida?"

"Um uísque cairia bem."

"Scotch?"

"Bourbon, se o senhor tiver. Com gelo. Sua filha alguma vez mencionou uma mulher chamada Evangeline Proudfoot?"

"Proudfoot? Não me lembro. Deve ter falado."

"E sobre vodu? Ela falou sobre vodu?"

Alguém bateu à porta de leve e ela se abriu.

"Senhor?", falou o homem de cinza.

"O sr. Angel vai beber um copo de bourbon, só com gelo. Um conhaque para mim. Ah, e Benson..."

"Sim?"

"Traga um cinzeiro para o sr. Angel."

Benson assentiu e fechou a porta atrás de si.

"Ele é o mordomo?", perguntei.

"Benson é meu secretário particular. É como chamamos um mordomo com cérebro." Krusemark subiu numa bicicleta ergométrica e começou a pedalar metodicamente quilômetros imaginários. "O que dizia sobre vodu?"

"Johnny Favorite estava envolvido com vodu do Harlem na época em que ele dava caveiras de presente. Creio que sua filha falou sobre isso alguma vez."

"Vodu foi algo com o qual ela não se envolveu", ele falou.

"O dr. Fowler me disse que Favorite estava sofrendo de amnésia quando vocês o tiraram do hospital. Ele reconheceu sua filha?"

"Não, não reconheceu. Favorite se comportou como um sonâmbulo. Não falou muito. Apenas ficava olhando a noite pela janela do carro."

"Em outras palavras, tratou vocês como estranhos?"

Krusemark pedalou com mais intensidade.

"Meg quis assim. Insistiu que não o chamássemos de Johnny e que nada fosse dito sobre o relacionamento deles no passado."

"E isso não lhe pareceu estranho?"

"Tudo que Meg fazia era estranho."

Ouvi o leve tilintar de cristal do outro lado da porta um instante antes de Benson bater. O mordomo com cérebro empurrava um bar portátil sobre rodas. Serviu-me um copo e uma taça de conhaque para o patrão e perguntou se queríamos algo mais.

"Está ótimo", Krusemark falou, pondo a taça em formato de tulipa sob o nariz como se fosse uma flor. "Muito obrigado, Benson."

Ele saiu. Vi um cinzeiro ao lado do balde de gelo e apaguei meu cigarro.

"Certa vez ouvi você mandar sua filha pôr algo em minha bebida. Disse que havia aprendido a arte da persuasão no Oriente."

Krusemark olhou para mim espantado.

"Está limpo", ele falou.

"Convença-me." Dei a ele meu copo. "Beba."

Ele deu vários goles e me devolveu o drinque.

"É tarde demais para ficar de brincadeira. Preciso de sua ajuda, Angel."

"Então jogue limpo comigo. Sua filha viu Favorite de novo depois da véspera do Ano-Novo?"

"Nunca."

"Tem certeza disso?"

"Claro que sim. Você tem razão para duvidar?"

"Meu trabalho é duvidar do que as pessoas me contam. Como sabe que ela nunca mais o viu?"

"Nós não tínhamos segredos. Ela não esconderia uma coisa dessas de mim."

"O senhor não parece conhecer as mulheres tão bem quanto administra seus negócios", falei.

"Eu conheço minha própria filha. Se ela alguma vez viu Favorite de novo, foi no dia que ele a matou."

Dei um gole em meu drinque.

"Incrível", falei. "Um cara com amnésia total, não se lembra nem do próprio nome, vagueia por entre uma multidão na noite de Ano-Novo há quinze anos, desaparece sem deixar vestígios, e então, de repente, reaparece do nada e começa a matar pessoas."

"Quem mais ele matou? Fowler?"

Dei um sorriso.

"O dr. Fowler cometeu suicídio."

"Isso é fácil de simular", ele bufou.

"É? Como o senhor faria, sr. Krusemark?"

Ethan Krusemark olhou para mim com a mesma frieza de um bucaneiro.

"Não coloque palavras em minha boca, Angel. Se eu quisesse eliminar Fowler, teria feito isso anos atrás."

"Disso eu duvido. Enquanto ele mantivesse intacta a fachada sobre o caso de Favorite, o médico valia muito mais para vocês estando vivo."

"Era Favorite que eu tinha de ter eliminado, não Fowler", ele rosnou. "De qualquer forma, qual assassinato você está investigando?"

"Eu não estou investigando o assassinato de ninguém", respondi. "Estou procurando um homem com amnésia."

"Faço votos que o encontre."

"O senhor falou com a polícia sobre Johnny Favorite?"

Krusemark esfregou seu queixo bruto.

"Não foi fácil. Eu queria guiá-los na direção correta sem me complicar."

"Tenho certeza de que o senhor inventou uma boa história."

"Inventei um dândi. Perguntaram-me se eu sabia com que tipo de homens Meg estava envolvida romanticamente. Dei a eles alguns nomes de uns rapazes que me lembrei dela mencionar, mas disse que o único amor verdadeiro que ela teve em toda a vida fora Johnny Favorite. Naturalmente, eles se interessaram em saber mais sobre Johnny Favorite."

"Sem dúvida", falei.

"Então contei a eles sobre o noivado dos dois, o quanto ele era esquisito e muitas outras coisas. Coisas que nunca apareceram nos jornais quando ele era manchete."

"Aposto que o senhor carregou nas tintas."

"Eles estavam interessados na história; não foi difícil fazê-los acreditar."

"Onde disse que eles poderiam encontrar Favorite?"

"Eu não disse. Contei que não o via desde a guerra. Falei que a última coisa que ouvi sobre ele era que havia se ferido. Se eles não conseguirem seguir daí, é melhor trocarem de emprego!"

"Eles vão na direção de Fowler", falei. "É aí que os problemas deles vão começar."

"Esqueça os problemas deles. E quanto a seus problemas? Para onde você vai depois do Ano-Novo de 1943?"

"A lugar nenhum." Terminei meu drinque e pus o copo no bar. "Não consigo encontrá-lo no passado. Se estiver aqui na cidade, vai aparecer de novo em breve. Da próxima vez, estarei à espera."

"Acha que sou um alvo?" Krusemark desceu da bicicleta.

"O que o senhor acha?"

"Não vou perder o sono por conta disso."

"Seria bom mantermos contato", falei. "Meu telefone está na lista se precisar de mim." Eu não estava disposto a dar meu cartão de visitas a outro cadáver em potencial.

Krusemark bateu em meu ombro e abriu seu sorriso de um milhão de dólares.

"Você é mais esperto que a nata da polícia de Nova York, Angel." Ele me levou até a saída transpirando charme como um porco pingando sangue. "Darei notícias, pode contar com isso."

O potente aperto de mão de Krusemark permaneceu comigo até eu alcançar a rua.

"Táxi, senhor?", perguntou-me o porteiro, tocando o quepe cheio de galões.

"Não, obrigado. Vou andando uns quarteirões." Eu precisava pensar e não discutir filosofia, falar do prefeito ou de beisebol com algum motoristazinho de táxi.

Dois homens aguardavam na esquina quando saí do prédio. O mais baixo, troncudo, vestia um agasalho azul impermeável e calça preta de algodão. Parecia um treinador de futebol do colégio. Seu colega era um garoto na faixa dos vinte anos com corte de cabelo estilo Elvis Presley e os olhos úmidos e suplicantes de um Jesus de cartão de Natal. Seu paletó de dois botões verde de poliéster tinha lapelas pontudas e ombreiras e parecia vários números acima de seu tamanho.

"Ei, parceiro, tem um minuto?", o treinador gritou, trotando em minha direção com as mãos nos bolsos. "Tenho algo para lhe mostrar."

"Outra hora", falei.

"Agora." O cano de uma arma automática apontou para mim abruptamente vindo da abertura em v do zíper do seu casaco. Só aparecia a parte da frente. Era um calibre 22, o que significava que o cara era bom — ou pelo menos achava que era.

"Vocês estão cometendo um erro", falei.

"Erro nenhum. Você é Harry Angel, certo?" A arma automática deslizou de volta para dentro do casaco, sumindo de vista.

"Para que a pergunta se você já sabe?"

"Tem um parque do outro lado da rua. Vamos dar uma volta lá para gente ter uma conversa em particular."

"E ele?" Apontei para o garoto do terno de poliéster que nos observava nervoso com seus olhos úmidos.

"Ele vem também."

O garoto se pôs em posição de sentido atrás da gente. Atravessamos a Sutton Place e descemos os degraus até um parque estreito em frente ao East River.

"Belo truque", falei, "cortar os bolsos do casaco."

"Funciona bem, não é?"

Um caminho seguia ao longo da beira do rio, a água três metros abaixo de um corrimão de ferro. Na outra ponta do pequeno parque, um homem de cabelos brancos usando um casaco de lã passeava com seu cachorro yorkshire preso na coleira. Vinha em nossa direção, mas manteve-se no ritmo desordenado do animal.

"Espere aqui até o palhaço se mandar", falou o treinador. "Aproveite a vista."

O garoto com os olhos de condenado apoiou os cotovelos na grade e ficou observando uma barcaça enfrentando a corrente no canal em Welfare Island. O treinador parou atrás de mim e ficou na ponta dos pés, balançando o peso do corpo como um pugilista. Mais adiante, o yorkshire levantou a pata numa cesta de lixo. Ficamos esperando.

Olhei para o gradil de ferro ornamentado da ponte de Queensborough e para o céu azul, limpo, aprisionado em suas vigas mestras. Aproveite a vista. O dia está muito bonito. Você não podia ter escolhido dia melhor pra morrer, então aproveite a vista e não crie confusão. Apenas fique olhando quietinho para o céu até que a única testemunha saia do caminho. E tente não pensar na ondulação furta-cor do rio oleoso abaixo de seus pés até eles jogarem você por cima do corrimão com uma bala no olho.

Segurei firme a alça de minha maleta. Meu Smith & Wesson de cano curto bem poderia ter ficado em casa numa gaveta. O homem com o cachorro estava a menos de seis metros de distância. Aprumei a postura e dei uma olhada no treinador, esperando que ele cometesse um erro. Uma piscadela que ele desse enquanto checava a partida do homem com o cão era tudo de que eu precisava.

Bati a maleta com toda força no meio das pernas dele. Ele gritou com intensa veemência e se encolheu. Um tiro acidental saiu de dentro de seu casaco atingindo a calçada. Não fez mais barulho que um espirro.

O cão yorkshire agitou-se na coleira e começou a latir. Agarrei minha maleta com ambas as mãos e bati com força na cabeça do treinador. Ele grunhiu e tombou. Chutei seu cotovelo e um Colt Woodsman com a coronha de madrepérola caiu girando sobre o concreto.

"Chame a polícia!", gritei para o senhor boquiaberto enquanto o garoto de olhos de Jesus Cristo partiu para cima de mim com um taco coberto de couro na mão ossuda. "Esses caras querem me matar!"

Usei minha maleta como um escudo e bloqueei o primeiro golpe com a cara superfície de pele de novilho da mala. Chutei-o e ele se esquivou de mim. O Colt de cano longo estava tentadoramente perto. Eu não podia me arriscar e me abaixar para pegá-lo. O garoto também viu a pistola e tentou me interceptar, mas ele não foi rápido o suficiente. Chutei a arma por baixo da grade e ela caiu no rio.

Meu gesto abriu minha guarda. O garoto atingiu a lateral de meu pescoço com o taco. Agora era minha vez de gritar. A dor pôs lágrimas em meus olhos enquanto eu lutava para respirar. Protegi a cabeça da melhor forma que pude, mas o garoto estava em vantagem. Ele me golpeou no ombro e depois senti meu ouvido esquerdo explodir. Enquanto caía, vi o homem do cardigã pegar seu cachorrinho nos braços e subir correndo as escadas do parque.

Ainda ajoelhado, vi-o partir em meio a uma névoa rosada de dor. Minha cabeça rugia como um trem expresso em chamas. O garoto me atacou com o taco de novo, e o trem entrou num túnel.

Pontos de luz brilharam na escuridão. O concreto áspero sob minha bochecha parecia liso e pegajoso. Devo ter ficado fora do ar tanto tempo quanto Rip van Winkle,[1] mas quando abri o olho que ainda enxergava vi o garoto ajudando o treinador caído no chão a se levantar.

Fora um dia difícil para o treinador. Ele protegia a virilha com as duas mãos. O garoto o puxava pela manga, apressando-o, mas ele não se fez de rogado. Aproximou-se mancando até onde eu estava deitado e me chutou direto no rosto.

"Essa é para você, seu babaca", ouvi-o falar, antes de me chutar pela segunda vez. Depois disso, não ouvi mais nada.

Estava me afogando. Só que não era água, era sangue. Uma torrente de sangue me levou aos trambolhões. Comecei a sufocar, incapaz de respirar. Arfei em busca de ar e engoli doces bocados de sangue.

[1] Personagem de um conto alemão do mesmo nome que, para escapar de sua esposa má, foge por uma floresta e lá cai num sono profundo, acordando vinte anos depois.

A maré de sangue me jogou numa praia distante. Ouvi o estrondo das ondas e rastejei para evitar ser puxado de volta. Minhas mãos tocaram algo frio e metálico. Era o pé encurvado de um banco de praça.

Vozes se aproximaram vindas da neblina.

"Aqui está ele, seu guarda. É esse o homem. Ah, meu Deus! Veja o que fizeram com ele."

"Acalme-se, companheiro", falou outra voz. "Agora está tudo bem." Braços fortes me ergueram da poça de sangue. "Fique recostado, amigo. Você vai ficar legal. Está ouvindo o que eu estou dizendo?"

Quando tentei responder, fiz um som de gargarejo. Agarrei-me ao banco de praça, uma boia salva-vidas num mar revolto. As turbulentas brumas vermelhas se abriram e vi um rosto quadrado e honesto envolto em azul. Uma fileira dupla de botões dourados brilhava como sóis nascentes. Fixei o olhar no distintivo até quase poder ler os números. Quando tentei agradecer, fiz de novo o barulho de gargarejo.

"Você só precisa relaxar, meu chapa", disse o policial de rosto quadrado. "Vamos conseguir ajuda num minuto."

Fechei os olhos e ouvi a outra voz dizer: "Foi simplesmente horrível. Eles tentaram atirar nele".

O policial falou: "Fique com ele. Vou procurar um telefone e pedir uma ambulância".

Senti o calor do sol em meu rosto surrado. Cada um dos ferimentos latejava e pulsava como se um coração em miniatura batesse dentro deles. Toquei meu rosto e explorei minhas feições. Nada me parecia familiar. Era o rosto de um estranho.

O som de vozes me trouxe a constatação de que eu tinha estado inconsciente de novo. O policial agradeceu o homem com o cachorro, chamando-o de sr. Groton. Disse para ele comparecer à chefatura de polícia quando lhe fosse conveniente para dar seu depoimento. O sr. Groton falou que iria naquela tarde. Gargarejei minha gratidão e o policial me disse para eu me acalmar.

"O socorro está a caminho, companheiro."

A equipe da ambulância pareceu chegar naquele instante, mas eu sabia que tinha tido outro lapso.

"Vamos com calma", disse um dos enfermeiros. "Segure as pernas dele, Eddie."

Falei que podia andar, mas meus joelhos se dobraram quando tentei ficar de pé. Deitaram-me numa maca, a ergueram e me carregaram. Não havia muito sentido em prestar atenção no que estava acontecendo. O interior da ambulância fedia a vômito. Por cima do barulho crescente da sirene, pude ouvir o motorista e seu parceiro gargalhando.

O mundo voltou a entrar em foco na emergência do Bellevue. Um tenso jovem acadêmico limpou e costurou meu couro cabeludo arrebentado e disse que faria o melhor que pudesse com o que havia sobrado de minha orelha esquerda. Um Demerol, analgésico semelhante a morfina, deixou tudo bem. Sorri para a enfermeira mostrando meu dente quebrado.

Um investigador da delegacia apareceu na hora em que estavam me levando para tirar os raios X. Ele caminhou ao lado da cadeira de rodas e me perguntou se eu conhecia os homens que tentaram me assaltar. Não tentei desfazer a hipótese de assalto, e ele foi embora depois que fiz a descrição do treinador e do garoto.

Assim que terminaram de fotografar as entranhas de minha cabeça, o médico disse que achava bom eu descansar. Achei ótima a ideia. Puseram-me numa cama na enfermaria de acidentados e me deram outra injeção por debaixo da camisola. A seguir, lembrei-me apenas da enfermeira me acordando para jantar.

Enquanto comia meu purê de cenoura, descobri que estavam me mantendo lá para observação. Os raios X não acusaram fraturas, mas ainda havia a possibilidade de uma concussão. Sentia-me péssimo por criar qualquer confusão, e, depois de comer a comida pastosa de bebê, a enfermeira me ajudou a ir até um telefone público no corredor, onde liguei para Epiphany, avisando-a que não iria para casa.

Ela parecia amedrontada a princípio, mas brinquei e disse que estaria bem depois de uma noite de sono. Ela fingiu acreditar em mim.

"Sabe o que eu fiz com os vinte dólares que você me deu?", perguntou.

"Não."

"Comprei um fardo de lenha."

Disse a ela que eu tinha muitos palitos de fósforo. Ela riu e nos despedimos. Eu estava me apaixonando por ela. Azar o meu. A enfermeira me levou de volta para mais uma injeção.

Meu sono quase não teve sonhos. Ainda assim, o espectro de Louis Cyphre rompeu a pesada cortina de drogas e debochava de mim. A maioria se perdeu quando acordei, mas uma imagem ficou: um templo asteca elevando-se abruptamente sobre uma praça lotada de gente, os degraus íngremes escorregadios de sangue. No alto, de fraque, olhando com desprezo de seu circo de pulgas para os nobres empertigados logo abaixo, Cyphre riu e arremessou para o alto o coração ainda pulsante de sua vítima. A vítima era eu.

Na manhã seguinte, estava terminando de comer meu mingau de aveia quando o tenente Sterne apareceu de surpresa na enfermaria. Vestia o mesmo terno de lã marrom, mas sua camisa de flanela azul e a ausência de gravata indicavam que estava de folga. Seu rosto, entretanto, era totalmente de tira.

"Parece que alguém fez um bom trabalho em você", falou.

Sorri para ele. "Gostaria que tivesse sido você?"

"Se tivesse sido eu, você não sairia por uma semana."

"Esqueceu de trazer as flores", falei.

"Vou deixar para seu enterro, cretino." Sterne sentou-se na cadeira branca ao lado da cama e ficou olhando para mim como um abutre olha para um gambá esmagado na rodovia. "Tentei encontrá-lo em casa ontem à noite, e seu serviço de recados me informou que você estava no hospital. Só agora me deixaram falar com você."

"O que quer, tenente?"

"Pensei que você teria interesse em algo que encontramos no apartamento da srta. Krusemark, uma vez que você nunca chegou a conhecer a moça."

"Estou sem fôlego de excitação."

"É o que acontece na câmara de gás", Sterne falou. "Ficam sem fôlego."

"E o que se faz em Sing Sing?"

"O que faço lá é tapar o nariz. Porque eles cagam nas calças no instante em que levam o choque na cadeira, e aí fede como uma pica assada na privada."

Com um nariz como o seu, pensei, *deve precisar das duas mãos.*

"Então me diga o que encontrou no apartamento da Krusemark", falei.

"Foi o que não encontrei. O que não encontrei foi a página do dia 16 de março no calendário da escrivaninha dela. Era a única página que faltava. A gente repara em coisas assim. Enviei a página abaixo dela para o laboratório, e eles procuraram por sulcos no papel. Adivinha o que encontraram?"

Falei que não fazia a menor ideia.

"A inicial 'H', seguida das letras 'A-n-g'."

"Soletra-se '*hang*', enforcar."

"Nós vamos enforcar seu rabo, Angel. Você sabe muito bem que palavra significa."

"Coincidência e prova são duas coisas diferentes, tenente."

"Onde você estava na tarde de quarta-feira por volta das três e meia?"

"No Grand Central Terminal."

"Esperando o trem?"

"Comendo ostras."

Sterne sacudiu sua enorme cabeça.

"Essa não cola."

"O balconista vai se lembrar. Fiquei lá por um bom tempo. Comi muitas. A gente brincou sobre isso. Ele disse que ostras pareciam catarro. Falei que eram boas para melhorar a performance sexual. Pode checar."

"Aposte seu rabo que vou." Sterne se levantou. "Vou rastrear seus movimentos sem descanso, e sabe o que mais? Vou estar lá prendendo o nariz quando eles amarrarem você na cadeira elétrica."

Sterne ergueu a mão bruscamente, pegou de minha bandeja um copo de papel cheio de suco de uva artificial, bebeu tudo num único gole e seguiu para a porta.

Era quase meio-dia quando a papelada ficou pronta e eu estava pronto para ir embora também.

Do lado de fora do Bellevue, a Primeira Avenida estava completamente de pernas para o ar, mas era sábado e não havia ninguém trabalhando. Cavaletes de madeira com os dizeres PRECISAMOS IR FUNDO[1] formavam barricadas cercando os montes de entulhos e de paralelepípedos. Apenas uma camada fina de asfalto cobria a pavimentação antiga nesta parte da cidade. Alguns remendos aqui e ali de calçamento do século passado ainda perduravam. Postes de ferro antigos e um ou outro pedaço de calçada de pedra azul eram outros sobreviventes de um tempo esquecido.

Esperava ser seguido, mas não vi ninguém enquanto caminhei até um ponto de táxi do lado de fora do prédio do terminal aéreo da rua 38.[2] O tempo ainda estava quente, mas tinha ficado nublado. O peso do meu .38 chacoalhava dentro do bolso do meu casaco a cada passo que eu dava.

Minha primeira parada foi no dentista. Liguei para ele do hospital, e o doutor concordou em abrir o consultório no edifício Graybar por tempo suficiente para pôr jaquetas

---

1   A companhia de gás e eletricidade Consolidated Edison cunhou esse slogan, que completo era DIG WE MUST FOR A GREATER NEW YORK, ou PRECISAMOS IR FUNDO POR UMA NOVA YORK MELHOR, durante as obras de escavação para implantação e reparo de canos e cabos para o fornecimento de gás e luz para a cidade nas décadas de 1950 e 1960.

2   Terminal de ônibus que levava e buscava passageiros que embarcariam nos aeroportos LaGuardia e Kennedy, demolido em 1985.

temporárias nos meus dentes. Conversamos sobre pescaria. Ele dizia que lamentava não estar no momento mergulhando suas iscas de minhocas ensanguentadas na baía de Sheepshead.

Entorpecido pelo analgésico, me apressei para chegar a tempo de um compromisso à uma da tarde no saguão do edifício Chrysler. Estava dez minutos atrasado, mas Howard Nussbaum me esperava pacientemente na entrada da avenida Lexington.

"Isso é chantagem, Harry, pura e simples", falou, enquanto apertava minha mão. Era um homem pequeno, de aparência assustada, num terno marrom.

"Não vou negar, Howard. Agradeça por eu não estar atrás de seu dinheiro."

"A patroa e eu tínhamos planejado ir cedo para Connecticut. Ela tem parentes em New Canaan. 'Mas o que são algumas horas?', falei. Assim que recebi seu telefonema, disse para Isobel que a gente iria se atrasar um pouco."

Howard Nussbaum era responsável pelo controle de chaves de uma empresa que cuidava da segurança de vários dos grandes prédios de escritórios no centro. Devia seu emprego a mim, ou melhor, ao fato de eu ter omitido seu nome de um relatório que fiz para a firma sobre uma chave mestra principal que fora parar na bolsa de uma prostituta adolescente.

"Você trouxe?", perguntei.

"E eu viria sem trazer?" Ele enfiou a mão no bolso do casaco e me entregou um pequeno envelope marrom aberto. Despejei de dentro dele, direto na palma de minha mão, uma chave novinha em folha. Parecia idêntica a qualquer outra.

"É uma mestra?"

"E eu devo confiar a você uma mestra para o edifício Chrysler?" Ele fechou a cara. "É uma submestra de acesso ao

45º andar. Não tem uma fechadura em todo o andar em que ela não se encaixe. Pode me dizer de quem está indo atrás?"

"Não me faça perguntas, Howard. Assim talvez você não vire cúmplice."

"Eu já sou um cúmplice", ele respondeu. "Tenho sido um cúmplice minha vida inteira."

"Divirta-se em Connecticut."

Peguei o elevador checando o pequeno envelope marrom e enfiando o dedo no nariz para forçar o ascensorista a olhar para o outro lado. O envelope estava com o selo e o endereço do destinatário. As instruções de Howard eram de pôr a chave dentro do envelope depois de terminar de usá-la, lacrá-lo e enfiá-lo na caixa de correio mais próxima. Havia uma chance remota de que, no meio de meu acervo, eu tivesse algo que também poderia funcionar. Mas chaves mestras exigem fechaduras com mecanismos já gastos pelo uso de cópias, e a empresa de Howard Nussbaum prefere substituir uma fechadura a economizar em chaves ultrapassadas.

As luzes estavam apagadas por detrás das portas de vidro fosco dos Estaleiros Krusemark. Na outra ponta do corredor, ao longe, ouvi as batidas desordenas de uma máquina de escrever. Pus minhas luvas de látex e enfiei a submestra na primeira de muitas fechaduras. Era um talismã para abrir portas tão bom quanto a Mão da Glória mumificada de Margaret Krusemark.

Chequei todo o escritório, atravessando salas de máquinas de escrever cobertas com suas capas e telefones em silêncio. Não havia nenhum executivo-júnior exageradamente ambicioso desistindo de suas partidas de golfe e trabalhando neste sábado. Até os teletipos estavam de folga no fim de semana.

Montei a Minox — a câmera em miniatura — e o tripé sobre a mesa em forma de L e liguei as luzes fluorescentes. Meu canivete e um clipe de papel envergado foi tudo de que precisei para abrir arquivos e gavetas. Não sabia o que estava procurando, mas Krusemark tinha algo que ele queria esconder tanto que enviou um esquadrão de capangas para me pegar.

A tarde se arrastava. Vasculhei centenas de arquivos, fotografando tudo que parecesse promissor. Várias listas adulteradas e uma carta endereçada a um congressista aberto a suborno foram o máximo que consegui em termos de atividade criminosa. Isso não significava que não estivesse ali. Sempre há um pequeno crime debaixo do tapete empresarial, se você souber onde procurar.

Gastei quinze rolos de filme. Toda grande transação em que os Estaleiros Krusemark tinham um dedo foi por mim documentada. Em algum lugar, oculto por trás de todas aquelas estatísticas, havia crime suficiente para manter a procuradoria-geral ocupada por meses a fio.

Quando terminei com os arquivos, entrei no escritório particular de Krusemark com a chave submestra e me servi de um drinque no bar espelhado. Levei comigo a taça de cristal enquanto checava o revestimento das paredes e vasculhava por trás de todos os quadros. Não havia sinal de cofre ou qualquer engenhoca na carpintaria.

Afora o sofá, o bar e a enorme mesa de mármore, a sala estava nua; nenhum arquivo, nenhuma gaveta ou prateleira. Pus meu copo vazio no centro da mesa brilhante. Nenhum documento, nenhuma carta, nem mesmo um conjunto de lápis e caneta maculava a superfície polida. A estatueta de Netuno em bronze continuava no outro canto pontificando acima de seu reflexo perfeito.

Procurei debaixo da mesa de mármore. Não dava para ver de cima, mas uma gaveta rasa de aço estava habilmente escondida ali embaixo. Não estava trancada. Uma pequena alavanca destravava um engate e molas escondidas a faziam deslizar como uma gaveta de caixa registradora. Dentro dela, havia várias canetas-tinteiro caras, uma foto de Margaret Krusemark numa moldura oval de prata, um punhal de dez centímetros com um cabo de marfim e engaste de ouro e uma variedade de cartas.

Peguei um envelope que achei familiar e tirei de dentro dele um cartão. Um pentagrama invertido estava impresso em relevo no alto. As palavras em latim não eram mais um problema. Ethan Krusemark tinha seu próprio convite para a Missa Negra.

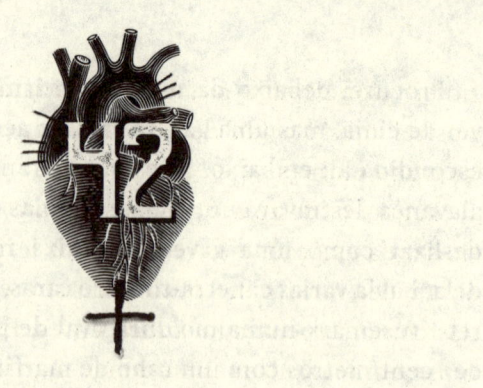

Pus tudo de volta da maneira que estava e guardei minha câmera. Antes de ir embora, lavei a taça no lavabo executivo e a coloquei cuidadosamente enfileirada com outras numa prateleira acima do bar. Tinha planejado deixá-la sobre a mesa de Krusemark para ele ter algo para pensar na segunda de manhã, mas não me pareceu mais uma boa ideia.

Quando cheguei à rua estava chovendo e a temperatura tinha caído um bocado. Levantei a gola do casaco, atravessei a avenida Lexington até a estação Grand Central e liguei para Epiphany da primeira cabine telefônica vazia que encontrei. Perguntei quanto tempo ela levaria para ficar disponível. Ela falou que já estava disponível há horas.

"Parece tentador, meu bem", falei, "mas estou me referindo a negócios. Pegue um táxi. Encontre-me em meu escritório em meia hora. Vamos jantar e depois seguiremos para o norte da cidade para assistir a uma palestra."

"Que palestra?"

"Talvez seja um sermão."

"Sermão?"

"Traga minha capa de chuva que está no armário da entrada e não se atrase."

Antes de ir para o metrô, encontrei uma banca de jornais com um chaveiro e fiz uma cópia da submestra de Howard Nussbaum. Coloquei de volta a chave original no envelope com o nome do destinatário, lacrei-o e o depositei numa caixa de correios perto de uma fileira de guarda-volumes.

Peguei o metrô até a Times Square. Ainda chovia quando saí da estação, e os reflexos dos letreiros de neon e dos sinais de trânsito se contorciam sobre as calçadas molhadas como serpentes incandescentes. Esgueirei-me de marquise em marquise tentando me manter seco. Os cafetões, os viciados e as prostitutas adolescentes se amontoavam em bares e fliperamas, desamparados como gatos ensopados pela chuva. Comprei uma boa quantidade de charutos na loja da esquina e dei uma olhada através da chuva fina nas manchetes que se moviam em torno da Times Tower: ... TIBETANOS LUTAM CONTRA CHINESES EM LHASA...

Quando cheguei ao escritório às seis e dez, Epiphany estava me esperando na cadeira de napa. Vestida com seu *tailleur* cor de ameixa, estava deslumbrante. Que delícia tê-la em meus braços e poder beijá-la.

"Senti saudades", ela sussurrou. Seus dedos delicadamente percorreram o curativo que cobria minha orelha esquerda e pairaram sobre o local onde meu couro cabeludo havia sido raspado. "Ah, Harry, você está bem?"

"Estou. Talvez não tão bonito quanto era."

"O jeito que sua cabeça está costurada faz você se parecer com Frankenstein."

"Tenho evitado espelhos."

"E essa pobre, pobre boca..."

"E o nariz?"

"Praticamente o mesmo, só um pouco maior."

Comemos no Lindy's. Falei para Epiphany que se alguém ficasse olhando para a gente, os outros clientes achariam que éramos celebridades. Ninguém ficou olhando.

"Aquele tenente foi procurar você?" Ela mergulhou um camarão numa tigela de molho envolta em gelo picado.

"Ele alegrou meu café da manhã. Você foi esperta em dizer que era do meu serviço de recados."

"Sou uma garota inteligente."

"Você é uma boa atriz", falei. "Enganou Sterne duas vezes no mesmo dia."

"Não sou uma mulher, mas muitas. Da mesma forma que você é mais que um homem."

"E isso é vodu?"

"É senso comum."

Por volta das oito horas, estávamos indo de carro para o norte da cidade pelo Central Park. Quando passamos pelo Meer, perguntei a Epiphany por que ela e seu grupo estavam realizando sacrifícios ao ar livre naquela noite, em vez de em casa no *humfo*. Ela falou algo sobre o *loa* das árvores.

"*Loa*?"

"Espíritos. Manifestações de Deus. Muitos, muitos *loa*. *Rada loa*, *petro loa*: o bem e o mal. *Damballa* é um *loa*. *Bade* é o *loa* do vento; *Sogbo*, o *loa* do trovão; *Barão Samedi*, o guardião do cemitério, senhor do sexo e da paixão; *Papa Legba* cuida dos lares e lugares de encontro, portões e cercas. *Maître Carrefour* é o guardião de todas as encruzilhadas."

"Ele deve ser meu *loa* padroeiro", falei.

"É o protetor dos feiticeiros."

O Novo Templo da Esperança, na rua 144, já havia sido um cinema no passado. A velha marquise se projetava sobre a calçada com o letreiro EL ÇIFR em letras de trinta centímetros nos três lados. Estacionei mais adiante e segurei no braço de Epiphany enquanto voltávamos em direção às luzes brilhantes.

"Qual é seu interesse em Çifr?", ela perguntou.

"Ele é o feiticeiro em meus sonhos."

"Çifr?"

"Ele mesmo, o bom dr. Cipher."

"O que quer dizer?"

"Essa história de mestre hindu é só um dos muitos papéis que eu o vi interpretar. Ele é uma espécie de camaleão."

Epiphany apertou meu braço.

"Tenha cuidado, Harry, por favor."

"Vou tentar", falei.

"Não brinque. Se esse homem for o que você diz, ele deve ter muito poder. Não brinque com ele."

"Vamos entrar."

Havia uma reprodução de papelão em tamanho natural de Louis Cyphre vestido de xeique ao lado da bilheteria vazia com um braço esticado, acenando para os fiéis. O saguão era no estilo de um pagode, com adornos em gesso, uma espécie de palácio dedicado aos filmes. No lugar de pipoca e balas, agora a banca de guloseimas tinha à venda um grande sortimento de literatura relacionada ao ocultismo.

Encontramos assentos no corredor lateral. Um órgão tocava baixinho por detrás das cortinas vermelhas e douradas. Os assentos na plateia e na galeria estavam totalmente ocupados. Ninguém, a não ser eu, percebia que eu era o único caucasiano ali.

"Que seita é essa?", cochichei.

"Basicamente a batista com floreios." Epiphany dobrou suas mãos ainda de luvas no colo. "Essa é a igreja do reverendo Love. Não vai me dizer que nunca ouviu falar dele?"

Confessei a ela minha ignorância.

"Bom, o carro dele é umas cinco vezes maior que seu escritório", ela disse.

As luzes do lugar diminuíram, a música do órgão aumentou e a cortina se abriu, revelando um coral de cem vozes agrupado no formato de uma cruz. A congregação se levantou cantando "Jesus Era um Pescador". Juntei-me às palmas de todos e sorri para Epiphany, que supervisionava as ações com o distanciamento implacável de uma crente verdadeira em meio a bárbaros.

Quando a música chegou a um crescendo, um mulato baixo com uma veste de cetim branco surgiu no palco. Diamantes brilhavam em ambas as mãos. O coral desfez a formação com a chegada dele, marchou com a precisão ensaiada de um time e formou círculos de túnicas brancas a seu redor, como raios de luz vindos da lua que acabara de nascer.

Olhei para Epiphany e perguntei: "É o reverendo Love?".

Ela fez que sim.

"Por favor, irmãos e irmãs, queiram se sentar", falou o reverendo Love do centro do palco. Sua voz soava comicamente aguda e estridente. Ele parecia o mestre de cerimônias do Birdland. "Irmãos e irmãs, é com amor que os recebo no Novo Templo da Esperança. Eu me rejubilo com o som alegre de vocês. Hoje, como sabem, não é um de nossos encontros de sempre. É uma honra ter conosco esta noite um homem muito sagrado, o ilustre el Çifr. Apesar de não partilhar de nossa crença, este é um homem que respeito, um homem de grande sabedoria, que tem muito a ensinar. Será muito proveitoso para todos nós ouvirmos atentamente as palavras de nosso estimado convidado, el Çifr."

O reverendo Love virou-se e ergueu seus braços abertos em direção à coxia. O coro começou a cantar "Alvorecer de um Novo Dia". A congregação batia palmas enquanto Louis Cyphre rodopiava sobre o palco como um sultão.

Remexi minha maleta em busca de meu Tri-novids com alcance de dez vezes. Envolto em suas vestes bordadas e coroado com um turbante, el Çifr bem poderia ser outro homem, mas, quando aproximei suas feições do foco do binóculo, era sem sombra de dúvida meu cliente com a pele escurecida.

"É o mouro, conheço sua trombeta", cochichei a Epiphany.

"O quê?"

"Shakespeare."

"Como?"

El Çifr saudou a plateia com um salamaleque caprichado.

"Que a prosperidade sorria para todos vocês", ele falou, abaixando-se em reverência. "Não está escrito que o Paraíso está aberto àqueles que ousam adentrá-lo?"

Um punhado de "améns" agitou a congregação.

"O mundo é dos fortes, não dos submissos. Não é assim? O leão devora a ovelha; o falcão se empanturra do sangue do pardal. Quem nega isso, nega a ordem do universo."

"É verdade, é verdade", vinha uma voz apaixonada da galeria.

"Parece o Sermão da Montanha às avessas", brincou Epiphany, falando de lado.

El Çifr foi até a beira do palco. Juntou as mãos como que em prece, mas seus olhos pegavam fogo em fúria selvagem.

"É a mão com o chicote que conduz a carroça. A carne do cavaleiro não sente o ferrão das esporas. Para ser forte nessa vida, é necessário um ato de vontade. Escolher ser lobo, não gazela."

A congregação respondia a cada uma de suas propostas batendo palmas e gritando em concordância. Suas palavras eram repetidas pela plateia como se fossem da Bíblia Sagrada.

"Seja lobo... seja lobo...", eles gritavam.

"Olhem ao redor de vocês. As ruas cheias de gente. Não são os fortes que mandam?"

"São eles. São eles."

"E os mansos sofrem em silêncio!"

"Amém! Com certeza, sofrem."

"É a barbárie lá fora, e só os fortes sobreviverão."

"Só os fortes..."

"Sejam como o leão e o lobo, não como o cordeiro. Deixem que outras gargantas sejam cortadas. Não obedeçam o instinto covarde dos rebanhos. Encham seus corações de coragem. Se tiver que haver apenas um vencedor, que seja você!"

"Um vencedor... coragem... seja um leão..."

Ele os tinha na palma da mão. Rodopiava no palco como um dervixe, as vestes rodadas formando ondas, sua voz melodiosa exortando os fiéis: "Sejam fortes! Sejam destemidos! Conheçam a ânsia de atacar, bem como a sabedoria de recuar. Quando a oportunidade surgir, agarre-a como um leão agarra a corça. Arranque o sucesso de dentro da derrota; liberte-o; devore-o. Você é a besta mais perigosa da face da terra. O que há a temer?".

Ele cantava e dançava, declamando sua ladainha de poder e força. A congregação berrava uma cantilena frenética. Até os membros do coral berravam respostas furiosas e brandiam os punhos no ar.

Vi a mim mesmo sonhando acordado, não prestando atenção àquela retórica toda, quando, de repente, meu cliente disse algo que logo me trouxe de volta.

"Se teu olho te ofende, arranque-o", el Çifr falou, olhando, ou pelo menos pareceu, diretamente para mim. "É uma linda citação, mas digo também: se o olho de alguém o ofende, extirpe-o. Arranque-o! Atire nele! Olho por olho!"

Suas palavras me atravessaram como um espasmo de dor. Sentei na ponta da cadeira o mais atento que pude.

"Por que dar a outra face?", ele continuou. "Por que ser golpeado? Se corações atrapalharem seu caminho, corte-os fora. Não espere para ser a vítima. Ataque seus inimigos antes. Se os olhos deles o ofendem, estoure-os. Se seus corações o ofendem, arranque-os. Se algum membro o ofender, corte-o e enfie-o goela abaixo de seus inimigos."

El Çifr dava risadas estridentes por cima dos urros de seu público. Eu me sentia anestesiado, transfixado. Era imaginação minha ou Louis Cyphre tinha acabado de descrever três assassinatos?

Finalmente, el Çifr esfregou as mãos acima da cabeça numa saudação de vitória.

"Sejam fortes!", ele gritou. "Prometam que serão fortes!"

O público estava frenético.

"Seremos... nós prometemos", gritaram. El Çifr desapareceu pelas coxias enquanto o coro se reagrupava no palco e explodia numa cantoria vigorosa de "O Braço Forte do Senhor".

Agarrei a mão de Epiphany e a trouxe comigo para o corredor. Havia outras pessoas na nossa frente, e eu a puxei comigo abrindo passagem com os ombros e sussurrando "com licença, por favor". Corremos pela recepção até chegarmos à rua.

O Rolls cinza-prata esperava na calçada. Reconheci o motorista uniformizado encostado no para-lamas dianteiro. Ele deu um pulo e entrou em prontidão quando a porta onde estava escrito SAÍDA DE EMERGÊNCIA se abriu e um tapete retangular de luz alcançou a calçada. Dois pretos de terno de três botões e óculos escuros surgiram e fizeram um levantamento da situação. Pareciam sólidos como a Grande Muralha da China.

El Çifr juntou-se a eles na calçada e todos se dirigiram ao carro ladeados por outro par de pesos pesados.

"Só um minuto", falei, e me aproximei. Fui imediatamente impedido com violência pelo chefe dos guarda-costas.

"Não vai fazer nada que possa se arrepender depois", ele falou, bloqueando minha passagem.

Não discuti. Um retorno ao hospital não fazia parte de meus planos. Quando o chofer abriu a porta de trás, cruzei meu olhar com o do homem do turbante. Louis Cyphre olhou para mim sem qualquer expressão. Ergueu a barra de suas vestes e entrou no Rolls. O motorista fechou a porta.

Vi-os irem embora por entre a parede de músculos do guarda-costas. Ele ficou ali impassível como uma estátua da Ilha de Páscoa esperando eu tentar alguma coisa. Epiphany se aproximou por trás e me deu o braço.

"Vamos para casa fazer uma fogueira", ela falou.

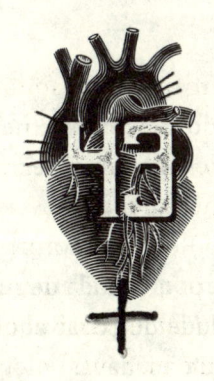

O Domingo de Ramos estava sonolento e sensual. Era uma novidade acordar no chão ao lado de Epiphany aninhado entre almofadas do sofá e cobertores embolados. Somente um toco carbonizado de madeira permanecia na lareira. Fiz um bule de café e peguei os jornais de domingo de cima do tapete da entrada. Epiphany estava acordada antes de eu terminar as tiras de quadrinhos.

"Dormiu bem?", ela sussurrou, enroscando-se em meu colo. "Nada de pesadelos?"

"Nada de sonhos." Percorri minha mão sobre seu corpo suave.

"Isso é bom."

"Quem sabe a maldição se quebrou?"

"Quem sabe?" Sua respiração quente soprou em meu pescoço. "Eu que sonhei com ele ontem à noite."

"Com quem? Cipher?"

"Cipher, Çifr, o nome que você quiser chamá-lo. Sonhei que eu estava no circo, e ele era o mestre de cerimônias. Você era um dos palhaços."

"E o que aconteceu?"

"Não muita coisa. Foi um sonho bom." Ela se sentou, ereta. "Harry... O que ele tem a ver com Johnny Favorite?"

"Não tenho certeza. Sinto como se eu estivesse envolvido em um tipo de luta entre dois feiticeiros."

"É Çifr o homem que quer que você encontre meu pai?"

"Sim."

"Harry, tome cuidado. Não confie nele."

E eu posso confiar em você?, pensei, abraçando seus ombros esguios.

"Eu vou ficar bem."

"Eu te amo. Não quero que nada de ruim aconteça agora."

Sufoquei a necessidade de ecoar aquelas palavras, de repetir inúmeras vezes que a amava.

"É apenas uma paixão de estudante", falei com o coração aos pulos.

"Não sou criança." Ela olhou fundo em meus olhos. "Perdi minha virgindade aos doze anos como uma oferenda a *Baka*."

"*Baka*?"

"Um *loa* do mal; muito perigoso e ruim."

"Sua mãe deixou isso acontecer?"

"Foi uma honra. O *houngan* mais poderoso no Harlem presidiu o ritual. E ele era mais velho que você uns vinte anos; portanto, não venha me dizer que sou muito jovem."

"Gosto de seus olhos quando você fica brava", falei. "Eles brilham como brasa."

"Como posso ficar zangada com alguém doce como você?" Ela me beijou. Correspondi ao beijo, e fizemos amor na poltrona acolchoada, cercados pelas tirinhas de domingo.

Mais tarde, depois do café da manhã, levei a pilha de livros da biblioteca para o quarto e me debrucei sobre meu dever de casa. Epiphany ajoelhou-se a meu lado na cama vestindo meu roupão de banho e seus óculos de leitura.

"Não perca tempo olhando para as ilustrações", ela falou, tirando o livro de minhas mãos e fechando-o. "Toma." Ela me entregou outro, um pouco mais pesado que um dicionário. "O capítulo que eu marquei é sobre a Missa Negra. A liturgia está descrita detalhadamente: tudo, do latim de trás para a frente até a virgem deflorada no altar."

"Parece com o que aconteceu com você."

"Sim. Há semelhanças. O sacrifício. A dança. Paixões violentas são provocadas, assim como *Obeah*. A diferença está entre apaziguar as forças do mal e encorajá-las."

"Você realmente acredita em algo como as forças do mal?"

Epiphany sorriu.

"Às vezes, eu acho que a criança é você. Não sente essa força em seu sono à noite, quando Çifr assombra seus sonhos?"

"Prefiro sentir você", falei, agarrando a cintura fina dela.

"Sério, Harry, esses não são apenas um bando qualquer de bandidos. São homens com poder, poder demoníaco. Se não puder se defender, está perdido."

"Está sugerindo que é hora de me agarrar aos livros?"

"É bom tomar conhecimento do que terá de enfrentar." Epiphany bateu com o indicador na página aberta. "Leia esse capítulo e o próximo sobre invocações. Depois, no livro de Crowley, marquei alguns trechos interessantes. O de Reginald Scott você pode dispensar." Ela empilhou os livros em ordem de importância, uma hierarquia do inferno, e me deixou só com meus estudos.

Fiquei lendo até escurecer, um curso autodidata nas ciências satânicas. Epiphany acendeu a lareira e dispensou um convite para jantarmos no Cavanaugh's, magicamente ressuscitando uma *bouillabaisse* que ela havia preparado enquanto eu estava no hospital. Comemos à luz da lareira, sombras movendo-se como diabinhos nas paredes ao redor. Não conversamos muito; os olhos dela diziam tudo. Eram os mais lindos que eu já tinha visto em toda minha vida.

Contudo, mesmo as coisas boas têm um fim. Por volta de sete e meia me aprontei para ir trabalhar. Vesti uma calça jeans, um suéter azul-marinho de gola alta e um par de botas de caminhada. Pus o filme Tri-X em minha Leica e peguei meu .38 do bolso da capa de chuva. Epiphany, com os cabelos desgrenhados, me observava em silêncio, enrolada num cobertor em frente ao fogo.

Pus tudo sobre a mesa de jantar: a câmera fotográfica, os dois rolos extras de filme, o revólver, as algemas da minha maleta e minhas indispensáveis chaves mestras. Acrescentei a chave submestra de Howard Nussbaum ao chaveiro. Em meu quarto, encontrei uma caixa de munição debaixo de minhas camisas e amarrei cinco balas num lenço. Pendurei a Leica no pescoço e vesti uma jaqueta de aviador de couro que eu tinha desde a guerra. Todos os emblemas e divisas foram retirados — nada deveria chamar atenção. Ela tinha uma gola de carneiro e era a coisa certa para se vestir em tocaias nos invernos frios. O Smith & Wesson foi para o bolso da direita com a munição extra; as algemas, o filme e as chaves para o da esquerda.

"Esqueceu o convite", Epiphany falou, enquanto eu colocava as mãos debaixo do cobertor e a puxava para perto de mim uma última vez.

"Não é preciso. Vou de penetra para essa festa."

"E sua carteira? Acha que vai precisar dela?"

Ela estava certa. Tinha deixado no casaco na noite anterior. Começamos a rir e a nos beijar ao mesmo tempo, mas Epiphany se afastou num rompante e agarrou-se ao cobertor.

"Vá embora", ela falou. "Quanto antes você for, mais cedo vai voltar."

"Tente não se preocupar", falei.

Ela sorriu para me mostrar que estava tudo bem, mas seus olhos estavam inchados e úmidos.

"Tome cuidado."

"Esse é o meu lema."

"Vou estar esperando."

"Mantenha a corrente na porta." Peguei a carteira e um gorro de marinheiro de tricô. "Hora de partir."

Epiphany correu até o corredor deixando cair o cobertor como uma ninfa a emergir. Me beijou longa e ardentemente na porta.

"Toma", ela disse, apertando um pequeno objeto na palma de minha mão. "Guarde isso sempre com você." Era um disco de couro com um desenho grosseiro de uma árvore cercada por raios em zigue-zague pintados no lado da camurça.

"O que é isso?"

"Um artifício, um truque, um sortilégio; as pessoas chamam de vários nomes. Um amuleto. O talismã é o símbolo de *Gran Bois*, um *loa* de grande poder. Ele vence toda a má sorte."

"Uma vez você me disse que eu iria precisar de toda ajuda que pudesse conseguir."

"Você ainda precisa."

Guardei o amuleto no bolso e nos beijamos mais uma vez, agora de forma um tanto casta. Nada mais foi dito. Ouvi a corrente passando na porta enquanto me dirigia ao elevador. Por que não falei a ela que a amava quando tive a oportunidade?

Peguei o trem expresso da Oitava Avenida até a rua 14, onde passei para outra composição até a Union Square, descendo correndo as escadarias de ferro até a plataforma da outra linha. Porém, acabei perdendo o trem que iria para o norte da cidade. Tive tempo de comer um pacote de amendoins antes da chegada do próximo. O vagão estava quase vazio, mas não me sentei. Encostei-me nas portas fechadas, vendo a passagem dos azulejos brancos imundos ao deixarmos a estação.

As luzes piscaram enquanto o trem fazia a curva depois de entrar no túnel. As rodas de metal deram um guincho alto no atrito com os trilhos como se fossem águias feridas. Agarrei-me à barra de apoio para não cair e observei a escuridão do lado de fora. Ganhamos velocidade e, em instantes, estávamos lá.

Era necessário prestar muita atenção para vê-la. Apenas as luzes de nosso trem refletindo nos azulejos cobertos de fuligem revelava a presença fantasmagórica da estação abandonada da rua 18. A maioria dos passageiros que faziam essa mesma viagem duas vezes por dia durante suas vidas provavelmente nunca a notaram. De acordo com o mapa oficial do metrô, ela não existia.

Deu para distinguir os algarismos em mosaico decorando cada coluna de azulejos e uma pilha sombria de latas de lixo encostadas na parede. Entramos de novo no túnel e ela sumiu, como um sonho do qual você não mais se lembra.

Saltei na próxima parada, na rua 23. Subi as escadas, atravessei a avenida, desci e desembolsei quinze centavos para comprar mais uma passagem. Havia várias pessoas na plataforma, então fiquei por ali admirando a nova Miss Rheingold[1] com seu bigode desenhado com caneta esferográfica e na testa a mensagem CONTRIBUA PARA A SAÚDE MENTAL escrita a lápis.

Um trem que indicava "Brooklyn Bridge" chegou e todos embarcaram, exceto eu e uma velha que perambulava no fim

1   Concurso de miss patrocinado pela cerveja Rheingold que durou de 1940 a 1964.

da plataforma. Caminhei na direção dela olhando para todos os cartazes, fingindo interesse no de um homem sorridente por conseguir emprego através do *New York Times*, e no do garotinho chinês mordendo uma fatia de pão de centeio.

A velha me ignorou. Vestia um sobretudo preto surrado faltando vários botões e carregava uma sacola de compras. De rabo de olho, a vi subir no banco de madeira, se esticar para abrir a gaiola que protegia uma lâmpada e rapidamente desatarrachá-la.

Ela já tinha descido do banco e posto a lâmpada na sacola quando me aproximei. Sorri para ela.

"Poupe o esforço", falei. "Essas lâmpadas não têm serventia. Todas elas rosqueiam para a esquerda."

"Não sei do que está falando", ela disse.

"O Departamento de Trânsito usa lâmpadas especiais que atarracham para a esquerda. Para inibir o roubo. Elas não se encaixam em bocais comuns."

"Não faço ideia do que você está falando." Ela se afastou correndo de mim pela plataforma sem olhar uma vez para trás. Esperei até que chegasse em segurança ao banheiro feminino.

Um trem expresso passou rugindo quando eu descia a estreita escada de metal no fim da plataforma. Um caminho apertado, paralelo aos trilhos, levava para longe através da escuridão. A intervalos distantes ao longo da parede do túnel o brilho fraco das lâmpadas de baixa potência demarcava o caminho em meio à penumbra. Entre a passagem de um trem e outro, o percurso era bem silencioso, e surpreendi vários ratos fugindo por entre as cinzas no leito dos trilhos ao meu lado.

Aquele túnel de metrô parecia uma caverna sem fim. Água pingava do teto e as paredes estavam ensebadas de limo. Quando um trem passou veloz em direção ao centro, me espremi contra a parede pegajosa e fiquei olhando os vagões luminosos que piscavam a apenas alguns centímetros de meu rosto. Um garotinho ajoelhado no banco me viu, e sua carinha meiga transformou-se em assombro. O vagão já tinha se afastado quando ele começou a apontar.

Parecia que eu tinha caminhado por muito mais que cinco quarteirões. Havia eventuais aberturas na parede com conduítes e escadas de metal que levavam para cima. Segui adiante, as mãos nos bolsos. Sentir a textura áspera da coronha do meu .38 era reconfortante.

Não vi a estação abandonada até chegar a três metros da escada. Os azulejos cobertos de fuligem brilhavam como um templo arruinado ao luar. Fiquei parado bem quieto e prendi a respiração, meu coração disparando sob a Leica pendurada debaixo do casaco. Ouvi o choro de um bebê ao longe.

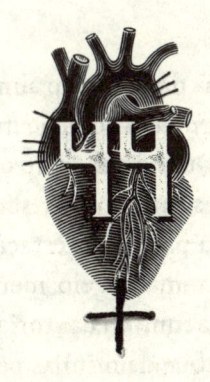

O som ecoou na escuridão. Fiquei ouvindo por um bom tempo antes de concluir que ele vinha da plataforma do outro lado. Atravessar quatro fileiras de trilhos não parecia divertido, e considerei os riscos de usar ou não minha caneta-lanterna até me lembrar de que a tinha deixado em casa.

Luzes distantes vindas do túnel brilhavam ao longo dos trilhos. Apesar de estar escuro, eu conseguia discernir as vigas mestras de ferro, como troncos de árvores numa floresta assombrada à meia-noite. O que eu não conseguia ver eram meus próprios pés, e senti a ameaça iminente do trilho de alta-tensão, letal como uma cascavel escondida no escuro.

Ouvi um trem se aproximar e olhei para o fim do túnel. Nada à vista no leito dos trilhos onde eu me encontrava. Era um trem local que ia para o norte da cidade, e, quando ele passou pela estação abandonada, aproveitei sua passagem para transpor um par de trilhos de alta-tensão. Acompanhei o leito dos trilhos do trem expresso medindo meus passos pela distância entre os dormentes.

Os barulhos de um outro trem me puseram em alerta. Chequei minha retaguarda e senti uma descarga de adrenalina. O trem vinha pelo túnel em alta velocidade. Posicionei-me entre as vigas que separavam as duas fileiras de trilhos e fiquei pensando se o motorneiro havia me visto. O trem passou rugindo como um dragão raivoso e cuspindo faíscas pelas rodas.

Fiz a última travessia do trilho de alta-tensão, e o barulho ensurdecedor cobriu todos os sons de minha subida à plataforma do outro lado. Quando as quatro luzes vermelhas do último carro piscaram sumindo de vista, eu estava encostado nos azulejos frios da parede da estação.

O bebê não chorava mais. Pelo menos não alto o suficiente para ser ouvido acima da cantoria. Era algo que soava ininteligível, mas eu sabia, de minhas pesquisas à tarde, que era latim de trás para a frente. Estava atrasado para a missa.

Tirei o .38 do bolso e me aproximei, esgueirando-me pela parede. Uma cortina de luz tênue, efêmera, descia pelo ar logo adiante. Logo pude distinguir silhuetas bizarras movendo-se no que já fora a galeria da entrada da estação. As catracas e os portões haviam sido retirados há muito tempo. Do canto onde estava, pude ver as velas grandes e pretas enfileiradas ao longo da parede interna. Se estivessem seguindo fielmente as instruções, eram feitas de gordura humana, como as do banheiro de Maggie Krusemark.

A congregação vestia capas e máscaras de animais. Bodes, tigres, lobos, uma variedade de criaturas de chifres, todos cantando uma ladainha de trás para a frente. Enfiei a pistola no bolso e peguei a Leica. As velas circundavam um altar baixo coberto por pano preto. Acima dele, uma cruz pendurada de ponta-cabeça na parede de azulejos.

O sacerdote era gorducho e rosado. Vestia uma casula preta bordada com símbolos cabalísticos numa profusão de fios de ouro. Estava aberta na frente. Não havia nada por baixo e seu membro ereto tremia sob a luz da vela. Dois jovens coroinhas, nus sob suas finas batas sacerdotais de algodão, posicionaram-se de cada lado do altar, balançando os defumadores com incenso. A fumaça tinha o cheiro agridoce de ópio queimado.

Tirei algumas poucas fotos do sacerdote e de seus belos e jovens noviços. Não havia luz suficiente para se fazer muito mais. O sacerdote recitou as orações em reverso e a congregação respondeu com uivos e grunhidos. Um trem expresso passou rumo ao norte da cidade, deu para contar, com a ajuda da luz tremida dos vagões, quantos haviam ali. Dezessete, incluindo o sacerdote e os garotos do altar.

Pelo que pude ver, os seguidores estavam todos nus por debaixo de suas capas rodopiantes. Pensei ter localizado o corpo rijo do velho Krusemark. Usava uma máscara de leão. Vi o brilho de seus cabelos cor de prata enquanto se arrastava e gemia. Tirei mais quatro fotos antes do trem ir embora.

O sacerdote fez um gesto, e das sombras surgiu uma linda adolescente. Seus cabelos loiros na altura da cintura caíam sobre sua capa fúnebre como a luz do sol dispersando a noite. Ela ficou de pé, imóvel, enquanto o sacerdote desamarrava suas vestes. A capa deslizou silenciosamente no chão revelando ombros esguios e seios ainda florescendo, os pelos pubianos como fios de ouro sob a luz da vela.

Tirei mais fotos enquanto o sacerdote a levava até o altar. Seus movimentos entorpecidos e lânguidos sugeriam que estava fortemente drogada. Foi deitada de costas sobre o pano preto, as pernas balançando e os braços abertos. Nas palmas de suas mãos, o sacerdote pôs um toco de vela preta.

"Aceite a pureza imaculada desta virgem", entoou o sacerdote. "Ó, Lúcifer, nós vos imploramos." Ele caiu de joelhos e beijou a menina entre as pernas, deixando um brilho emaranhado de saliva. "Que esta carne casta honre seu divino nome."

Ele se levantou e um dos coroinhas entregou a ele uma caixa de prata aberta. Ele retirou de dentro uma hóstia, depois virou a caixa e derramou os discos translúcidos aos pés da congregação. Seguiu-se mais latim falado ao contrário enquanto os adoradores pisavam nas hóstias. Vários urinaram no piso ruidosamente.

Um dos ajudantes entregou ao sacerdote um cálice de prata de haste comprida; o outro se inclinou e juntou do chão farelos de hóstia quebrada, colocando-os dentro dele. A congregação fungava e grunhia como porcos no cio enquanto ele equilibrava o cálice sobre a barriga da garota.

"Ó Astaroth, Asmodeu, príncipes da amizade e do amor, eu vos imploro que aceitem este sangue que é derramado por vós."

Um choro vigoroso cortou os grunhidos bestiais. O coroinha veio das sombras carregando um bebê que esperneava sem parar. O sacerdote o segurou por uma das pernas e o ergueu para o alto, contorcendo-se e gritando.

"Ó Baalberith, ó Belzebu", gritou, "esta criança é ofertada em vosso nome."

Foi tudo muito rápido. O sacerdote entregou o bebê a um ajudante e recebeu uma faca de volta. A lâmina refletia a luz da vela enquanto a garganta do bebê era cortada. A minúscula criatura lutou pela vida, seus gritos virando um gargarejo abafado.

"Eu te sacrifico ao Divino Lúcifer. Que a paz de Satã esteja sempre com você." O sacerdote pôs o cálice embaixo do sangue que jorrava. Terminei o rolo de filme quando o bebê morreu.

O cântico gutural da congregação ficou mais alto que o ronco de um trem que se aproximava. Joguei-me contra a parede e pus outro filme na câmera. Ninguém estava prestando atenção em mim. O ajudante sacudiu o bebê inerte para colher as últimas preciosas gotas. Manchas vívidas de sangue resplandeciam sobre as paredes sujas e na pele pálida da garota no altar. Desejei que cada fotograma que eu tivesse disparado fosse uma bala e que o sangue de outras pessoas tivesse escurecido aqueles azulejos esquecidos.

Um trem chegou zunindo, espalhando sua luz vibrante sobre o ritual. O sacerdote bebeu do cálice e despejou o que sobrou sobre a multidão. Os mascarados uivaram de prazer. O bebê morto foi descartado. Os dois ajudantes começaram a masturbar um ao outro às gargalhadas, as cabeças jogadas para trás.

Pondo a vestimenta de lado, o gordo e rosado sacerdote ajoelhou-se por sobre a virgem manchada de sangue e penetrou-a, fazendo movimentos curtos, parecendo um cachorro. A menina não reagiu. As velas permaneceram de pé em suas mãos estendidas. Seus olhos arregalados fixaram-se no vazio da escuridão.

A congregação enlouqueceu. Livrando-se de suas capas e máscaras, as pessoas começaram a copular freneticamente sobre o piso. Homens e mulheres em todas as combinações possíveis, incluindo sexo a quatro. A luz intensa do trem que passava projetava suas sombras sobre a parede do metrô. Seus uivos e gemidos reverberando mais alto que o barulho do violento atrito das rodas do trem.

Vi Ethan Krusemark enrabando um baixinho cabeludo e barrigudo. Estavam de pé na entrada do banheiro masculino e pareciam atores de cinema pornô mudo sob a luz oscilante. Gastei um rolo inteiro de filme no armador milionário em ação.

A festa continuou por mais ou menos meia hora. Porém, ainda era cedo para a temporada de orgias no metrô, e o ar frio e úmido finalmente acabou por minar o entusiasmo até do mais fervoroso adorador do diabo. Logo estavam todos caçando suas roupas perdidas e resmungando pela dificuldade de encontrar os sapatos no escuro. Grudei os olhos em Krusemark.

Ele guardou sua vestimenta numa valise e ajudou alguns dos outros com a limpeza. O tecido preto do altar e a cruz invertida foram retirados, o sangue foi limpo com pedaços de pano. Por fim, as velas foram apagadas e o grupo se dispersou individualmente e aos pares. Alguns seguiram para o norte da cidade, outros para o centro. Vários atravessaram os trilhos até o outro lado com a ajuda de lanternas. Uma pessoa carregava um saco pesado que pingava.

Krusemark estava entre os últimos a ir embora. Ficou de pé um bom tempo cochichando com o sacerdote. A jovem loura, encurvada como um zumbi, atrás deles. Os dois se despediram e deram um aperto de mãos como crentes ao final do culto. Krusemark passou por mim a menos de um metro de distância e caminhou para o norte da cidade ao longo da plataforma deserta.

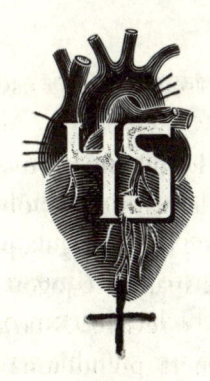

Ele entrou no túnel caminhando rápido pela passagem estreita. Com certeza não era a primeira vez que dava um passeio por ali. Dei uma boa distância até começar a segui-lo. Sincronizei meu ritmo ao dele, passo a passo, silencioso como uma sombra em minhas botas de solado de borracha. Se ele por acaso olhasse para trás, o jogo terminaria. Seguir um homem num túnel era como fazer um flagrante num processo de divórcio se escondendo debaixo da cama do hotel.

A aproximação de um trem me deu a oportunidade de que eu precisava. À medida que o trovejar metálico do trem expresso aumentava, comecei a correr o quanto pude. O rugido da máquina anulava o barulho de meus passos. Estava com o .38 na mão. Krusemark não ouviu nada.

Quando o último carro atravessou, Krusemark havia desaparecido. Estava a menos de dez metros de distância e tinha simplesmente sumido. Como pude perdê-lo num túnel? Mais cinco passos e avistei a porta aberta. Era algum tipo de saída de serviço, e ele começava a subir por uma escada de metal presa à parede.

"Parado!" Segurei o Smith & Wesson com as duas mãos e o apontei a mais ou menos um metro de distância dele.

Krusemark virou-se, piscando à meia-luz.

"Angel?"

"Vire-se e fique de frente para a escada. Ponha as duas mãos na cabeça."

"Seja razoável, Angel. Podemos conversar."

"Anda logo!" Baixei a mira do revólver. "O primeiro vai ser no joelho. Vai ter que usar bengala pelo resto da vida."

Krusemark fez o que mandei e jogou a bolsa de couro no chão. Fui para trás dele e o revistei. Estava limpo. Tirei minhas algemas do bolso da jaqueta, prendi uma no pulso direito dele e a outra no degrau que o homem segurava. Ele olhou para mim e desferi com a mão esquerda um violento murro em sua boca.

"Seu porco imundo!" Apertei o cano do .38 sob seu queixo forçando a cabeça dele para trás. Seus olhos se arregalaram como os de um cavalo encurralado. "Queria espalhar seus miolos pela parede, seu viado."

"Fi-ficou ma-maluco?", ele gaguejou.

"Maluco? Pode ter certeza que sim. Tenho estado maluco desde que você enviou seus capangas atrás de mim."

"Você está cometendo um erro."

"Erro o cacete! Tudo que você diz é um monte de merda. Talvez se eu tirar alguns de seus dentes do lugar, você consiga lembrar." Arreganhei a boca deixando que ele visse o que o dentista havia feito. "Como seus leões de chácara fizeram comigo."

"Não sei do que você está falando."

"Claro que sabe. Você armou para cima de mim e agora está tentando tirar o seu da reta. Tem mentido desde a primeira vez que encontrei você. Edward Kelley é o nome de um mago elizabetano. Por isso você usou como apelido, não porque sua filha achava engraçadinho."

"Parece que você sabe bastante."

"Tenho feito meu dever de casa. Dei uma melhorada na minha magia negra. Portanto, para de tentar me enganar dizendo que a empregada fornecia as cartas de tarô pra sua filha enquanto ela ainda engatinhava. Era você o tempo todo. Você é o adorador do diabo."

"Eu seria um idiota se não fosse. O Príncipe das Trevas protege os poderosos. Você também deveria rezar para ele, Angel. Ficaria surpreso com as coisas boas que aconteceriam a você."

"Como o quê? Cortar gargantas de bebês? De onde arrancou aquela criança, Krusemark?"

Ele abriu um sorriso debochado.

"Não foi nenhum sequestro. Pagamos um bom dinheiro pelo pequeno bastardo. Um necessitado a menos para os contribuintes alimentarem. Você paga impostos, não paga, Angel?"

Cuspi no rosto dele. Nunca tinha feito isso com ninguém.

"Uma barata é um ser divino comparado a você. Não sinto nada quando piso em uma barata, então pisar em você será um prazer. Vamos começar do início. Quero saber tudo sobre Johnny Favorite. Os segredos. Tudo o que você já viu ou ouviu falar."

"Por que eu deveria? Você não vai me matar. É fraco demais para isso." Ele limpou a saliva do rosto.

"Não preciso matar você. Posso simplesmente ir embora e deixá-lo aqui preso. Quanto tempo acha que demoraria para alguém encontrar você? Dois dias? Uma semana? Duas? Você pode passar o tempo contando os trens indo e vindo."

Krusemark pareceu um tanto pálido, mas continuou a blefar.

"O que você ganharia com isso?" O restante se perdeu com o rugido de um trem que passava.

"Eu daria algumas gargalhadas", falei depois que o trem passou. "E quando eu revelar essas fotos, terei algo em meu álbum de recortes para lembrar de você." Peguei um rolo amarelo de filme para que ele pudesse dar uma boa olhada.

"A minha favorita é a que você está comendo o gordinho. Acho que vou fazer uma ampliação dessa."

"Você está blefando."

"Estou?" Mostrei a ele minha Leica. "Gastei dois rolos de 36 cada. Tudo preto no branco, como se diz."

"Não tem luz suficiente para tirar fotos aqui."

"Tem para o Tri-X. Fotografia não deve ser um de seus hobbies. Vou pendurar algumas das fotos mais quentes no quadro de avisos de seu escritório. Os jornais vão se deliciar com elas também. Isso para não falar da polícia." Me virei para ir embora. "Vejo você por aí. Por que não tenta rezar para o diabo? Talvez ele venha e o solte."

O riso de desdém de Krusemark se desfez numa carranca de profunda preocupação.

"Angel, espere. Vamos conversar."

"Era mesmo o que eu tinha em mente, excelência. Você fala, eu escuto."

Krusemark esticou a mão que estava livre.

"Me dê o filme. Então, direi tudo que sei."

Aquilo me fez gargalhar.

"Nada feito. Primeiro você canta. Se eu gostar da música, aí você fica com o filme."

Krusemark esfregou o nariz e olhou para o chão sujo.

"Tudo bem." Seus olhos se mexiam como ioiôs enquanto ele me observava brincando com o rolo de filme de um lado para o outro. "A primeira vez que encontrei Johnny foi no inverno de 1939. Era Festa da Purificação da Virgem Maria. Havia uma comemoração na casa de... bom, o nome dela não importa, ela morreu faz dez anos. Ela tinha uma mansão na Quinta Avenida perto de onde estão construindo aquele museu horroroso de Frank Lloyd Wright. Nos velhos tempos, o local era famoso pelos bailes da alta sociedade; a sra.

Astor, os Four Hundred, esse tipo de coisa. Mas o grande salão de baile era usado apenas para cerimônias de Paganismo e Sabás na época em que passei a conhecer."

"Missas Negras?"

"Às vezes. Nunca fui a nenhuma lá, mas tinha amigos que foram. De qualquer forma, foi a noite em que conheci Johnny. Fiquei impressionado com ele logo de cara. Não devia ter mais do que dezenove, vinte anos, mas tinha algo de especial. Dava para sentir o poder emanando de dentro do rapaz como uma corrente elétrica. Seus olhos eram mais vivos do que os de qualquer pessoa que eu vira antes na vida, e olha que eu já tinha corrido mundo.

"Apresentei-o a minha filha, e eles se deram bem logo de cara. Ela já estava mais envolvida com as ciências ocultas do que eu e reconheceu este algo mais em Johnny. A carreira dele estava apenas começando e ele estava ávido por fama e fortuna. Poder era algo que ele já tinha de sobra. Vi-o invocar Lucífago Rofocale bem em minha sala de estar. É um procedimento extremamente complicado."

"Você acha que vou engolir isso?", perguntei.

Krusemark recostou na escada, descansando um pé no degrau de baixo.

"Engula, cuspa, não estou nem aí. É a verdade. Johnny fora muito mais fundo do que eu tinha coragem de ir. As coisas que ele fez levariam um homem comum à loucura. Ele sempre queria mais. Ele queria tudo. Por isso, fez um pacto com Satã."

"Que tipo de pacto?"

"O de sempre. Vendeu a alma em troca do estrelato."

"Não fode!"

"É verdade."

"É conversa fiada e você sabe disso. O que ele fez? Assinou um contrato com sangue?"

"Não conheço os detalhes." O olhar altivo de Krusemark era impaciente e desdenhoso. "Johnny ficou sozinho à meia-noite no cemitério da igreja de Trinity para a invocação. Você não deveria debochar do que digo, Angel, não quando se mexe com forças que estão acima de seu controle."

"Ok, digamos que eu acredite: Johnny Favorite fez um trato com o diabo."

"O próprio lorde Satã surgiu das profundezas do inferno. Deve ter sido magnífico."

"Parece bem arriscado vender a alma. A eternidade é muito tempo."

Krusemark sorriu. Havia muito sarcasmo naquele sorriso.

"Orgulho", ele falou. "O pecado de Johnny era o orgulho. Ele achou que podia enganar o próprio Príncipe das Trevas."

"Como?"

"Você deve levar em consideração que eu não sou um estudioso, apenas um seguidor. Compareci ao ritual como testemunha, mas não posso lhe dizer nada sobre a natureza mágica das invocações ou o que se passou durante a semana de preparações que o precederam."

"Vá ao que interessa."

Antes de ele recomeçar a falar, foi interrompido pela passagem de um trem expresso. Observei seus olhos, e nossos olhares se encontraram. Não se deixou trair nenhuma vez enquanto passava e repassava mentalmente sua história até acabar o rugido do último vagão.

"Com a ajuda de Satã, Johnny virou um sucesso num piscar de olhos. Um tremendo sucesso. Da noite para o dia, ganhou as manchetes; em poucos anos, era tão rico quanto o Fort Knox.[1] Acho que isso lhe subiu à cabeça. Come-

---

1 Fortaleza onde são guardadas as reservas de ouro dos Estados Unidos.

çou a achar que era ele a fonte do poder, e não o Príncipe das Trevas. Não demorou muito até arrumar um jeito de se livrar de sua parte no negócio."

"E conseguiu?"

"Tentou. Ele possuía uma biblioteca de respeito. Encontrou um rito obscuro num manuscrito de um certo alquimista da Renascença. Envolvia a transmutação de almas. Johnny teve a ideia de que poderia trocar sua identidade psíquica com outra pessoa. Realmente virar a essência da outra pessoa."

"Prossiga."

"Bom, ele tinha de ter uma vítima. Alguém que tivesse a idade dele, que fosse do mesmo signo. Encontrou um jovem soldado que acabara de voltar do norte da África. Uma das primeiras baixas. Conseguira há pouco tempo uma dispensa médica e estava celebrando o Ano-Novo. Johnny o escolheu na multidão na Times Square. Ele o drogou num bar e o levou para sua casa. Foi onde aconteceu a cerimônia."

"Que tipo de cerimônia?"

"O rito de transmutação. Meg foi a assistente. Eu fui a testemunha. Johnny tinha um apartamento no hotel Waldorf, onde mantinha um quarto sempre vazio para realizar as cerimônias. Ele dizia às camareiras que praticava aulas de canto ali. Cortinas escuras de veludo cobriam as janelas. O soldado foi deitado de costas nu sobre um tapete de borracha. Johnny marcara a fogo um pentáculo em seu peito. Havia um braseiro de incenso em cada canto, mas o cheiro de carne queimando era muito mais forte. Meg desembainhou uma adaga virgem, uma que nunca tivesse sido usada antes. Johnny a abençoou em hebraico e em grego. As preces eram novidade para mim, não entendia uma palavra. Quando terminou, ele banhou a lâmina na chama do altar e fez um corte profundo no soldado, de um mamilo a outro. Ele mergulhou a adaga no sangue do rapaz e desenhou um círculo com ela no chão ao redor do corpo. Houve mais cantos e sortilégios depois. Não consegui entender nenhum deles. Tudo de que me lembro são os cheiros e as sombras dançando. Meg jogou punhados de produtos químicos no fogo e as chamas mudavam de cor: verde e azul, roxo, rosa. Era hipnótico."

"Parece um show no Copacabana. O que aconteceu com o soldado?"

"Johnny comeu o coração. Arrancou-o tão rápido que ainda batia quando ele o engoliu. Esse foi o fim da cerimônia. Talvez tenha se apoderado da alma do garoto; para mim, ele continuou parecendo o Johnny que eu conhecia."

"O que ele ganhou matando o soldado?"

"O plano dele era sumir de vista quando tivesse a chance e ressurgir como o soldado. Vinha escondendo grandes somas de dinheiro por um bom tempo. Lorde Satã provavelmente nunca saberia a diferença. O problema foi que ele não se preparou para o que aconteceu depois. Foi enviado para o exterior antes de poder finalizar o que havia planejado, e aquele que retornou não podia lembrar do próprio nome, quanto mais de uma encantação em hebraico."

"Foi aí que sua filha entrou em cena."

"Isso. Um ano se passou. Meg insistiu que o ajudássemos. Entrei com o dinheiro para subornar o médico e deixamos Johnny na Times Square no Ano-Novo. Ela fez questão de que fosse assim. Era o ponto de partida, o último lugar que o soldado se lembrava antes de Johnny drogá-lo."

"O que aconteceu com o corpo?"

"Eles o desmembraram e deram os pedaços para os cães de caça de meu canil no norte do estado comer."

"Do que mais você se lembra?"

"Nada, na verdade. Talvez de Johnny gargalhando depois de tudo terminado. Ele debochava da vítima. Dizia que o pobre infeliz não tinha sorte nenhuma. Mandaram-no para o exterior para a invasão em Orã, e quem acaba atirando nele? Os filhos da puta dos franceses! Johnny achava aquilo muito engraçado."

"Eu estive em Orã!" Puxei Krusemark pela camisa e o atirei com força contra a escada. "Qual era o nome do soldado?"

"Não sei."

"Você estava no quarto."

"Eu não sabia de nada até um pouco antes de tudo começar. Fui apenas a testemunha."

"Sua filha deve ter lhe contado."

"Não, não contou. Ela também não sabia. Era parte da mágica. Apenas Johnny podia saber o nome verdadeiro de sua vítima. Alguém que ele confiasse deveria guardar o segredo. Ele lacrou as placas de identificação do soldado numa antiga urna canópica egípcia e a entregou para Meg."

"Como era essa urna?" Eu estava quase o enforcando. "Você a viu alguma vez?"

"Muitas vezes. Meg a deixava sobre a escrivaninha. Era de alabastro, alabastro branco, e tinha uma cobra de três cabeças esculpida na tampa."

Eu tinha pressa. Mantendo o .38 firme nas costelas de Krusemark, abri as algemas e as enfiei no bolso do casaco.

"Não se mexa", falei, caminhando de volta para a entrada aberta, a arma apontada para seu peito. "Nem sequer respire."

Krusemark esfregou o pulso.

"E quanto ao filme? Você me prometeu o filme."

"Sinto muito. Eu menti. Acabo adquirindo esses péssimos hábitos de tanto conviver com caras como você."

"Eu preciso desse filme."

"Sim, eu sei. É o sonho realizado de um chantagista."

"Se é dinheiro que você quer, Angel..."

"Limpe sua bunda com seu dinheiro fedorento."

"*Angel!*"

"A gente se vê por aí, campeão." Saí de lá e pisei no caminho estreito quando um trem disparava para o norte da cidade. Não me importei se o motorneiro havia me visto ou não. Meu único erro foi ter enfiado o Smith & Wesson de volta no bolso. Todos fazemos bobagens, às vezes.

Não ouvi Krusemark se aproximar até ele me agarrar pelo pescoço. Eu o tinha subestimado. Era como um animal selvagem perigoso e forte. Inacreditavelmente forte para um homem daquela idade. Sua respiração era curta e raivosa; era o único de nós que estava respirando.

Mesmo usando as duas mãos, eu não conseguia me soltar das dele me estrangulando. Numa manobra desesperada enganchei um dos pés entre suas pernas e dei uma rasteira nele que me carregou junto. Caímos os dois de encontro à lateral do trem em movimento, e o impacto nos jogou para o alto como bonecos de pano, arremessando-me de volta contra a parede do metrô.

Krusemark conseguiu manter-se de pé. Não tive tanta sorte. Estirado como um bêbado sobre o chão empoeirado, via as rodas de ferro passarem a centímetros de meu rosto. O trem foi embora em disparada. Krusemark mirou um chute em minha cabeça. Segurei seu pé e o derrubei. Já tinha sido chutado o suficiente por uma semana.

Não havia tempo de pegar o .38. O homem sentou-se no caminho e me encarou. Saltei sobre ele e dei um soco em seu pescoço. Ele emitiu o tipo de grunhido que se espera de um sapo quando é pisoteado. Bati nele de novo, com força, e senti seu nariz se desfazer como uma fruta passada. Ele agarrou meus cabelos, batendo minha cabeça em seu peito, e rolamos no caminho estreito, tapas e chutes em profusão.

A luta não era nada limpa. O marquês de Queensberry não teria aprovado.[1] Krusemark me derrubou e apertou meu pescoço com as mãos. Quando não consegui me livrar de seu golpe de pugilista, pus a palma da mão direita em seu queixo e forcei a cabeça dele para trás. Não funcionou, então enfiei o polegar no olho.

---

[1] John Sholto Douglas, o nono marquês de Queensberry, foi um nobre escocês que instituiu as regras que formaram as bases do boxe moderno, chamadas de "Regras do marquês de Queensberry".

Aquilo deu certo. Daria para ouvir Krusemark gritar mesmo se um trem local rugisse dentro do túnel. Ele afrouxou as mãos e me livrei dele, arquejando. Me defendi, tentando escapar de suas mãos e voltamos a nos engalfinhar, rolando juntos sobre os trilhos. Acabei por cima dele e ouvi a cabeça de Krusemark bater contra um dormente de madeira. Dei uma joelhada em seus testículos para garantir. O velho não conseguia mais lutar.

Levantei-me e busquei no bolso o Smith & Wesson. A arma tinha desaparecido, perdida na briga. Um rangido de cascalho sendo pisado me alertou para a figura nefasta de Krusemark se levantando, cambaleante. Tentou desferir um golpe de direita em mim, mas acabou recebendo de volta dois golpes no abdome. Ele era compacto e firme, mas eu sabia que o tinha machucado.

Tomei um golpe de esquerda no ombro que não me machucou e acertei um soco de direita no rosto dele bem no supercílio. Parecia que eu tinha batido num muro de pedra. Minha mão ficou dormente de dor.

Aquele soco não baixou o ritmo do homem. Ele seguiu me atacando, desferindo golpes pesados e habilidosos ao se lançar sobre mim. Não consegui neutralizar todos, e ele me atingiu algumas vezes enquanto eu tateava meus bolsos da jaqueta em busca das algemas. Usei o bracelete como um chicote, atingindo-o no rosto. O estalo do aço sobre o osso era música para meus ouvidos. Bati nele de novo, acima da orelha, e Krusemark caiu para trás com um urro.

O grito repentino dele ecoou e emudeceu pelo túnel como o som de alguém caindo do alto. Um zumbido metálico de eletricidade se fez ouvir na escuridão como o bater de asas de um besouro. O trilho de alta-tensão.

Não quis tocar no corpo. Estava muito escuro para vê-lo nitidamente, então dei um passo para trás até a segurança do caminho estreito. À luz de uma lâmpada distante, pude identificar sua forma obscura estirada sobre os trilhos.

Retornei à saída de serviço e vasculhei dentro da valise de couro que ficara ao pé da escada. A máscara de leão de papel machê sorria para mim. Debaixo da capa preta embolada, encontrei uma pequena lanterna de plástico. Era tudo o que havia. Voltei ao túnel e acendi a lanterna. Krusemark jazia encolhido como uma pilha de farrapos, seu rosto congelado em sua agonia final. Os olhos sem vida fixos nos trilhos acima de uma boca aberta presa num grito sem som. Uma espiral de fumaça ácida erguia-se acima de sua pele chamuscada.

Limpei minhas digitais da alça e joguei a valise ao seu lado. Na queda, a máscara caiu entre os trilhos. Percorrendo o caminho estreito com a ajuda do feixe de luz da lanterna vi meu .38 encostado na parede a alguns metros de distância. Peguei-o e o enfiei no bolso. Os nós dos dedos de minha mão direita latejavam de dor. Os dedos se mexiam, então eu sabia que não estavam quebrados. Não pude dizer o mesmo da Leica. Uma teia de pequenas rachaduras deu à lente a aparência de uma superfície congelada.

Cheguei meus bolsos. Estava tudo lá, exceto o amuleto de couro de Epiphany, que se perdera na briga. Dei uma rápida olhada em torno, mas não o vi. Havia coisas mais importantes a fazer. Guardei a lanterna de Krusemark e disparei pelo caminho estreito, deixando o armador milionário nos trilhos para ser desmembrado pelo próximo trem que passasse. Os ratos fariam um banquete esta noite.

Saí do metrô na estação da rua 23 e peguei um táxi indo para o norte da cidade na esquina da avenida Park. Dei ao motorista o endereço de Margaret Krusemark e, dez minutos depois, ele me deixou em frente ao Carnegie Hall. Um velho maltrapilho estava na esquina arranhando um pouco de Bach num violino todo remendado por fita adesiva.

Peguei o elevador para o décimo primeiro andar, não dando a mínima se o ascensorista decrépito se lembrava de mim ou não. Era tarde demais para tais minúcias. A porta do apartamento de Margaret Krusemark havia sido lacrada pela polícia. Um pedaço de papel adesivo fora colado na fechadura. Rasguei-o, encontrei a chave mestra adequada e entrei, limpando em seguida a maçaneta com a manga da camisa.

Acendi a lanterna do papai e testei sua luminosidade pela sala. A mesa de centro sobre a qual o corpo estivera esparramado fora retirada, bem como o sofá e o tapete persa. No lugar, havia desenhos feitos de fita adesiva. O traçado dos braços e das pernas de Margaret Krusemark sobressaindo de cada ponta da mesa retangular parecia um desenho animado de um homem vestindo um barril.

Não havia nada que me interessasse na sala, então segui pelo corredor até os aposentos da bruxa. As gavetas de sua escrivaninha e de seus armários de arquivos estavam todos com um selo do Departamento de Polícia. Passei a luz da lanterna pela escrivaninha. O calendário e os papéis espalhados não estavam mais lá, mas a fileira de livros de pesquisa permanecia intacta. Numa ponta, a urna canópica de alabastro brilhava como um osso polido.

Minhas mãos tremeram quando a peguei. Tentei abri-la por vários minutos, mas a tampa com a escultura da cobra de três cabeças continuava lacrada. Desesperado, atirei a urna no chão. Ela se quebrou como vidro.

Vi um brilho metálico entre os cacos e peguei a lanterna de cima da mesa. Um par de placas de identificação do Exército brilhava no meio do emaranhado da corrente. Peguei-as, segurando uma pequena placa retangular sob a luz. Um arrepio involuntário se espalhou por meu corpo. Passei meus dedos gelados sobre as letras em alto-relevo. Junto ao número de série e ao tipo sanguíneo, havia um nome impresso: ANGEL, HAROLD R.

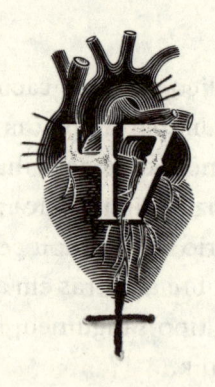

47

As placas de identificação tilintavam em meu bolso enquanto eu descia. Fixei o olhar nos sapatos do ascensorista ao mesmo tempo em que passava o polegar pelas letras recortadas no metal como um cego lendo um texto em braille. Meus joelhos tremiam, mas minha mente disparava tentando organizar meus pensamentos. Nada fazia sentido. Aquilo tinha de ser uma armadilha, as placas de identificação haviam sido plantadas ali. Os Krusemark, um ou ambos, estavam envolvidos; Cyphre era o cérebro. Mas por quê? Do que se tratava tudo aquilo?

Na rua, o ar frio da noite tirou-me de meu transe. Joguei a lanterna de plástico de Krusemark numa cesta de lixo e acenei para um táxi. Antes de mais nada, eu sabia que precisava destruir as evidências guardadas em meu cofre.

"Quarenta e dois com Sétima", falei para o motorista, me acomodando no banco de trás com os pés sobre o banco reclinável a minha frente enquanto descíamos a avenida aproveitando todos os sinais abertos.

Nuvens de vapor subiam pelas tampas dos bueiros como o último ato de *Fausto*. Johnny Favorite vendeu sua alma a Mefistófeles e depois tentou se livrar do trato sacrificando um soldado que tinha meu nome. Pensei no sorriso elegante de Louis Cyphre. O que ele esperava ganhar com essa charada? Eu me lembrava do Ano-Novo de 1943 na Times Square tão nitidamente como se fosse a primeira noite de minha vida. Estava completamente sóbrio num mar de bêbados, minhas placas de identificação guardadas em segurança no compartimento de moedas de minha carteira quando ela foi roubada. Dezesseis anos depois, elas reaparecem no apartamento de uma mulher morta. Que diabos estava acontecendo?

A Times Square ardia como um purgatório em neon. Toquei meu nariz desfigurado e tentei me lembrar do passado. Ele estava perdido em sua maior parte, varrido por um ataque da artilharia francesa em Orã. Alguns pedaços aqui e ali permaneceram. Odores sempre os trazem de volta. Maldição, eu sabia quem eu era. Eu sei quem eu sou.

As luzes estavam acesas em meu escritório quando estacionamos em frente à loja de bugigangas. O taxímetro marcava 75 centavos. Joguei uma nota de um dólar para o motorista e falei: "Pode ficar com o troco". Esperava que ainda desse tempo.

Subi pelas escadas de incêndio até o terceiro andar para que o barulho do elevador não me denunciasse. O corredor estava escuro, minha antessala também, mas a luz dentro do escritório brilhava no vidro martelado da porta da frente. Peguei meu revólver e entrei devagar. A porta que dava para o escritório estava escancarada, jogando luz sobre meu tapete puído. Esperei um instante, mas não ouvi absolutamente nada.

O escritório estava uma bagunça: minha mesa revirada, as gavetas abertas, o que havia dentro espalhado pelo chão. O arquivo verde amassado estava virado de lado, fotografias de crianças fugitivas espalhadas pelos cantos como folhas de outono. Quando desvirei minha cadeira giratória, vi a porta de aço do cofre escancarada.

Então as luzes se apagaram. Não no escritório, mas em minha cabeça. Alguém tinha me acertado com o que parecia ser um taco de beisebol. Ouvi o som de meu crânio estalando enquanto eu caía para a frente rumo à escuridão.

A água fria jogada em meu rosto me trouxe de volta. Sentei-me, tonto e piscando. Minha cabeça latejava como um jingle de aspirina. Louis Cyphre estava em pé sobre mim vestido de smoking, despejando água de um copo de papel. Na outra mão, segurava meu Smith & Wesson.

"Encontrou o que estava procurando?", perguntei.

Cyphre sorriu.

"Sim, muito obrigado." Ele amassou o copo de papel e jogou-o no meio da bagunça do chão. "Um homem com a profissão do senhor não deveria guardar seus segredos em latas de lixo como essa." Ele retirou do bolso de dentro do casaco o mapa astral que Margaret Krusemark havia feito para mim. "Imagino que a polícia ficará feliz em adquirir isso."

"Você nunca vai se dar bem nessa."

"Mas, sr. Angel, eu já me dei."

"Por que voltou? Você já tinha o mapa astral."

"Eu nunca fui embora. Estava no outro cômodo. Você passou por mim."

"Uma armadilha."

"Isso mesmo, e das boas. Você caiu nela sem hesitar." Cyphre enfiou o mapa astral de volta no bolso. "Desculpe pela pancada, mas eu precisava de algumas coisas suas."

"Tais como?"

"Seu revólver. Tenho serventia para ele." Cyphre enfiou a mão no bolso e vagarosamente retirou de lá as placas de identificação, sacudindo-as diante de mim pela corrente. "E para isso."

"Bem esperto", falei. "Plantar isso no apartamento de Margaret Krusemark. Como conseguiu a colaboração do pai dela?"

O sorriso de Cyphre se abriu.

"Aliás, como vai o sr. Krusemark?"

"Morto."

"Que pena."

"Dá para ver que você está arrasado."

"A perda de um fiel é sempre lamentável." Cyphre brincava com as placas de identificação, enrolando a corrente entre seus dedos finos. O anel de ouro do dr. Fowler brilhava na mão dele tratada por manicure.

"Pare de palhaçada! Usar esses seus nomezinhos de duplo sentido não fazem de você o original."

"Prefere os cascos e um rabo?"

"Eu não fazia ideia até esta noite. Você me fez de bobo. Almoço no Voisin. Era para eu ter suspeitado quando fiquei sabendo que 666 era o número da Besta no Livro das Revelações. Estou ficando enferrujado."

"O senhor me decepcionou, sr. Angel. Pensei que teria pouquíssima dificuldade em 'de-ci-frar' meu nome." Ele deu sonoras gargalhadas do jogo de palavras ridículo.

"Pôr a culpa em mim por seus assassinatos é bem inteligente", falei. "Só tem um problema."

"E qual seria?"

"Herman Winesap. Nenhum tira iria acreditar numa história sobre um cliente fingindo ser Lúcifer, só um maluco se sairia com algo assim. Mas eu tenho Winesap para corroborar minha história."

Cyphre pendurou as placas de identificação no pescoço com um sorriso de lobo.

"O procurador Winesap desapareceu ontem num acidente de barco em Sag Harbor. Muito triste. O corpo ainda não foi encontrado."

"Pensou em tudo, não?"

"Tento ser meticuloso", respondeu ele. "Agora, o senhor vai me dar licença, sr. Angel. Por mais agradáveis que sejam nossas conversas, tenho assuntos a resolver. Seria realmente imprudente de sua parte tentar me impedir. Se o senhor tentar sair antes de mim, vou ser forçado a atirar." Cyphre estendeu-se um tempo à porta como um showman aproveitando ao máximo sua fala final. "Apesar de estar ansioso para receber minha parte no contrato, seria de fato lastimável você ser morto pela própria arma."

"Vá para o inferno!", falei.

"Não precisa se exaltar, Johnny", Cyphre sorriu. "Nós vamos juntos."

Ele saiu e fechou a porta silenciosamente. Engatinhei com dificuldade em meio ao lixo espalhado pelo chão até o cofre aberto. Eu tinha uma arma extra numa caixa de charutos vazia escondida na prateleira de baixo. Meu coração acelerou enquanto eu afastava uma pilha de documentos. Ela ainda estava lá. Levantei a tampa e peguei o Colt Commander calibre 45. A enorme arma automática em minha mão era como um sonho que se tornara realidade.

Enfiei no bolso um pente extra de balas e corri para a porta. Com o ouvido colado no vidro fiquei ouvindo o elevador partir. Ao ouvir o som, destravei a pistola e carreguei-a com um pente de balas. Vi o teto do elevador passando pelo vidro da porta externa e desci correndo a escada de incêndio.

Pulei os degraus de quatro em quatro, equilibrando-me no corrimão e estabeleci um novo recorde de corrida contra elevador. No térreo, quase sem ar, segurei com o pé a porta corta-fogo, a arma apoiada no umbral com ambas as mãos. As batidas do coração estouravam em meus ouvidos.

Rezei para que Cyphre ainda estivesse com meu revólver na mão quando a porta do elevador se abrisse. Justificaria legítima defesa. Vamos ver agora se a magia dele é boa mesmo contra a do coronel Colt. Fiquei imaginando os poderosos projéteis atingindo-o com violência e jogando-o para cima, seu sangue escuro manchando o peitilho de renda da camisa social. Posar como o diabo podia enganar pianistas vodus e astrólogas de meia-idade, mas comigo não funcionou. Ele havia escolhido o cara errado para bancar o otário.

A janela circular da porta externa se encheu de luz e o elevador chegou. Aprumei a mira e prendi a respiração. A charada satânica de Louis Cyphre tinha chegado ao fim. A porta de metal vermelho se abriu. O elevador estava vazio.

Avancei, trôpego como um sonâmbulo. Não acreditava no que estava vendo, ele não podia ter sumido, não tinha como. Eu estava observando o indicador acima da porta, via os números se acenderem na medida em que o elevador descia sem fazer parada alguma. Ele não podia ter saído com a máquina em movimento.

Entrei e apertei o botão para o último andar. Quando o elevador começou a subir, segurei nos corrimões de metal e apoiei cada pé numa parede, empurrando para fora o alçapão de emergência que ficava no teto.

Enfiei a cabeça pela abertura e dei uma olhada ao redor. Cyphre não estava no teto. Não havia espaço para se esconder em meio aos cabos cheios de graxa e roldanas em movimento.

Do quarto andar subi pelas escadas de incêndio até o telhado. Dei uma busca por detrás das chaminés e dos dutos de ventilação, caminhando sobre a cobertura de piche estufada. Não estava no telhado. Debrucei-me sobre a beira da cornija e procurei lá embaixo na rua, primeiro na Sétima Avenida;

depois na esquina, ao longo da rua 42. Tinha pouca gente naquela noite de domingo. Apenas profissionais do sexo, tanto homens quanto mulheres, permaneciam nas calçadas. Não se via em lugar algum a ilustre figura de Louis Cyphre.

Tentei combater minha confusão usando a lógica. Se ele não estava na rua ou no telhado e não tinha saído do elevador, então só podia estar ainda em algum lugar dentro do prédio. Era a única explicação possível. Ele estava escondido em algum lugar. Tinha de estar.

Na meia hora seguinte, fiz uma busca em todo o edifício. Procurei em todos os banheiros e armários de vassouras. Usando minhas chaves mestras entrei em cada escritório vazio e escuro. Vasculhei o de Ira Kipnis e o da Eletrólise Olga sem sucesso. Fucei as indigentes salas de espera de três dentistas populares e o estabelecimento micro de um comerciante de moedas e selos raros. Não havia ninguém.

Voltei para meu escritório me sentindo perdido. Não fazia sentido. Nada daquilo fazia sentido. Ninguém pode desaparecer daquela maneira. Tinha de ser um truque. Afundei na cadeira giratória ainda empunhando o Colt Commander. Do outro lado da rua a incessante marcha das notícias do dia continuava: ... PRECIPITAÇÃO RADIOTATIVA DE ESTRÔNCIO-90 NOS EUA É A MAIS ALTA DO MUNDO... INDIANOS PREOCUPADOS COM O DALAI LAMA... Quando pensei em ligar para Epiphany, era tarde demais. Fui enganado mais uma vez pelo maior enganador de todos.

O toque interminável do telefone chamando tinha o mesmo tom desesperado da voz do marinheiro espanhol na garrafa do dr. Cipher. Outra alma perdida como eu. Fiquei por um bom tempo sentado com o ouvido colado no receptor, cercado pela destruição em meu escritório. Minha boca estava seca e com gosto de cinzas. Toda esperança tinha ido embora, desertado. Eu havia atravessado o limiar da perdição.

Após um tempo, levantei-me e desci, cambaleante, as escadas até a rua. Parei na esquina da Times Square e fiquei em dúvida de qual caminho seguir. Não importava mais. Fora longe demais e por muito tempo. Estava muito cansado para ir adiante.

Vi um táxi indo para leste na rua 42 e fiz sinal.

"Algum endereço em particular?" O tom sarcástico do motorista quebrou um silêncio longo e soturno.

Minhas palavras soaram distantes, como se outra pessoa estivesse falando.

"Hotel Chelsea na rua 23."

Viramos para o centro na Sétima, e me encostei, vislumbrando um mundo que havia morrido. Ao longe, carros de bombeiro uivavam como demônios enfurecidos. Passamos pelas colunas maciças da Penn Station, cinzentas e sombrias sob a luz dos postes. O motorista seguiu mudo, e eu cantarolava baixinho uma canção de Johnny Favorite que era popular durante a guerra. Foi um de meus maiores sucessos.

Pobre Harry Angel, dado aos cães como restos de comida. Eu o matei e comi seu coração. Entretanto, acabei morrendo junto. Nem mesmo a magia ou o poder conseguem mudar isso. Eu estava vivendo a vida e as memórias de outro homem, uma criatura híbrida e corrompida tentando escapar do passado. Eu devia ter percebido que isso era impossível. Não importam as artimanhas para escapar do espelho, seu reflexo sempre vai encará-lo olho no olho.

"A noite está animada por aqui." O motorista parou do outro lado da rua em frente ao Chelsea, onde três viaturas policiais e uma ambulância da polícia estavam estacionados em fila dupla. Ele levantou a bandeira do taxímetro. "Um e sessenta, por favor."

Paguei com minha nota de cinquenta para eventuais emergências e disse a ele para ficar com o troco.

"Essa aqui não é de cinco. O senhor se enganou."

"Muitos enganos", falei, e atravessei correndo a rua da cor de túmulos.

Um policial conversava no telefone da recepção, mas me deixou ir adiante sem nem olhar para mim.

" ...três cafés pretos, cinco com leite, um chá com limão", ele dizia enquanto a porta do elevador se fechava.

Fui até meu andar. Uma maca com rodinhas estava parada no corredor. Dois maqueiros estavam encostados na parede.

"Para que a pressa?", um deles reclamou. "Eles sabiam que tinham um defunto nas mãos o tempo todo."

A porta de meu apartamento estava escancarada. Um flash espocou lá dentro. O fedor de charutos baratos impregnava o ar. Entrei sem dar uma palavra. Três tiras uniformizados andavam de um lado para o outro sem ter o que fazer. O sargento Deimos estava sentado numa mesa, de costas para mim, dando minha descrição para alguém ao telefone. Outro flash espocou no quarto.

Dei uma olhada lá dentro. Foi o suficiente. Epiphany estava deitada na cama de barriga para cima, usando apenas minhas placas de identificação, amarrada ao estrado pelos punhos e tornozelos com quatro gravatas horrorosas. Meu Smith & Wesson projetava-se por entre suas pernas abertas, o cano curto enfiado nela como um amante. O sangue de seu útero brilhava em suas coxas abertas, vivo como rosas.

O tenente Sterne era um dos cinco detetives à paisana ali, observando com as mãos nos bolsos do sobretudo enquanto o fotógrafo se ajoelhava para uma foto bem de perto.

"Quem diabos é você?", um policial me perguntou atrás de mim.

"Eu moro aqui."

Sterne olhou em minha direção. Seus olhos sonolentos se arregalaram.

"Angel?" perguntou, incrédulo. "Esse é o cara. Prendam ele!"

O tira atrás de mim agarrou meus braços. Não resisti e falei: "Deixem o heroísmo para quando for preciso".

"Veja se ele está armado", vociferou Sterne. Os outros tiras me olhavam como se eu fosse um animal num zoológico.

Um par de algemas abocanhou meus pulsos. O tira me revistou e puxou o Colt Commander de minha cintura.

"Artilharia pesada", ele falou, entregando-o a Sterne.

Sterne deu uma olhada na arma, checou a trava de segurança e a pôs na mesinha de cabeceira.

"Por que voltou?"

"Não havia outro lugar pra ir."

"Quem é ela?" Sterne apontou o polegar para o corpo de Epiphany Proudfoot.

"Minha filha."

"Não fode!"

O sargento Deimos entrou no quarto.

"Ora, ora, o que temos aqui?"

"Deimos, ligue para a delegacia e diga a eles que temos o suspeito sob custódia."

"Agora mesmo", falou, saindo sem pressa do quarto.

"Me responda de novo, Angel: quem é a garota?"

"Epiphany Proudfoot. Tem uma loja de ervas na rua 123 com Lenox."

Um dos outros detetives fez a anotação. Sterne me empurrou de volta à sala de estar. Sentei-me no sofá.

"Há quanto tempo você estava trepando com ela?"

"Alguns dias."

"Apenas o tempo suficiente para matar ela, não é? Olha o que a gente encontrou na lareira." Sterne pegou meu mapa astral pelo canto ainda não queimado. "Quer falar sobre isso?"

"Não."

"Não tem problema. Já temos tudo que precisamos... a não ser que o .38 enfiado na vagina dela não seja seu."

"É meu."

"Você vai se queimar feio por causa disso, Angel."

"Vou queimar no inferno."

"Talvez. Mas vamos garantir de agilizar o processo para você em Sing Sing." A boca de tubarão de Sterne escancarou-se num sorriso demoníaco. Fiquei olhando para seus dentes amarelados e lembrei-me do rosto sorridente pintado em Steeplechase Park, um sorriso de coringa expandindo-se com malícia. Só havia um único sorriso como aquele: o sorriso maligno de Lúcifer. Quase dava para ouvir Sua gargalhada enchendo o cômodo. Dessa vez, eu era o motivo da piada.

POSFÁCIO

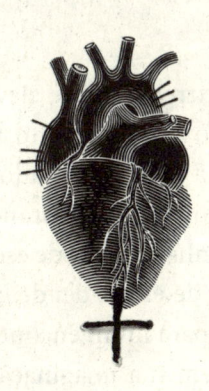

Em 1938, quando o crítico e ensaísta inglês Cyril Connolly publicou *Enemies of Promise* ["Inimigos da Promessa", sem tradução no Brasil] pela primeira vez, ele declarou sua intenção de "escrever um livro que mantenha sua relevância pelos próximos dez anos". Apesar de nunca ter conscientemente partilhado de tal ambição, *Coração Satânico* permaneceu continuamente sendo editado desde sua primeira publicação em 1978, mantendo-se relevante por quase três vezes o espaço de tempo desejado por Connolly. Em *The Unquiet Grave* ["O Túmulo Inquieto", também inédito no Brasil], um trabalho que Ernest Hemingway chamou de "um livro que, não importa quantos leitores tiver, nunca serão suficientes", Connolly foi mais adiante, afirmando que "a verdadeira função de um escritor é a de produzir uma obra-prima...". Certamente uma aspiração nobre, mas, de novo, não uma das que figurem em minha lista de objetivos pessoais.

A simples noção de uma "obra-prima", ou mesmo a própria ideia de "arte" em si, é algo tão subjetivo que somente aquela clássica definição de pornografia — "Eu não sei o que é, mas reconheço quando vejo" — daria conta de ao menos fornecer alguma explicação. Será que os artistas começam a trabalhar pensando em criar obras-primas? Acho que não.

O padrão se tornaria extremamente elevado. Sem dúvida, os objetivos imediatos são sempre muito mais modestos, algo que qualquer um que já tenha encarado alguma vez os rigores de uma folha ou de uma tela em branco logo reconhecerá.

Bem no início de minha carreira de escritor, através de tentativas e uma boa dose de erros, dei de cara com um método que pareceu funcionar para mim: encontre uma ideia original que fique ressonando em sua imaginação e depois, improvisando como um solista de jazz, simplesmente jogue-a no ar, mantendo sempre viva a esperança de que tudo vai dar certo no final. Dessa maneira, escrevi três romances curtos de humor. Em vez de tentar escrever obras-primas, busquei um tipo de perfeição tentando criar obras que, mesmo que fossem bobinhas, encarnassem a essência máxima da tolice. *Alp*, *Gray Matters* e *Toro! Toro! Toro!* emergiram das pérolas de anarquia que brotavam a todo vapor de meu subconsciente, cada qual perfeitamente dentro do objetivo de suas ambições artísticas.

Dois dos três romances não venderam muito bem, e em meados da década de 1970, vi-me na luta por uma sobrevivência precária escrevendo matérias esportivas em jornais. Nessa época, meu velho amigo Tom McGuane desfrutava de um grande sucesso em Hollywood, tendo emplacado sucessivamente três de seus roteiros para filmagem e até conseguido ser o diretor de um deles. Ele insistiu para eu tentar me aventurar na escrita de roteiros de cinema e ganhar dinheiro rápido. "É como tirar doce de criança", Tom exultou.

Lutei para inventar uma história boa o suficiente para conseguir tirar algum doce daquela fábrica de sonhos. O que me veio à mente foi uma história curta que eu havia escrito ainda na época da escola. A leitura do conto "O Homem que Vendeu a Alma" ("The Devil and Daniel Webster"), de Stephen Vincent Benet, foi uma espécie de revelação para mim. Nunca me havia ocorrido que um escritor pudesse usar Satã como personagem numa ficção. Assim inspirado, escrevi "To Hell in a Handbasket" ["Ao ponto de destruição completa", em tradução livre] que acabou ficando em terceiro lugar no concurso anual de contos da McBurney School. Perdi há muito tempo o manuscrito original, mas lembro-me de que minha pequena parábola de quatro páginas começava mais ou menos assim: "Era uma vez o diabo, e ele contratou um detetive particular...".

Contei a história para McGuane, um ensaio no caso de uma eventual reunião em potencial com os executivos dos estúdios em meu imaginário futuro hollywoodiano. Tom ouviu com atenção, e quando terminei ele sorriu e disse: "Não desperdice essa história com um filme, é boa demais. Você deve transformá-la num romance".

A avaliação dele me deixou eletrizado. De repente, descortinava-se um trabalho de ficção não escrito, era um momento mágico em qualquer vida criativa. Em meus livros anteriores, eu começara apenas com a mais frágil das ideias, mas dessa vez eu já tinha pronto um final bem amarrado. O desafio agora era chegar nele a partir da página número um. Eu precisava da voz narrativa precisa, cínica, exaurida e apropriadamente *noir*. Harry Angel deveria ser uma homenagem a Raymond Chandler, Dashiell Hammett e Ross MacDonald, um trio de escritores durões que eu admirava imensamente. Após reescrever o primeiro parágrafo uma dúzia de vezes, senti que estava no caminho certo e pronto para ir em frente.

Nunca tive dúvida de que o romance deveria se passar na cidade de Nova York. Nasci e fui criado em Manhattan e conhecia os segredos de suas ruas à noite melhor do que entendia meu próprio inconsciente. De várias formas, ambos estavam inexoravelmente conectados. Para as locações do livro escolhi lugares aos quais estava emocionalmente ligado: a libidinosa Times Square pré-Disney e a rua 42, local dos outrora glamorosos templos de shows de variedades da virada do século que caíam aos pedaços e foram convertidos em salas de cinema onde se exibiam reprises de filmes vagabundos; o Circo de Pulgas de Hubert há muito tempo fora de atividade, um resto anacrônico da vida de excessos tão fora de lugar naquela região como um iglu; o fabuloso Oyster Bar na Grand Central Station; estações de metrô abandonadas vistas de relance em meio às sombras bruxuleantes durante a passagem de meu trem a chacoalhar pelos túneis repletos de ratos; o imponente Carnegie Hall, o deslumbrante prédio *art déco* do edifício Chrysler, os clubes de jazz do Harlem, o hotel Chelsea, o Central Park, Coney Island. O livro se transformou numa perversa canção de amor a minha cidade natal.

O ano de 1959 pareceu uma opção óbvia para o período de tempo. Eu havia partido para a universidade em New Hampshire no outono anterior e, dezoito anos depois, pude apenas me fiar nas memórias de quando morei na cidade. E, apesar de 1959 estar já se aboletando na beira dos anos 1960, o período pareceu estar mais enraizado no passado, ainda firmemente preso aos valores dos Estados Unidos pós-Segunda Guerra Mundial. Eisenhower era o presidente. O satélite russo Sputnik sinalizava do espaço a diferença do poderio bélico entre as duas potências. A estética dos carros ostentava as traseiras rabos de peixe e uma profusão de cromados na lataria. A era do rock 'n' roll ainda estava em seus primórdios. À altura do aniversário de duzentos anos da Independência americana, o ano de 1959 parecia um ano perdido para sempre nas brumas do passado.

Uma bolsa recebida pela National Endowment for the Arts permitiu que eu me liberasse de escrever para a revista pelo prazo de seis meses — tempo suficiente para terminar um primeiro esboço. Encontrei por acaso uma matéria no jornal *The Village Voice* sobre a descoberta misteriosa de cabeças de bode decepadas e penduradas nos galhos de árvore em áreas remotas de parques de Nova York. Posteriormente, a polícia concluiu que eram restos de cerimônias vodu comandadas pela população de imigrantes haitianos. Por ser uma religião que, por essência, celebrava a natureza, certos rituais vodus precisavam ser realizados ao ar livre. A ideia de tambores rufando e sacrifícios de animais atiçou minha imaginação. Li alguns livros sobre vodu para esclarecer certos pontos e acabei passando o inverno de 1978 no Haiti enquanto trabalhava nas revisões finais de *Coração Satânico*. Como morava perto da cidade de Jacmel, na costa Sul, fui a algumas das *seremoni*, e certa vez até paguei o rum e os percussionistas só para ver tudo vindo da fonte original.

Uma pequena confissão: na verdade, eu não acredito em magia negra ou no demônio. Por não temer ofender as sensibilidades de adoradores do diabo, fiz uso de certas licenças poéticas ao descrever seus rituais libertinos. Novamente, juntei os detalhes dos arcanos de astrologia, bruxaria e da Missa Negra de várias ilustrações sensacionalistas de livros, volumes do tamanho de livros de arte, para criar o ambiente satânico. A cerimônia crucial da transmutação da alma em que o coração de um homem é devorado foi simplesmente inventada, já que não pude encontrar nenhuma tolice adequada que se encaixasse em meus propósitos. Aos que quiserem chamar de trapaça, minha resposta é simples: é por isso que se chama ficção.

A maioria das locações citadas no livro são historicamente precisas. Fiz uma mínima pesquisa geográfica confiando majoritariamente em minha memória para suprir os detalhes.

Alguns petiscos foram colhidos do especialista em fofocas Leonard Lyons, bem como de um guia muito útil de prédios históricos publicado pelo American Institute of Architects. Certifiquei-me nos arquivos de microfilmes do *New York Times* sobre as manchetes diárias nos letreiros luminosos que corriam em frente à janela do escritório de Harry Angel durante o espaço de dez dias em que se passa o romance. O mesmo com relação ao boletim meteorológico. Apesar de *Coração Satânico* permanecer, em seu âmago, como uma fantasia, quis que ele se enquadrasse na realidade. A chuva e a neve que caíram na história de fato caíram. Os edifícios sob aquelas nuvens pesadas do passado eram todos prédios reais. O "Era uma vez" desembocou num "por essas ruas sórdidas".

Na época da publicação do romance (no Dia das Bruxas de 1978), eu estava muito menos preocupado em me manter relevante por dez anos do que em fazer sucesso imediato. Naquele momento, o futuro parecia promissor. A Paramount havia comprado os direitos do livro bem antes de sua publicação e me chamou para adaptá-lo para o cinema. John Frankenheimer estava escalado para dirigir. Dustin Hoffman, Jules Feiffer e Carolyn Kennedy vieram todos à glamorosa festa de lançamento em Manhattan. As críticas, apesar de uma greve de jornais em Nova York, foram em sua maioria tremendamente apaixonadas. Eu atravessava o sonho americano como um sonâmbulo.

Então, quase da noite para o dia, as coisas começaram a dar errado. A primeira edição de 25 mil exemplares esgotou-se em um mês e o romance estava a caminho de fazer parte da lista dos mais vendidos quando, por conta de um excesso de cuidado por parte de meu editor, não havia uma segunda edição pronta para ir às lojas. Quando a nova tiragem foi impressa na terceira semana de janeiro, a temporada de Natal já tinha terminado e com ela o período propício para as vendas. Cinco mil cópias juntaram poeira nas prateleiras das livrarias. Quando a Paramount desistiu de renovar seus direitos sobre o livro um ano depois, permaneci o queridinho de Hollywood por um tempo curtíssimo. Após uma frenética disputa, Robert Redford comprou os direitos do livro na intenção de estrelá-lo ou dirigi-lo, e escrevi uma nova versão de roteiro adaptado para ele. Finais infelizes acabaram por tornar-se algo ruim de vender, mesmo para um superstar, e quando Redford desistiu dos direitos, *Coração Satânico* caiu no esquecimento por mais cinco anos até que Alan Parker surgiu em cena, escreveu seu próprio roteiro e dirigiu o longa-metragem.

Naquela época, o livro já tinha chegado aos seus primeiros dez anos. Sem dúvida o filme de Alan Parker deu a ele um impulso considerável rumo a uma segunda década. Nessa trajetória, outras traduções continuaram a surgir. O livro até agora já foi traduzido para treze idiomas. É uma emoção incrível ver exemplares em hebraico, japonês e russo, idiomas que até seus alfabetos são incompreensíveis. Não tenho certeza sobre o que constitui uma "obra-prima". Gostos mudam. Reputações são erguidas e aniquiladas. As grandes criações de uma época tornam-se o *kitsch* da próxima. Sem saber exatamente como, parece que criei um clássico original. A arte, por sua própria natureza, incorpora certo grau de risco e acaso. Minha obra parece prosperar baseada nisso. Como sou sortudo, não?

William Hjortsberg
Livingston, Montana

CARTA
DE
STEPHEN
KING
A
THOMAS
STEWART

15 de março de 1978

Sr. Thomas A. Stewart
Harcourt Brace Jovanovich, Inc.
Terceira Avenida, 757
Nova York, Nova York 10017

Prezado sr. Stewart,

Muito obrigado pelo envio de *Coração Satânico* — achei um livro formidável. Hjortsberg conseguiu fundir um romance policial com o sobrenatural, o que eu achava impossível... e o fez com engenho e graça.

Uma das coisas mais charmosas deste romance é o período em que ele se passa — 1959 — e a impressão real do que era a Nova York daquele tempo (e de épocas anteriores; Harry Angel é um tremendo conhecedor da cidade). Começar a ler este livro é como entrar num Chevrolet Impala 1959 e partir numa viagem veloz e excitante. Lá pelo meio, o leitor percebe que o passeio o leva diretamente ao inferno e que, dali para frente, vai ficar cada vez pior.

É um livro único. Nunca tinha lido algo remotamente semelhante, e suspeito que jamais encontrarei algo parecido novamente. Tentar imaginar o que teria acontecido se Raymond Chandler tivesse escrito *O Exorcista* é o mais próximo que consigo chegar.

Desejo-lhe muita sorte com ele, dê meus parabéns à HBJ por publicá-lo e a William Hjortsberg por tê-lo escrito. Vou ficar de olho em Johnny Favorite — e, com um temor maior, em Louis Cyphre — por um bom tempo.

Atenciosamente,

[assinatura: Stephen King]

Para Bruce, Jada, Ellen e Nick,
"Meninos e meninas juntos...
Nas calçadas de Nova York."

E para Bob,
que viajou na luz fantástica.

WILLIAM HJORTSBERG nasceu em Nova York, em 1941. Escreveu oito livros de ficção, incluindo *Alp*, *Gray Matters*, *Toro! Toro! Toro!* e *Nevermore*. Foi agraciado com duas bolsas, a Wallace Stegner Creative Writing, do Stanford Creative Writing Program, e outra da National Endowment for the Arts, bem como recebeu duas vezes o prêmio editorial da revista *Playboy* por seu trabalho.

Coração Satânico continua sendo editado ininterruptamente desde seu lançamento em 1978 e foi indicado pelos Mistery Writers of America para o Prêmio Edgar, ganhou as telas de cinema com o mesmo título e foi traduzido para treze idiomas. Durante sua extensa carreira alternativa de roteirista de cinema, Hjortsberg foi contratado para escrever 21 roteiros. Seus créditos incluem *Trovões e relâmpagos* (*Thunder and Lightning*, direção de Corey Allen, 1977) e *A Lenda* (*Legend*, dirigido por Ridley Scott, 1985). Seus contos foram publicados na *Sports Illustrated*, *Penthouse*, *Oui*, *Rocky Mountain Magazine*, *The Realist* e na *Cornell Review*, entre outras publicações. Ele cresceu no distrito de Manhattan, mas tem vivido no estado de Montana perto do Parque Nacional Yellowstone por mais da metade de sua vida. Saiba mais em williamhjortsberg.com.

Na p. 16, as assinaturas dos sete demônios, encontradas em um pacto firmado em 1616 entre Lúcifer e Urbain Grandier, sacerdote da paróquia de St-Pierre-du-Marche, em Loudun, França. Da esquerda para direita: Lúcifer, Belzebu, Satã, Astaroth, Leviatã, Elimi e Baalberith

"Johnny comeu o coração. Arrancou-o
tão rápido que ainda batia quando
ele o engoliu. Esse foi o fim da cerimônia."

O HOMEM CONTINUA FAMINTO E SEM RUMO .
— VERÃO OCULTO 2017 —
DARKSIDEBOOKS.COM